W0379381

Céline Mancellon est publiée pour la première fois en 2012 et rassemble rapidement un lectorat enthousiaste autour de ses romances contemporaines et de ses sagas de bit-lit. Elle est l'autrice de la saga *Bad Romance*, qui a été un best-seller immédiat. Avec *Deep Water*, Céline nous plonge dans une romance paranormale tout aussi sombre et addictive…

De la même autrice :

Bad Romance
Bad Romance – Cœurs indociles
Bad Romance – Cœurs imprudents

L'indéniable charme d'un voleur de cœur

Satan est un homme comme les autres

Deep Water

www.milady.fr

Céline Mancellon

Deep Water

Emma

Milady est un label des éditions Bragelonne

© Bragelonne 2020

Photographie de couverture : © Shutterstock

ISBN : 978-2-8112-2086-0

Bragelonne – Milady
60-62 rue d'Hauteville – 75010 Paris

E-mail : info@milady.fr
Site Internet : www.milady.fr

Chapitre premier

Daley

— Tu ne sers à rien ! Sale sauvage ! On aurait dû te tuer à la naissance ! Je te hais ! Je te hais, Daley, tu m'entends ? Je te hais !

Cette femme brune qui me hurlait dessus était autrefois magnifique. Elle me crachait sa haine en pleine figure et moi, le sale moutard non désiré, restais là, les bras ballants, à goûter la saveur de mes propres larmes qui roulaient sur mes joues d'enfant. Mon père était mort et d'après ses cris, c'était ma faute. Tout était toujours ma faute. Jusqu'à ma naissance. Jusqu'à cette vie que j'avais prise de force, puis arrachée avec obstination des entrailles de ma vraie mère le jour où elle m'avait mis au monde.

Malgré ce cauchemar, je pouvais nettement sentir la sueur qui coulait le long de mon dos ; elle baignait aussi mon front. *Elle sort d'où, toute cette flotte ? Il fait tellement chaud dans cette baraque ! J'vais crever, ouais !*

J'ouvris les yeux et me redressai d'un coup. Les draps trempés de mon lit me collaient telle une seconde peau. Je détestais cette sensation.

— Putain de bordel, murmurai-je avant de passer une main moite sur mon visage encore plus humide.

Comme d'habitude après un tel mauvais rêve, l'obscurité m'entourait, me serrait de ses bras de soufre pour me dévorer et je me laissais volontiers porter par le silence de cette nuit. De toute façon, pour moi, il n'y avait que les nuits sans lune où cette satané piaule l'était, « silencieuse ».

Que faisaient mes deux colocataires ? Je chopai mon téléphone pour vérifier l'heure. *Quatre heures du mat'*. Carry devait probablement ronfler comme un moteur dans sa chambre et quant à Melvin, il s'était sûrement endormi sur le canapé, devant un porno bien salace.

Je repoussai vivement le drap. Je devais boire au risque de finir complètement déshydraté. J'avais à peine descendu quelques marches que des coups frappés à la porte attirèrent mon attention. Je me figeai. Ils étaient timides, comme si la personne de l'autre côté n'osait pas déranger. Je dressai instinctivement la tête et pris une profonde inspiration. *Une nana. Y'a une nana devant chez nous à 4 h du mat'. Le Bon Dieu doit m'avoir à la bonne.* Cette invitée surprise possédait un parfum très agréable avec une forte note de cannelle.

Un large sourire placardé sur les lèvres, je dévalai les marches restantes avant d'ouvrir la porte à la volée. Je voulais me noyer dans le corps chaud d'une femme, juste pour oublier ce putain de cauchemar. Et pour ça, rien ne valait le sexe torride.

Mais ce n'était pas une femme qui se trouvait devant moi. Un oisillon perdu, tout au plus. De petits seins, des hanches étroites, de grands yeux noisette qui tiraient vers le doré et une bouche qu'elle maltraitait en la mordant. Je lui faisais peur et l'odeur acide de sa trouille fit frémir mes narines. Ses cheveux étaient longs, caramel, mais surtout désordonnés. *Qu'est-ce qu'elle fout ici à cette heure ? Elle s'est paumée, la môme ?*

— Qu'est-ce que tu veux ? grognai-je.

Fini, le grand sourire amène. *Y'a rien à manger sur ce pioupiou.* Elle ouvrit grand la bouche sans qu'aucun son n'en sorte. Je haussai un sourcil. *Je commence à manquer de patience et je crève de soif. Qu'elle se magne de balancer ce qu'elle a à dire !*

Je la regardai déplier fébrilement un morceau de papier froissé.

— Je… je suis bien… au 56 Bellemont… Flower Avenue ?

Sa façon de parler était étrange. Un peu comme si c'était un exercice qu'elle pratiquait rarement, ou qu'elle souffrait de surdité.

— Ouais.

Ma voix grondante était un avertissement : mon calme était en train de se barrer loin. Très loin.

— Je… (Elle recula prudemment d'un pas, le regard méfiant.) Je suis Faith. Faith Williams.

— Ça me fait une belle jambe. Quand j'en aurai deux, je pourrai tenter le salto arrière sans élan.

L'oisillon rougit et un éclair de colère traversa l'or de ses yeux. Cette jolie couleur rosée sur ses joues la rendit tout de suite plus appétissante.

— Je… suis la… nouvelle colocataire.

Hein ? Je fronçai les sourcils. *Une cinglée échappée de l'asile ?* Mon dernier morceau de patience venait de disparaître dans le néant d'une irritation grandissante.

— C'est quoi ce bordel ! aboyai-je.

En réaction, le pioupiou Faith se tassa sur elle-même pour s'éloigner davantage. *Elle pourrait presque rentrer dans une petite boîte en carton*, notai-je, agacé.

— Oh, oh, oh ! Doucement, Médor ! Ne va pas terroriser notre nouvelle source de revenu ! s'exclama Melvin derrière moi. J'ai passé une annonce et désormais, cette adorable demoiselle est la quatrième roue de notre splendide carrosse !

Au moment où ce sale cachotier fut à portée de main, je l'empoignai sans ménagement par le t-shirt pour le ramener près de moi.

— Appelle-moi encore Médor, et je t'arrache les couilles avec une pince ! lui murmurai-je à l'oreille.

Sous la menace, sa joyeuse grimace s'étiola, puis il agita les mains pour minimiser mes paroles et rassurer le piaf miniature qui demeurait à distance raisonnable. Alors que je le tenais toujours, Melvin tendit les doigts vers notre invitée nocturne.

— Je t'attendais hier, mais bon, comme on dit : mieux vaut tard que jamais, hein ? acheva-t-il dans un rire forcé.

Du coin de l'œil, je remarquai qu'elle osait enfin s'approcher, mais elle eut un petit mouvement de recul lorsque je me tournai plus franchement dans sa direction.

— J'ai… un… bail ! me lança-t-elle comme si c'était là le super bouclier de Captain America capable de la protéger.

Je souris méchamment.

— Et moi, une bonne dizaine d'idées sur ce que tu pourrais en faire, rétorquai-je.

Melvin s'ébroua. Je le relâchai sans lui accorder la grâce d'un regard. Non, mes yeux étaient trop occupés à fixer un certain volatile déplumé qui se rebiffait. Mon autorité de mâle l'aurait bien mordu pour la peine.

— Elle a effectivement un bail en bonne et due forme, confirma Melvin. Je l'ai signé car je reste, que ça te plaise ou non, le locataire principal de cette bicoque. Et en tant que tel, j'affirme que nous avons vraiment, mais alors vraiment, besoin d'une personne ayant les moyens de payer sa part de loyer, surtout lorsque Carry et toi changez de job tous les quatre matins.

La pique atteignit son but. J'émis un grognement sourd. Le genre de musique qui, chez moi, précédait généralement une tempête. Melvin leva les mains en l'air dans l'espoir de me calmer.

— Pas besoin de montrer les dents. J'énonce un fait, c'est tout.

Un long silence s'instaura durant lequel je cherchai un moyen d'accepter la présence du poussin aux yeux dorés sans perdre la face.

— Avec le caractériel qui veut démembrer ses patrons et la féministe FEMEN qui se pointe les tétons à l'air au bureau, je vote pour accepter Faith dans notre humble demeure et notre portefeuille commun. Alors, c'est OK, Daley ? insista Melvin.

En guise d'assentiment, je hochai sèchement la tête et, après un ultime regard vers celle qui allait désormais vivre avec nous, je décidai de les planter là. En cet instant, je leur préférais la compagnie du réfrigérateur. Il avait de bien meilleures nouvelles pour moi, et plus fraîches.

Depuis notre salon, tranquillement installé sur le canapé usé jusqu'à la corde, je surveillais Melvin et le pioupiou sans pour autant lever le petit doigt afin de les aider. En gentleman – ce qui était particulièrement hilarant quand on le connaissait *vraiment* – mon ami secondait Faith pour transporter ses affaires jusqu'à sa nouvelle chambre. Je notai mentalement toutes les odeurs qui émanaient des cartons qu'ils trimballaient. Il y avait quelque chose qui clochait avec cette nana et je n'arrivais pas à mettre la patte dessus. Cette entêtante note de cannelle un peu trop persistante ? Ou le fait que je ne réussissais pas à détacher mes yeux d'elle ? J'émis un grognement mécontent.

Elle devait forcément être spéciale. Jamais Melvin ne l'aurait autorisée à habiter chez nous, sinon.

— Tu pourrais nous filer un coup de main ! maugréa-t-il lors d'un de ses nombreux passages.

— C'est ce que je fais. Je suis en train de ranger la bière dans mon estomac. Ne me remercie pas, je suis un mec serviable par nature.

J'eus droit à un long regard de reproche en réponse et répliquai par un sourire faux jeton qui dévoila une partie de mes dents.

Leur cirque dura bien vingt-cinq minutes. Lorsque je fus certain que la petite nouvelle était dans sa piaule, j'attrapai Melvin par la nuque.

— Viens un peu par là, mon p'tit père.

— Quoi ! couina-t-il.

D'un mouvement brusque, je l'envoyai sur le canapé.

— Je croyais que toutes les décisions concernant la maison devaient être prises à l'unanimité.

Mon regard lourd de sous-entendus lui fit comprendre le reste : ce que je ne disais pas à voix haute et qu'il devinait très bien. Melvin haussa les épaules, puis passa une main dans sa tignasse hirsute.

— Je l'ai rencontrée devant le panneau d'affichage de l'université où j'ai passé l'annonce. Lorsque j'ai compris ce qu'elle cherchait, j'ai fait d'une pierre deux coups.

Sur ce, il feignit de distribuer des billets depuis sa main gauche.

— *Money, money, money !*

Je croisai les bras.

— Elle est quoi, au juste ?

Un large sourire se peignit sur la bouche de Melvin. Il semblait aussi heureux qu'une cigale à l'arrivée de l'été.

— J'en sais fichtre rien. Nous n'en avons pas discuté à cœur ouvert, si tu vois ce que je veux dire.

La stupeur s'afficha clairement sur mon visage.

— T'en sais rien… et tu lui as proposé d'habiter *ici* ?

Melvin tapota sa narine de l'index.

— J'ai le nez pour ces choses-là. Elle en est, c'est plus que sûr, même si je ne sais pas exactement ce qu'elle est. Tout ce que j'ai besoin de connaître, c'est que son compte bancaire est dans le positif. Contrairement aux vôtres, à Carry et toi, bande de crevards !

Je me redressai de toute ma hauteur et le toisai d'un regard de mâle blessé dans son orgueil.

— J'ai rendez-vous pour un job, tout à l'heure, lui annonçai-je.

Melvin haussa un sourcil.

— Ah, ouais ?

— Ouais. Et même que c'est à l'université. *Ton* université, souris-je non sans un poil de sadisme.

— Mon Dieu, non !

— Voyons, appelle-moi Daley. T'es mon pote, après tout.

Il y avait longtemps que les études et moi avions rompu notre relation balbutiante et salement chaotique. Des gens étaient faits pour ça, et d'autres, comme moi, pas du tout. De toute manière, je préférais bosser. C'était comme ça bien avant ma majorité. J'avais certainement eu plus de petits boulots que n'importe qui à Berxley. À ce rythme, j'allais devoir prospecter les villes alentour pour élargir mon champ d'action.

Au début, tout se passait nickel, puis mon caractère particulier finissait par prendre le dessus et les choses dégénéraient. Toujours. Ma faute. Je n'étais pas un bâtisseur, non, je faisais partie de ceux qui détruisaient tout : les personnes, mes relations, et encore bien d'autres choses. C'était ancré en moi jusque dans la moelle de mes os.

Aujourd'hui, j'avais vingt-deux ans et mon horizon financier semblait être comme le reste de mon existence, vachement sombre et incertain.

— Et on t'a embauché pour faire quoi, exactement ? s'enquit Melvin, suspicieux.

— Agent de sécurité, ou une merde du genre.

Les yeux de mon colocataire s'agrandirent d'effarement, puis il s'esclaffa à s'en faire péter les côtes. Je lui jetai un regard noir.

— Toi ? Dans la sécurité ? Cette blague !

Il se mit à rire de plus belle.

— Tu t'arrêtes, ouais ? grognai-je. Je ne vois pas ce qu'il y a de drôle.

Je contemplai cet abruti s'essuyer le coin des yeux du bout des doigts en me retenant de lui sauter à la gorge.

— Remarque, tu n'auras pas besoin de chien pour le job, tu n'auras qu'à...

Je l'interrompis brutalement d'un geste de la main. Un parfum de cannelle était en train de me chatouiller les narines.

— Y'a le pioupiou, le prévins-je.

Tant que nous n'étions pas sûrs et certains de ce qu'elle était, je préférais rester discret.

— Le pioupiou ? répéta Melvin.

Je hochai la tête.

— Ouais, et son parfum...

Comment définir l'effet qu'il me faisait ? Je l'appréciais ? Le détestais ? Pour l'heure, j'étais incapable de me décider. C'était agaçant.

— ... me dérange, terminai-je sans être réellement satisfait du verbe employé.

— Hum, excu... sez-moi ? lança une voix derrière moi.

Je me raidis instinctivement en me tournant. Elle recula puis tendit la main en avant, comme pour se protéger. Mes yeux glissèrent sur la serviette éponge rose qu'elle tenait de l'autre. Un grognement involontaire sortit de mon torse pour se répercuter dans la pièce soudain silencieuse. Malgré ses airs anxieux, il émanait de cette fille une force subtile mais perceptible. De quoi était-elle capable, au juste ?

— Daley, arrête, chuchota Melvin. Je crois que tu lui fais peur.

Qu'est-ce que j'y pouvais ? Franchement ? Si c'était quelque chose que j'arrivais à maîtriser, je n'aurais pas eu autant d'emmerdes depuis ma naissance !

Y'a un truc qui cloche avec elle. Sans réfléchir, le regard plongé dans le sien, je m'avançai. Il était joli, le noisette doré de ses yeux. D'accord, on était loin des mensurations que j'appréciais généralement chez les femmes, surtout niveau poitrine, mais ses iris avaient un truc. Un truc assez captivant, en vérité. Je finis par remarquer que plus je marchais vers elle, plus Faith se dérobait. Ses pupilles étaient dilatées tandis qu'elle pinçait durement ses lèvres. Ce qui n'était pas bon du tout puisque son attitude excitait une part de moi qu'il ne valait mieux pas attiser, surtout de cette façon.

— Je voulais… demander… utiliser la salle de… bains, acheva-t-elle dans un souffle, comme si ça lui demandait un effort surhumain de prononcer ces mots.

Maintenant, je me tenais assez près d'elle pour la renifler avec entrain. Le cou. Les épaules. Les… seins ? Je me retins de les lui mordiller comme j'en mourais d'envie.

— Daley ? intervint nerveusement Melvin dans mon dos.

— Mhm, lui répondis-je distraitement.

Je voulais descendre plus bas mais un son alléchant m'embrouilla l'esprit. C'étaient les battements rapides de son cœur, accompagnés d'un léger effluve indéfinissable.

De toute façon, j'avais désormais son odeur en mémoire et j'étais tout à fait capable de la pister n'importe où. Je me redressai vivement. *Holà. Minute, papillon. Qu'est-ce que ça peut me foutre ? Pourquoi je voudrais la pister, d'abord ?*

Je baissai machinalement les yeux pour chercher les siens.

— Éloigne-toi d'elle, s'il te plaît, insista Melvin.

La nervosité de mon ami était flagrante.

— Mais t'es qui, au juste ? lui demandai-je d'un ton abrupt.

Ou quoi. Faith ne me répondit pas. Elle se contenta de s'éloigner doucement. Je haussai un sourcil.

— Tu veux te la jouer mystérieuse ? OK. J'm'en fous. Et tu peux utiliser ma salle de bains. Carry ne se gêne pas pour le faire, alors qu'elle a la sienne comme Melvin… Le placard en haut à gauche est vide, tu y mettras tes machins, mais ne touche jamais au côté droit, il est à moi. Si tu poses un seul doigt sur mes affaires, j'te bute, débitai-je avec une certaine vélocité. Compris ?

Son regard n'était plus suspicieux, mais curieux. *Je manque grave de sommeil. Vraiment. Beaucoup*, songeai-je avant de pousser un soupir.

— Bien. Maintenant, je retourne me pieuter. Bonne nuit à tous.

Je commençais à me diriger vers l'escalier qui menait au premier étage, lorsque Melvin m'interpella. Irrité, je m'arrêtai puis grognai un « Quoi, encore ? ».

— Tu n'as pas l'impression qu'il y a quelque chose qui cloche ? fit-il d'une voix sirupeuse à souhait.

Je fronçai aussitôt les sourcils. Il pointa un index et mes yeux suivirent automatiquement la direction indiquée par son doigt. Là, je reçus l'équivalent d'un choc. J'avais attrapé Faith par le bras et la traînais derrière moi pour… Pour quoi ? L'emmener jusqu'à ma tanière ?

Je la lâchai vivement, comme si j'avais eu l'idée bizarre de poser la main sur une plaque chauffante allumée. Elle en profita pour reculer précipitamment.

— Je…, commençai-je, la bouche sèche.

Quelle excuse pouvais-je sortir après avoir agi de cette manière ? Rien de crédible ne me venait à l'esprit. Quant à Faith, elle ne pipait mot et se contentait de me fixer.

— Je voulais te montrer la salle de bains, balançai-je, en désespoir de cause.

Un éclair amusé traversa fugacement le lac doré de ses yeux.

— Merci… Daley.

Mon prénom dans sa bouche résonna étrangement. J'acquiesçai.

— D'accord. Sur ce, je vous laisse pour de bon.

Néanmoins, je pris le temps de vérifier que je ne l'avais pas à nouveau saisie et fus soulagé de constater que ce n'était pas le cas.

Il fallait que je découvre qui elle était, en réalité. C'était limite vital. Je ne m'étais jamais comporté ainsi. Jamais. Alors que Melvin s'apprêtait à se foutre royalement de moi, je le coupai net dans son élan d'un seul regard.

Afin de préserver le peu de fierté qu'il me restait, je me retins de grimper les marches quatre à quatre pour les fuir.

Si j'avais pensé pouvoir grappiller quelques heures de sommeil réparateur avant mon entretien d'embauche, ce qui se passa ensuite se fit un plaisir de m'ôter mes illusions. J'entendais absolument tout. Tout ce qui se déroulait dans la pièce jouxtant la mienne désormais habitée. Jusqu'au bruissement des habits sur sa peau, ou de ses draps quand elle s'installa dans son lit. Détail qui entraîna forcément une série d'interrogations logiques : qu'est-ce que mettait le pioupiou pour dormir ? Une sage petite chemise de nuit à la blancheur virginale ? Un ensemble short et débardeur à bretelles rose avec des chatons imprimés dessus ? Rien... du tout ? J'en salivais. Sans rire. Ce n'était même pas une foutue image !

J'avais pourtant depuis longtemps dépassé le stade hormonal. Ce fameux palier où ma sexualité avait rimé avec hyper-activité-je-saute-sur-tout-ce-qui-bouge. Normalement, j'aurais dû réussir à garder mon self-control. Surtout en sachant que Faith Williams n'était absolument pas mon type de nana.

Si je suivais mon raisonnement à la logique implacable, c'était sa véritable nature qui devait me provoquer un trouble du comportement. Je ne voyais pas d'autre explication. Bercé par la respiration calme et régulière de ma voisine, je finis par fermer les yeux et m'endormir.

Ce fut le son strident d'un réveil qui me sortit de mon sommeil. En fait, en écoutant bien, il y en avait deux. Un bruit artificiel particulièrement chiant, accompagné d'un autre tout aussi pénible, mais humain.

— Sors... de mon... lit ! hurla une voix féminine.

J'avais toujours eu du mal à émerger. *J'ai baisé avec qui, hier soir ?* Je ne me souvenais pas d'avoir ramené quelqu'un dans ma chambre, alors c'était un peu bizarre d'entendre une fille gueuler comme ça, dès l'aube. Par réflexe, je me tournai pour l'attraper dans mes bras, même si elle s'ébrouait avec la colère d'un chaton surpris par un jet d'eau froide. Quelque part, c'était comique. D'habitude, les femmes étaient étrangement dociles après le coït, mais apparemment, celle-ci n'avait pas eu son compte.

Je me sentais bien. J'avais réussi à roupiller un peu plus d'une heure, quel bonheur ! Pas un seul cauchemar n'était venu parasiter ce bref moment de repos, et puis ce parfum de cannelle, c'était délici…

Comment ça, de la « cannelle » ? J'ouvris les yeux. Deux iris emplis d'or en fusion m'incendiaient telles des armes létales aptes à me trouer la couenne.

— Pourquoi t'es dans mon lit ? baragouinai-je, perplexe.

Faith se débattit de plus belle. Mon cerveau avait beau ordonner à mes bras de la libérer, ces derniers passaient outre.

— Ça. C'est. Ma. Ligne, martela-t-elle, furieuse.

Je clignai plusieurs fois des paupières avant de jeter un œil à la pièce où je me trouvais. *Bordel de merde !*

— Qu'est-ce que je fous ici ?

Je me posais surtout la question à moi-même. Soudain, Faith se tortilla vigoureusement, pressant malencontreusement ses fesses contre la partie la plus réveillée de mon anatomie. Son lit n'étant pas immense, si elle continuait à remuer le postérieur de cette façon, cette situation allait dégénérer.

— Ton cul est tellement bouillant que je m'étonne de ne pas y dénicher des iguanes dessus, lâchai-je. C'est normal pour toi d'avoir une température aussi élevée ? T'as de la fièvre ?

Ce qui me valut un autre regard assassin.

— Pars ! m'ordonna Faith, les joues rouges.

— Toi d'abord.

— Je… rêve ! articula-t-elle gauchement.

— C'est plutôt un cauchemar.

— Je veux. Que. Tu partes !

J'émis un grognement.

— Avec plaisir.

Son visage atteignit un degré de rouge absolument impressionnant et, en réaction, j'eus la curieuse envie de lui lécher gentiment les joues.

— Pars !

J'étais sacrément secoué.

— OK, OK ! Je ne sais pas comment j'ai atterri ici, désolé ! marmonnai-je, agacé.

Après avoir quitté le lit de Faith, je m'étirai langoureusement. Mes reins me faisaient souffrir et j'en connaissais la raison. Pour eux, ce réveil en fanfare avait été un intéressant apéro et désormais, ils étaient d'attaque pour passer au reste du menu.

— Jamais… plus… ici. Dans… ma chambre !

— C'était involontaire, crois-moi. (Je me tus une seconde.) Comme si j'avais envie de me réveiller aux côtés d'une furie hystérique, ajoutai-je, plus bas.

J'ouvris la porte puis la détaillai brièvement. *Alors, c'est l'ensemble short*, notai-je. Il était noir et ne possédait pas l'ombre d'un chaton en vue.

— Sors. D'ici, réitéra-t-elle d'un ton colérique.

Sa manière de parler était vraiment bizarre, et pas seulement comme si elle était étrangère. C'était plus que ça. Outre un vocabulaire minimaliste, c'était comme si sa bouche n'était pas habituée à former des mots dans une langue humaine, tout simplement. Je sortis de la pièce, m'adossai à la porte et me passai une main sur le visage. *Bordel ! Qu'est-ce qu'il m'arrive ?*

Ce fut cet instant que choisit Carry pour sortir de sa chambre. Elle portait uniquement ses sous-vêtements, et ses cheveux mi-longs, blonds striés de rose, partaient dans tous les sens. Un autre mec aurait été sûrement émoustillé par ce spectacle, mais depuis le temps, j'étais habitué et sa nudité me laissait de glace. À ses yeux gonflés de sommeil à peine ouverts, je supposais qu'elle n'était pas encore tout à fait réveillée.

— T'en fais un de ces boucans, de bon matin ! grommela-t-elle avant de bâiller à s'en décrocher la mâchoire.

Je lâchai un grognement agressif, puis m'éloignai. J'avais besoin d'un café. Serré, le café.

— Hé ! Bonjour à toi aussi ! lança-t-elle dans mon dos.

Une fois dans la cuisine, je tombai sur Melvin, assis à la table et qui dévorait son petit déjeuner avec entrain. Je lui jetai aussitôt un regard noir en guise de salutation. C'était lui le responsable ! Lui qui avait ramené ce pioupiou chez nous !

— Eh bien, tu t'es levé du pied gauche ? s'enquit-il la bouche pleine et en me scrutant de ses yeux bleus.

— Je me suis levé le pied dans la chambre de Faith, grondai-je en me versant une grosse dose de café dans mon mug favori où il était inscrit « Économisons l'eau, buvons de la bière ».

Melvin s'étouffa et se tapa plusieurs fois la poitrine pour faire descendre quelques céréales récalcitrantes.

— Tu… Hein ?

— Je me suis couché dans mon lit, mais quand je me suis réveillé, j'étais dans le sien ! m'énervai-je avant de boire une gorgée.

Noir. Amer. Brûlant. Parfait.

— Une crise de somnambulisme ? suggéra prudemment Melvin.

— Et ta grand-mère, elle fait du surf ? rétorquai-je en lui montrant les dents.

— Non, mais elle peut te tricoter un cache-nez en moins de deux.

En réponse, j'émis un autre grognement belliqueux.

— Hé ! Tu vois une autre explication ? se défendit-il en levant les mains.

— Je. Ne. Suis. Pas. Somnambule. OK ?

— Ahaaa. C'était ça le raffut et les cris ? Notre nouvelle coloc' est enfin arrivée et tu lui as sauté dessus… T'es en période de rut, mon gros loup ?

Alors que j'allais avaler une autre lampée de café, je suspendis mon geste pour harponner les yeux verts de Carry des miens.

— Tu viens de dire, quoi, là ?

Elle haussa un sourcil interrogateur.

— Tu étais au courant pour Faith ? insistai-je.

La colère distilla lentement son acide dans mes veines tandis qu'un silence gêné prenait ses aises dans la minuscule cuisine.

— Attendez, en vrai, j'étais le SEUL à ne pas avoir été mis au parfum ?

Melvin grimaça un sourire d'excuse.

— Ce genre de truc, c'est toujours compliqué avec toi.

Je posai si brutalement ma tasse sur la table qu'elle se fendit.

—Allez vous faire foutre! beuglai-je.

Je me sentais trahi. Cinq ans que j'habitais avec eux et j'étais toujours le dernier averti. Carry tenta de m'apaiser d'une main sur mon bras.

—Melvin n'a pas tort. T'es assez territorial comme mec, et la situation était plutôt urgente.

Urgente pour qui? Nous? Faith?

—Trop territorial pour me dire « Hé, Daley, on va avoir une nouvelle coloc', cool, hein? Passe une bonne journée! »?

Melvin et Carry échangèrent un bref regard. Ce qui me tapa davantage sur les nerfs.

—Tu devrais te calmer, fit Carry d'une voix conciliante.

Ma lèvre supérieure se retroussa davantage.

—Pourquoi? Je suis aussi trop colérique, comme type? C'est ça?

—Tes yeux ont changé de couleur et, je n'en suis pas sûr, mais je crois que tes canines sont aussi un brin plus longues, commenta sobrement Melvin. Tu risques d'effrayer Faith.

Effrayer Faith? C'était le cadet de mes soucis!

Puis un parfum de cannelle m'emplit les narines et ma fureur descendit de plusieurs crans. Je tournai aussitôt le dos à la porte entrouverte afin d'avoir le temps de dominer mes émotions. *Pourquoi ce piaf sent aussi bon? Elle a l'odeur d'une friandise, putain!*

—Je peux… toujours habiter ailleurs, si je…, commença-t-elle.

—Non! s'écrièrent Melvin et Carry d'une seule voix.

Je leur lançai un regard de travers en serrant les dents. *Mais quelle mouche les a piqués? Ils sont vraiment aussi contents d'avoir une nouvelle colocataire?*

—Salut. Moi, c'est Carry Tymann et tu t'appelles Faith, je crois? Je n'ai pas pu t'accueillir, cette nuit, désolée. J'ai un boulot de nuit et je termine à 3 heures du matin. Quand je rentre du taf, je comate.

J'observai Faith à la dérobée. En réalité, si on la regardait bien, elle était jolie. Ce matin, sa chevelure longue était disciplinée, nouée en une queue-de-cheval dont l'extrémité atteignait le bas de ses reins. Vêtue d'un t-shirt blanc et d'un short en jean, elle ressemblait à n'importe quelle étudiante en vacances.

D'ailleurs, elle avait quel âge ? Dix-huit ? Dix-neuf ans ? Les cours à l'université ne reprenaient pas avant plusieurs semaines. Soudain, Faith capta que je la fixais et, en réaction, plissa les yeux avec méfiance. Quoi ? Elle m'en voulait encore pour ce matin ? Elle ne pouvait pas juste faire comme moi et passer à autre chose ?

— Inutile de me regarder comme ça, je ne vais pas te bouffer ! grommelai-je, toujours de mauvaise humeur.

Carry me pinça la joue en souriant.

— Il aboie beaucoup, mais il mord rarement ! chantonna-t-elle. Je peux t'assurer que tu ne risques rien avec lui.

— Vraiment ? répliqua Faith avec un sourire sonnant faux.

— Oui, confirma Carry d'un ton sérieux. Daley n'est pas très sociable avec les inconnus, mais une fois qu'on fait partie de ses proches, c'est presque un amour.

Je lui lançai un regard incendiaire. *Vas-y, émascule-moi tant que tu y es. J'ai la gueule du chienchien à sa mémère ?*

— Et puis, d'après ce que j'ai cru comprendre, il s'est déjà plus ou moins entiché de toi, rit bizarrement Melvin. Pour qu'il en arrive à dormir ailleurs que dans sa tanière... Je suis impressionné.

Faith plissa méchamment les yeux et je lui rendis la politesse.

— Pour sa défense, Faith n'a pas l'habitude de fréquenter des individus de sexe masculin, alors te retrouver dans son pieu au petit matin, y'avait de quoi la choquer, poursuivit-il d'un ton léger censé détendre l'atmosphère.

En entendant ça, quelque chose s'emballa dans ma poitrine. Lorsque je me rendis compte que c'était mon cœur, je faillis m'étrangler avec ma propre salive. Qu'est-ce que ça pouvait bien me faire que cet oisillon n'ait jamais dormi avec un type ? *N'importe quoi. Je perds les pédales.*

— Ce n'était pas volontaire. Je ne sais pas ce qui s'est passé, mais je vais faire en sorte que ça ne se reproduise plus, lui assenai-je en l'affrontant.

Elle esquissa une grimace ironique qui me tapa prodigieusement sur le système.

— Bien, se contenta-t-elle de dire en hochant la tête.

En fait, si. Je vais la bouffer, cette sale peste. Melvin tapota la chaise à ses côtés.

— Faith ? Viens donc déjeuner.

Lorsqu'elle passa devant moi, je saisis machinalement l'extrémité de sa queue-de-cheval. *Ils sont vraiment très longs*, songeai-je en même temps. *Et doux.*

— Daley ? m'interpella Carry.

Au ton de sa voix, je captai vaguement qu'elle se retenait de rire.

— Quoi ? grognai-je, les yeux rivés sur cette masse soyeuse à la couleur caramel.

— Faith ne pourra pas aller s'asseoir si tu continues à la retenir par les cheveux, acheva-t-elle en s'esclaffant. Seigneur ! Notre Daley est tout perturbé !

Je lâchai vivement la mèche de Faith.

— Tais-toi. Franchement, Carry... ferme-la, murmurai-je en me sentant pâlir à vue d'œil.

Et je m'enfuis. Littéralement. Je sortis de la cuisine comme si une armée de démons était à mes trousses.

Chapitre 2

Faith

— Pas de… problème ? leur demandai-je, incertaine.

Tout en souriant, Melvin opina vigoureusement du chef.

Cette langue humaine me posait encore des problèmes et c'était très frustrant de ne pas réussir à mieux m'exprimer. Je ne pouvais pas dire un dixième de ce que je voulais vraiment. La communication allait être difficile. Je devais rapidement apprendre plus de mots. Pour ma défense, je n'avais jamais eu besoin de le faire avant d'arriver ici.

— Il va s'habituer à toi. Et puis, j'en dois une à Hector. Il m'a sauvé la vie et ça, je ne l'oublierai jamais.

Hector était mon frère aîné. Que faisait-il en ce moment ? Subissait-il le courroux de notre père pour m'avoir aidée à m'échapper ?

— Personne… ne me trouvera ?

— Oui. Ne t'inquiète pas. Il y a tellement de villes. Il y a une chance infinitésimale que quiconque y parvienne.

Je jetai un bref regard en direction du seuil de la cuisine. Le dénommé Daley me rendait nerveuse. Tout d'abord, sa stature immense tout en muscles était plus qu'impressionnante et puis ces marques sur son corps ! Une multitude de dessins traversés de cicatrices. Y avait-il une signification précise, ou bien était-ce seulement décoratif ? Une coutume humaine, peut-être ?

— Il est déjà parti. Daley a un entretien d'embauche, ce matin, m'indiqua gentiment Carry.

Je ne parlai pas tout de suite, les yeux encore rivés sur le couloir.

— Il ne… m'aime pas, commentai-je simplement.

Je revoyais encore son regard noir et brûlant de colère posé sur moi, la veille. Il était beau, ça, je ne pouvais pas le nier. Une mâchoire carrée ombrée d'une barbe de quelques jours, un nez droit, des pommettes marquées, une bouche pleine à l'arc hypnotique. Je n'avais jamais vu ce genre de mâle auparavant. Chez nous, la beauté des hommes se résumait à un corps élancé, voire légèrement musclé mais pas autant que ce spécimen-ci. Et puis, il se dégageait de Daley une force animale brute qui me mettait systématiquement sur la défensive.

— Il est… humain ? m'enquis-je en me tournant enfin vers Melvin.

Carry et lui échangèrent un regard.

— Pas entièrement. C'est tout ce que nous pouvons te dire pour l'instant. J'aimerais que tu apprennes à le connaître avant de t'expliquer ce qu'il est réellement. Je sais ce que peuvent provoquer les jugements hâtifs, expliqua Melvin d'une voix douce.

J'étais blessée.

— Je ne suis pas… comme ça.

Il acquiesça.

— Je m'en doute. Après tout, tu es la sœur d'Hector, cependant, tu restes… tu vois ?

Je voyais même très bien. Les miens n'avaient pas la réputation d'être ouverts aux autres races et nos réactions pouvaient se révéler aussi extrêmes que dangereuses.

— Sache que la présence de Daley est vitale à notre survie et dorénavant, la tienne dépend également de lui, tu comprends ? J'avoue qu'il peut se révéler parfois difficile à vivre et ça ne risque pas de s'arranger puisque tu ne lui es pas indifférente, cependant, sois patiente, mhm ?

Je fronçais les sourcils.

— Indifférente ?

Melvin lança un regard suppliant à Carry, qui, après s'être raclé la gorge, se pencha vers moi.

— Comme tu le sais déjà, ta nature particulière te donne une certaine emprise sur les humains, Faith. Même s'il l'est de moitié, en quelque sorte, il se peut que ça influence Daley.

D'une certaine façon, admettre que c'était ma « nature » qui était à l'origine de son intérêt me fit l'effet d'une lame enfoncée dans ma poitrine. J'ignorai rapidement ce sentiment dérangeant.

— Vous… lui direz la vérité ?

Cette question avait franchi le seuil de mes lèvres avant de me laisser un goût de regret en bouche.

Là aussi Melvin et Carry échangèrent un regard. Carry prit mes mains des siennes. C'était la première fois que je la rencontrais, mais elle semblait déjà être de mon côté, prête à me soutenir dans mon combat. Une bataille contre des siècles de traditions avec probablement ma mort pour seule fin. Ce geste me touchait bien plus que je ne voulais l'admettre.

— Pour l'instant, nous lui mentons pour votre bien à tous deux. Nous comptons sur toi, Faith. Il faut que tu gardes ton secret le plus longtemps possible.

Après une brève hésitation, j'acceptai.

— Daley… hum. Daley va… venir dans… ma chambre ? Cette nuit ?

Jusqu'à présent, je n'avais jamais partagé mon lit avec qui que ce soit. Du fait de mon rang, c'était interdit. Ce qui m'avait d'abord réveillée, c'était la chaleur agréable d'un corps pressé contre le mien. Cette chaleur, mon être entier se l'était appropriée pour pallier au froid qu'il ressentait. Non pas que la température eût été réellement basse dans la pièce, car nous étions en plein mois de juillet, mais depuis que j'avais quitté la maison, j'étais constamment frigorifiée. Est-ce que je finirais par m'habituer à cet endroit ?

Ce que Daley ne savait pas, c'était que j'avais passé plusieurs minutes à l'observer pendant qu'il dormait. Son front lisse et détendu, ses cheveux d'un noir opaque tranchant sur la teinte pâle de l'oreiller, tout comme sa peau hâlée bardée de tatouages à la signification obscure. C'était d'ailleurs à cet instant précis que j'avais paniqué. Il ne portait pas de pyjama, non, rien d'autre que… j'avais soulevé le drap pour vérifier. Oui, il n'avait qu'un mince vêtement ! Un petit vêtement très court excessivement moulant !

Le pire restait à venir : quand il m'avait serrée dans ses bras. Mon corps était devenu si brûlant que j'avais failli en mourir de honte, davantage lorsqu'il m'en avait fait la remarque. C'était une réaction physique totalement incontrôlable de ma part et c'était la première fois que j'en étais victime. À cette pensée, mes joues s'empourprèrent.

— Je peux toujours aller te chercher une clé à la quincaillerie en allant bosser. Ce sont des serrures de chambre plutôt basiques, même si je doute que ça suffise pour l'empêcher d'entrer s'il en a décidé autrement, m'indiqua Melvin avant d'approcher son visage du mien. Tu te sens bien ? Tu devrais peut-être aller prendre un bain…

Je secouai vivement la tête.

— Non ! Je… Ça va. Merci. Hector a de la chance d'avoir un ami… comme toi.

Puis je me tournai vers Carry.

— Merci. Tu… Je te…

Ma frustration monta d'un cran. Ne pas arriver à trouver les bons mots, ni à les prononcer, me rendait folle. Carry m'adressa un sourire accompagné d'un clin d'œil afin de me montrer qu'elle avait compris.

— Les amis de Melvin sont mes amis !

— J'ai du mal. À parler, avouai-je, honteuse.

— Ce n'est pas grave. Nous allons y remédier. Je ne te donne pas deux semaines avant que tu te mettes à citer du Shakespeare sans aucun souci d'élocution.

Je rougis davantage. C'était un curieux sentiment que celui que j'éprouvais en cet instant. Avant, j'étais la meilleure dans tous les domaines mais désormais, j'occupais la place de celle la plus en difficulté, voire la plus ignorante.

— Sur ce, ça te dirait un peu de shopping ? Je comptais aller au centre commercial profiter des promotions d'été.

Elle pivota en direction de Melvin.

— Tu nous déposes en route ?

— Si vous n'avez rien contre le fait de vous montrer dans une Ford qui date des années 90, pas de soucis, accepta-t-il en plaçant son bol dans le lave-vaisselle.

Une demi-heure plus tard, Melvin nous laissait devant ledit centre commercial où était écrit en gros « Chez Ben & Rey, nous trouvons ce qui vous plaît ! ». Un bon point pour moi. Déchiffrer la langue humaine écrite me posait moins de problèmes que la parler.

Melvin se rendait sur son lieu de travail où il occupait le poste de caissier.

— La banque la plus prestigieuse de la ville ! s'était-il enorgueilli tandis qu'il m'expliquait en quoi ça consistait.

Une fois à l'intérieur, une angoisse me saisit à la gorge. J'avais l'impression que chaque humain présent était capable de distinguer ma vraie nature et qu'il en était horrifié. Je les imaginais chuchoter entre eux sans cesser de me dévisager, prêts à appeler leur police au moindre mouvement suspect de ma part. Carry me prit par la main et posa sur moi un regard encourageant auquel je répondis par un faible sourire.

— Ça va bien se passer, Faith. Personne ici ne connaît ton identité. Tu ne risques rien.

J'approuvai en silence.

Le premier magasin dans lequel nous entrâmes proposait des vêtements à foison. Il y en avait de toutes les couleurs et de toutes les formes. L'excitation me gagna peu à peu et je me laissai volontiers entraîner. Tout mon trousseau, ainsi que les livres et divers objets, je les devais à mon frère qui me les avait obtenus grâce au marché noir. Il avait su bien avant moi ce qui m'attendait et, en conséquence, s'était montré particulièrement prévoyant. Je n'avais eu qu'à prendre ma décision. Malgré l'amour que je portais à ma famille, il était hors de question que je me sacrifie de cette façon au nom de la politique de mon père, et d'une tradition séculaire. Je voulais vivre. Voir des choses. Découvrir le monde.

— Oh ! Faith ! Regarde cette robe ! Cette couleur t'irait à ravir ! s'exclama Carry d'un ton enthousiaste.

Elle me colla d'office le vêtement entre les mains. Il était d'un rouge vif et, de ce que j'en jugeais, un peu moulant.

— Joli ? hésitai-je en examinant la robe.

— Évidemment qu'elle est magnifique ! Regarde un peu cette matière… Tu feras très femme fatale, là-dedans. Oh. Tiens, prends aussi ça. Et ça. Tu les essaieras après.

— L'argent ?

Je connaissais très bien le système monétaire humain. Je l'avais étudié avec ma professeure du premier monde. Carry se tourna vers moi et au large sourire qui scindait son visage en deux, je compris que ce n'était pas un problème.

— Melvin t'a passé une carte bancaire tout à l'heure, n'est-ce pas ?

Le carré en plastique ? Je fis oui de la tête.

— Ton gentil frère s'est chargé de généreusement remplir ton compte, donc pas de soucis de ce côté-là.

Il a dû vendre quelques-uns de nos artefacts, songeai-je en détaillant la tenue de ma nouvelle amie. Elle portait un t-shirt noir largement plus court que le mien où il était écrit en blanc « Hey, Bitches ! » et quant à son short, à mon goût, il dévoilait un peu trop ses fesses. Durant de longs mois, j'avais étudié les us et coutumes d'ici, mais visiblement, il me restait encore des lacunes en ce qui concernait la mode.

Ce qui m'impressionnait, c'était surtout le nombre de bijoux que la jeune femme portait. Tout en la contemplant, je m'interrogeai sur sa véritable nature. Si je connaissais celle de Melvin grâce à Hector, celles de Carry et de Daley demeuraient un mystère.

Une fois nos emplettes terminées, elle m'invita à boire un jus de fruits au café-restaurant du centre commercial. Lorsque le serveur m'adressa un clin d'œil en déposant ma boisson, elle sourit, amusée.

— Je crois que je devrais éviter de sortir avec toi. Tu m'éclipses totalement, fit-elle avant de savourer une gorgée de la bière qu'elle avait commandée.

—Je suis… banale, murmurai-je, les yeux plongés dans le contenu de mon verre.

C'était la triste vérité. Ceux de notre race, surtout les femmes, étaient réputés pour être dotés d'une beauté inégalable. Les rares fois où j'avais dû me confronter à l'appréciation du sexe opposé, j'étais limite passable.

—Chérie, tu es certainement beaucoup de choses, mais « banale », ça, je ne pense pas, rétorqua sérieusement Carry. Tu n'as qu'à voir comment réagit Daley en ta présence.

Il suffit qu'elle prononce son prénom pour que le visage de mon « colocataire » apparaisse dans mon esprit. Lui et son regard ténébreux où semblait constamment mugir une tempête prête à se déchaîner sur moi.

—Ma vraie nature, lâchai-je succinctement.

Ce magnétisme attirant que je devais dégager était une arme létale pour les humains. Carry ne répondit pas immédiatement, et quand elle le fit, elle resta évasive :

—Peut-être… seul l'avenir nous le dira.

Soudain, elle se mit à rire.

—Quand on parle du loup, on en voit le bout de la queue, chantonna-t-elle.

Je tournai vivement la tête vers l'entrée du café. Effectivement, Daley se tenait là. Il était vêtu d'un débardeur noir qui mettait en valeur sa musculature ainsi que d'un pantacourt kaki de style militaire humain. Les mains dans les poches, il nous regardait à travers les verres fumés de ses lunettes de soleil.

—Qu'est-ce que vous foutez là ? lâcha-t-il en s'approchant.

Il prit une chaise à la table voisine puis s'installa à mes côtés. Très près, à vrai dire, bien plus près que de Carry. Je me demandai si son attitude était inconsciente, ou bien si c'était là un acte volontaire.

Il remarqua les sacs posés à nos pieds et en prit un.

—Oh. Je vois. Shopping, hein ?

C'était l'un des miens. Je tentai aussitôt de le lui reprendre mais il m'en dissuada d'un seul regard jeté par-dessus ses lunettes.

— Surtout fais comme chez toi, Daley, marmonna Carry, agacée par son comportement.

— Je vais me gêner, répondit-il en fouillant à l'intérieur.

Quand il en sortit un sous-vêtement en dentelle rouge, préalablement choisi par ma nouvelle amie, mon visage vira au cramoisi. Je n'avais pas l'habitude de fréquenter des mâles, et encore moins qu'ils touchent à mes affaires. Ou qu'ils dorment dans mon lit.

Il fit tournoyer le sous-vêtement devant son visage.

— C'est Carry qui a acheté ça, finit-il par affirmer.

Cette dernière s'esclaffa bruyamment.

— Mais c'est pour Faith !

— Trop grand. Tu peux le garder, rétorqua Daley après un court silence et avant de lui lancer la petite culotte transparente.

Sous-vêtement qu'elle attrapa habilement au vol. Cependant, la surprise qui tirait ses traits n'était pas feinte.

— Comment peux-tu connaître son tour de bassin, franchement ?

— Ce matin, je me suis réveillé avec son cul contre moi, alors oui, il ne me faut guère plus pour le deviner. Mets ça sur le compte de ma très longue expérience.

Carry affichait un mutisme choqué tandis que moi, je me tassai sur ma chaise, à la fois mortifiée et furieuse qu'il ose tenir ce genre de propos sans éprouver la moindre gêne.

— J'hallucine. T'étais à ce point collé à elle ?

Daley agita la main en réponse.

— C'est bon. Pas besoin d'en faire toute une histoire.

— Que tu dis.

— Que je dis, ouais.

Sur ce, il héla le serveur et lui demanda une bière avant d'étendre ses jambes.

— Bon, commença Carry dans une tentative de changer de sujet. Et cet entretien, ça s'est bien passé ?

— Si je suis là, à ton avis ? maugréa Daley.

— Oh. Mon pauvre chou. La faute à ta réputation et ton sale caractère. Pourquoi n'essaierais-tu pas de postuler au *Garage MorningStar* ?

Il hocha la tête.

— Mouais. Bonne idée. Ils auront peut-être besoin de main-d'œuvre avec tous ces touristes qui vont débarquer au volant d'une Japonaise. Demain matin, j'irai voir le patron, Tony.

Le serveur revint avec la bière de Daley, mais après l'avoir déposée sur un rond cartonné, il glissa un petit papier plié près de mon verre à peine entamé. J'allais le récupérer lorsque mon voisin de gauche me devança.

Cette fois, je lui lançai un regard irrité. Je le trouvais envahissant, vraiment peu respectueux de l'espace vital d'autrui et très horripilant. Néanmoins, un détail m'ennuyait, car même très agacée, je n'arrivais pas à m'opposer fermement à lui et me demandais bien pourquoi.

— Daley, prononça Carry sur un ton d'avertissement. Elle n'a pas besoin que tu te comportes comme ça. Et puis, Faith va devoir apprendre à gérer ce genre de situation. On ne sera pas toujours avec elle.

Il le déplia, lut ce qui y était inscrit, puis l'enfourna dans l'une de ses poches.

— Tu disais ? sourit-il d'un air candide.

Carry leva les yeux au ciel, agacée.

— Je vois. Donc, tu as décidé que Faith était à toi.

Le sourire qui étirait la bouche de Daley se fana sur-le-champ. Je ne savais pas trop quoi en penser, mais mon intuition me souffla que l'attitude de Daley dépassait les limites et qu'il n'aimait pas que Carry lui fasse remarquer.

— Du tout.

Carry plissa les yeux.

— Menteur, cracha-t-elle entre ses dents. J'ai un petit conseil pour toi. Oublie ce côté de ta personnalité et réfléchis en tant qu'être humain, mon chou. Sinon, cette situation risque de devenir invivable pour Faith.

Daley retira lentement ses lunettes et planta son regard dans celui de la jeune femme installée à ma droite.

— Quel côté ? articula-t-il.

Carry haussa un sourcil et Daley émit un curieux son en retour. C'était une sorte de vrombissement qui paraissait provenir de son torse.

Il grogne ? C'est un « grognement » ? J'avais déjà entendu Daley produire ce genre de son.

— Faith empeste la vierge à plein nez et lui, là-bas, c'est un enculé prêt à violer pour se satisfaire. Avant d'ouvrir ta grande gueule, Carry, j'aimerais que tu tournes ta langue sept fois dans ta bouche. Je possède des sens que tu n'as pas, alors parfois, fais-moi juste confiance, bordel.

La seconde suivante, Daley termina sa bière d'une seule traite et se leva. Quand il lui passa à côté, Carry le retint d'une main sur le bras.

— T'as quelle idée en tête, là ? s'enquit-elle avec un curieux calme.

Il lui dédia un grand sourire faux qui dissimulait mal sa colère.

— Juste payer les consommations, m'dame. C'est ma tournée. Pour me faire pardonner mon côté… macho ?

— Casse-burnes, je dirais plutôt.

— Si ça te fait plaisir.

Il se libéra d'un mouvement sec. Je l'observai se diriger vers le comptoir d'un pas souple. Même sa façon de marcher sonnait comme un avertissement silencieux. Ce demi-humain était dangereux et ce n'était pas l'aura ténébreuse l'entourant qui m'affirmait le contraire. Il sortit son portefeuille et parla au fameux serveur qui s'était occupé de notre commande. Ce dernier souriait poliment, du moins, jusqu'à ce que Daley lui rende le papier qu'il m'avait donné. Là, il se pencha en avant et quoi qu'il dît à l'employé du café, ce fut assez menaçant pour que son interlocuteur change rapidement de couleur. Dorénavant, il était encore plus blanc que mon t-shirt. Pour conclure leur conversation, Daley lui tapota gentiment la joue, puis se détourna de lui comme si de rien n'était.

— À plus ! lança-t-il seulement en dépassant notre table.

— Daley ! l'interpella Carry d'une voix forte.

Mais il l'ignora, tout comme il avait pris soin de ne jamais s'adresser directement à moi lors de cette conversation. Notre relation s'améliorerait-elle un jour, ou bien allait-elle demeurer en l'état ?

— Comment il nous a trouvés ? m'enquis-je en l'observant s'éloigner et se fondre dans la foule.

Le hasard ? Carry ne me répondit pas tout de suite.

— Il nous a senties.

Je tournai aussitôt la tête dans sa direction. *Il est donc capable de nous repérer à l'odeur.* Elle eut un haussement d'épaules puis me sourit. *Je n'en saurai pas davantage, aujourd'hui*, pensai-je. Mais j'avais tout de même ma petite idée quant à la nature de Daley.

Le reste de la journée, nous le passâmes à visiter Berxley. Arrivée cette nuit par le ferry, j'avais pris un taxi jusqu'à l'adresse indiquée par mon frère. Carry pensait que c'était une bonne idée que je connaisse davantage la ville. C'était important pour moi de devenir rapidement indépendante. J'étais une femme, pas une faible chose, d'après elle.

Je ne m'étais jamais vue de cette façon. D'accord, mes parents m'avaient choyée et aimée tendrement de ma naissance à aujourd'hui, mais lorsqu'on savait ce qui se cachait derrière cette attitude, c'était largement moins admirable. Mon frère, lui, m'avait protégée du mieux qu'il l'avait pu, m'aidant même à fuir la demeure familiale. Étais-je faible pour autant ? Avoir besoin des autres était-il vraiment signe de faiblesse dans le premier monde ?

Le sentiment écrasant de n'avoir rien vécu malgré mes dix-huit ans m'emprisonna le cœur au point que j'eus du mal à respirer. Peut-être étais-je faible, oui. Si je me comparais à Carry, Melvin ou encore Daley, je ressemblais à une petite chose fragile sur laquelle il fallait veiller. Une enfant. C'était ça : j'étais une enfant. D'ailleurs, au café, Daley ne m'avait pas traitée en égale. Carry, oui, mais pas moi.

Était-ce ce qu'il insinuait en m'appelant « pioupiou » ? Melvin m'avait expliqué que c'était juste un surnom, affirmant qu'il s'agissait là d'un terme affectueux plus qu'autre chose. Seulement, étant donné l'attitude de Daley vis-à-vis de moi, j'en doutais.

Après avoir noté les horaires de bus sur mon calepin, les adresses des musées et les endroits vitaux comme le supermarché, où, selon Carry, on vendait les meilleures tomates de l'univers, ainsi que celle d'un salon de beauté qui proposait des produits bio – *ai-je vraiment besoin d'une crème à l'avocat ? Je ne suis même pas sûre de savoir à quoi ça ressemble* – une boulangerie qui servait les donuts les plus délicieux, elle décida de me ramener à la maison en taxi. Ma mission pour le lendemain était de faire des courses sans me perdre.

J'appréhendais de m'aventurer seule dans cette ville totalement inconnue. Je comprenais que c'était une étape nécessaire vers mon autonomie – dixit Carry.

Elle avait raison. Je n'étais plus la fille de mon père, j'étais Faith Williams. Nom de famille choisi au hasard par Hector lorsqu'il s'était procuré ma carte d'identité.

Une fois rentrées, Carry se précipita dans la salle de bains pour se préparer. Elle m'avait expliqué travailler dans une boîte de nuit, une sorte d'endroit où les humains allaient danser et qui s'appelait *L'Aile Tango*. Elle y exerçait ses talents en tant que danseuse et parfois serveuse, surtout s'ils manquaient de personnel. Selon ses dires, ça payait bien, du moins, plus que son ancien job, secrétaire dans une boîte d'assurances. Allais-je devoir moi aussi trouver un emploi avant d'intégrer l'université ? Cette éventualité n'était pas désagréable ; ça avait même un petit côté excitant.

Quand je les observais, que ce soit Melvin ou elle, je trouvais qu'ils s'étaient relativement bien adaptés à la vie dans le premier monde. *J'aimerais être aussi à l'aise qu'eux.*

Avant d'entrer dans ma chambre, je ne pus m'empêcher de jeter un œil à celle de Daley, entrouverte et sans lumière. Bizarrement, j'étais déçue. Pour une raison que j'ignorais, j'avais espéré le retrouver à la maison. Où était-il ? Que faisait-il ? Comment était sa vie ? Quelles étaient ses occupations lorsqu'il n'était pas ici ? Même s'il m'agaçait et me rendait nerveuse, il réussissait également à attiser ma curiosité à son sujet.

— Melvin vient de m'envoyer un message, cria Carry, depuis la salle de bains.

Je la rejoignis puis l'observai se maquiller. Un autre grand mystère pour moi, après la mode. Toutes ces couleurs que s'appliquaient les humaines. Une sorte de rituel tribal ? Peut-être une parade amoureuse ? Mes leçons n'avaient pas été aussi poussées ; si je savais désormais en quoi ça consistait, la raison derrière restait assez obscure. Chez moi, ce n'était pas quelque chose de possible. Se peigner était déjà un luxe des plus risqués.

—Il a un rencard ce soir, alors il ne rentrera pas tout de suite.

Son regard croisa le mien par le biais du miroir qui se trouvait au-dessus du lavabo. Elle teintait ses lèvres de rose, un rose assorti à celui de ses cheveux.

Je lui souris.

—Tu es inquiète?

Carry resta silencieuse, mais ses yeux me répondirent par l'affirmative.

—La solitude… une vieille amie.

De là où je venais, quand les filles devenaient fécondables, on les séparait des jeunes mâles, surtout lorsqu'on était la fille de mon père. Notre reproduction était minutieusement contrôlée afin de préserver notre espèce de l'attention humaine. Plus les habitants du premier monde ignoraient notre existence, mieux c'était pour notre survie. Si nous devenions trop nombreux, ils auraient vite fait de nous repérer. Les siècles défilaient pendant que notre territoire se réduisait de manière exponentielle, alors, il devenait vital de se soucier de notre démographie.

Mes parents m'avaient complètement isolée. Mon unique contact social ces dernières années s'était résumé à une servante aussi silencieuse qu'obséquieuse. Comment nouer des liens même amicaux dans de telles conditions?

—À partir d'aujourd'hui, ta vie va changer, Faith. Elle deviendra ce que tu décides d'en faire, affirma Carry en posant le petit tube qu'elle tenait.

Ma vie? Hector m'avait inscrite à l'université de Berxley, m'assurant que, malgré mes difficultés à correctement utiliser mes cordes vocales, j'avais le niveau de connaissances suffisant pour suivre les cours de cet établissement. Devais-je remercier les cours intensifs que m'avait donnés mon frère, le seul de notre famille qui avait passé beaucoup de temps sur la terre du premier monde? En vérité, je n'étais pas aussi sûre que lui de mon niveau. Je devais même avouer être effrayée par ce vaste inconnu s'étalant devant moi à perte de vue. C'était comme l'océan, mais dénué de tout ce qui m'y était familier. Ici, c'était soit nouveau, soit étranger. Les discours de Carry avaient beau enflammer mon enthousiasme, ça n'en demeurait pas moins effrayant. Avais-je les capacités nécessaires pour affronter ce monde? Parviendrais-je à m'adapter et créer quelque chose qui en vaille la peine ? Allais-je trouver un but à mon existence dans cet univers dont je ne savais quasiment rien ?

Dès que j'avais posé les pieds dans cette ville, ces questions avaient surgi dans mon esprit. Le manque de réponses et l'absence de certitudes me causaient des angoisses terribles.

Carry acheva sa toilette et de mon point de vue, l'adjectif qui lui convenait était « superbe ». Il exultait de sa personne une assurance captivante. En clair, elle assumait ses charmes jusqu'au bout des ongles et je l'enviais un peu pour ça.

Juste avant de partir, elle alluma la télévision et choisit le programme. Elle s'arrêta sur une chaîne qui proposait, d'après elle, la rediffusion d'un film culte que je devais absolument voir. Son meilleur argument avait été qu'écouter les répliques m'aiderait dans mon apprentissage oral de la langue humaine. Mon frère m'avait aidée au mieux de ses capacités, mais le manque de pratique était évident et mes échanges avec mes colocataires réduits au minimum.

Sans en avoir vu auparavant, je savais ce qu'était une télévision, ou bien une console de jeux, voire même un micro-onde. À quoi servaient ces objets, leur fonctionnement, j'avais intégré la théorie, mais ça restait impressionnant de le découvrir par moi-même.

Je m'installai donc sur le canapé puis me laissai porter par l'histoire. Il s'agissait ici d'une famille qui passait quelques jours dans une pension de vacances. L'histoire était centrée sur l'héroïne surnommée « Bébé ». D'une certaine façon, je me sentis proche d'elle. Comme Bébé, je n'étais préparée à affronter ni un contexte aussi étranger que le monde des humains, ni un de ses ressortissants mâles plutôt perturbants.

Je me demande si Daley danse comme Johnny, songeai-je en regardant le couple improbable évoluer sur la piste. Bébé éprouvait quelques difficultés à exécuter les mouvements langoureux, ce qui n'était pas le cas de son partenaire.

Trop absorbée par le film, je n'avais pas prêté attention à l'arrivée d'un des habitants de la maison et sursautai en entendant la voix de Daley :

— *Dirty Dancing* ? Sérieux ? grommela-t-il avant de se laisser tomber sur le canapé.

Il émanait de lui un drôle de parfum dont j'avais du mal à identifier les effluves. Ses yeux étaient un peu rouges, tandis que son corps paraissait fonctionner au ralenti, comme trop lourd pour ses propres membres.

— Carry, répondis-je succinctement en fixant de nouveau l'écran. Culte, ajoutai-je après un bref silence.

La proximité de Daley me rendait nerveuse. Ça et l'impression qu'il n'était pas dans son état normal. Il était dangereux. Très. Je le sentais avec une telle clairvoyance que ça laissait peu de place au doute.

— Ouais, j'imagine qu'il l'est pour beaucoup de nanas, ricana-t-il.

J'osai l'observer discrètement du coin de l'œil. Daley était avachi près de moi, et quand il sentit mon regard peser sur lui, il tourna la tête dans ma direction. Je me repris aussitôt. *Le film. Concentre-toi sur le film.*

— Il est où, Melvin ? Dans sa chambre ?

Je me raclai la gorge avant de lui répondre.

— Il… rendez-vous. Carry est partie au travail, articulai-je du mieux que je pus.

Un long silence suivit mon dernier mot. S'il n'y avait pas eu la bande sonore du film, j'aurais pu très clairement entendre nos respirations résonner dans la pièce. Je regardais la télévision si fixement que ça me picotait les yeux à force d'oublier de cligner des paupières. Bébé venait de faire irruption dans la chambre de Johnny pour lui déclarer sa flamme.

Lorsque Johnny lui ôta son haut, je me tassai sur moi-même tout en pressant un coussin contre ma poitrine. Le nez plongé dans le tissu râpeux, je tentai de cacher mon visage brûlant. J'avais une vague idée de ce que les héros du film s'apprêtaient à faire : exactement la même chose que racontaient mes anciennes camarades avant que je sois isolée. Le sexe à la façon humaine – ce qui était extraordinaire d'après elles ; elles qui l'affirmaient avec autant d'ardeur sans même l'avoir pratiqué.

Je ne m'étais jamais attardée sur les détails, cependant, contempler une version assez explicite de leurs dires, tout en étant seule avec un spécimen mâle, suscitait en moi une curieuse émotion. C'était gênant. J'avais chaud, j'avais froid, et brûlais d'envie de vérifier si Daley réagissait comme moi. Si oui, il était inutile de paniquer, c'était normal. Dans le cas contraire, j'avais un sérieux problème.

Je ne résistai plus et mon regard bifurqua une nouvelle fois dans sa direction… Je poussai un cri de surprise. Le visage de Daley était trop proche du mien, sans parler de ses yeux qui luisaient étrangement dans la pénombre. Je n'en étais pas certaine, mais ils semblaient s'être légèrement teintés de jaune.

— Ton odeur a drôlement changé, dit-il doucement.

Incapable de comprendre à quoi il faisait référence, j'optai pour un mutisme prudent. Heureusement qu'il y avait le coussin entre nous ; je m'y agrippai fermement. Un lent sourire incurva l'extrémité de sa bouche.

— Ça t'émoustille de les voir faire des galipettes ? me demanda-t-il ensuite. Non, ne réponds pas, c'est inutile. Mon odorat est infaillible.

Émoustille ? En cette seconde, j'aurais donné cher pour me trouver loin de lui. Et puis, il y avait aussi cette dérangeante émotion incontrôlable qui m'envahissait : j'étouffais.

Alors qu'il arborait toujours cet imperceptible sourire, une espèce de grondement sourd sortit de son torse. Je restai là, silencieuse et pétrifiée, ne sachant absolument pas comment réagir dans cette situation. Il se pencha davantage, au point où je pus sentir son souffle tiède sur mes lèvres.

— Tu flippes ? Tu aimerais ?

J'aimerais quoi, exactement ? Ne pouvait-il pas se montrer plus clair ?

— Rassure-toi, je ne suis pas assez bourré pour perdre le contrôle sur *Howley* et te sauter dessus comme ça. Malgré ce délicieux parfum qui émane de toi, se moqua-t-il.

— Jamais ! répliquai-je d'une voix furieuse, assourdie par le coussin qui me servait toujours de bouclier.

— Jamais, hein ? Ce n'est pas ce que raconte ton corps. Les odeurs ne mentent pas. Les mots sont superflus pour une bestiole dans mon genre, sale pioupiou.

Une bestiole dans son genre ? Soudain, il posa ses doigts brûlants sur la peau fine de ma cheville.

— Tu es glacée et pourtant, ce matin, tu étais bouillante. T'es quoi, bon sang ? s'interrogea-t-il en serrant davantage sa prise. Ça va me rendre fou de ne pas le savoir.

D'abord, ce matin, c'était ta chaleur, et non la mienne, pensai-je sans cesser de le surveiller.

— Et toi ? lançai-je.

D'un mouvement brusque, il me tira un peu plus vers lui. Je criai une nouvelle fois, puis me retrouvai sous lui, allongée sur le canapé.

— T'es curieuse ?

Désormais, il souriait largement et ses canines étincelaient presque dans l'obscurité. C'était une vérité difficile à nier : il me rendait effectivement curieuse.

Daley rit, mais c'était loin d'être un éclat joyeux ou détendu. C'était plutôt une sorte de grincement, un avertissement flou mais palpable. Il prit mon coussin des mains puis le jeta, manquant de peu la télévision. Ma respiration s'accéléra. Il n'y avait plus rien qui faisait barrage et je me sentais démunie. Tandis qu'il me détaillait d'un long regard, baladant ses yeux sur mon cou, puis plus bas, j'avais l'impression que mon cœur allait exploser dans ma poitrine.

— Tu voudrais savoir autre chose ? poursuivit-il sans cesser son examen.

J'avais la bouche sèche.

— Tu… me détestes ?

J'avais expulsé cette question sans vraiment y réfléchir. Le regard de Daley s'accrocha au mien. Il était à nouveau noir ; un abysse de ténèbres dans lequel on pouvait se noyer si l'on n'y prenait pas garde.

— C'est l'impression que je te donne ? (Il resta un instant silencieux.) Peut-être que oui, peut-être que non. Va savoir…

Ses propos restaient évasifs.

Depuis le départ, et par la seule force de ses bras, Daley avait fait attention à maintenir une distance de sécurité entre nous. Cependant, j'avais remarqué qu'il finissait tout de même par s'approcher. Peut-être était-ce encore une réaction involontaire de sa part, mais j'étais tendue d'appréhension, le regard méfiant. La chaleur qui exsudait de lui courait sur ma peau. Cette dernière, vorace, l'absorbait avec appétit sans éprouver l'ombre d'un remords.

— Tu ne me repousses pas ? s'enquit-il sans sourire, cette fois.

— Je...

Je n'y avais même pas songé. C'était l'absolue vérité. Ça ne m'avait pas traversé l'esprit alors qu'il attendait peut-être que je le fasse. La honte me brûla les joues. Si je n'adoptais pas une attitude plus humaine, si je n'avais pas les bonnes réactions, j'allais finir par être découverte.

— Si tu ne le fais pas, il pourrait se passer des trucs.

Son accent était traînant, toujours avec cette perpétuelle note d'amusement, néanmoins, ce qui brillait au fond de ses yeux était indubitablement dangereux.

— Tu n'es pas bien ? lui demandai-je en essayant de ne pas ciller sous son regard d'une grande intensité.

Il inspira profondément.

— On peut dire ça. J'ai bu. Beaucoup. Vu mon métabolisme, je dois avaler une sacrée quantité d'alcool avant d'être un tant soit peu saoul. Et je le suis.

Je savais que l'alcool était une boisson artisanale humaine qui permettait de se retrouver dans un état de transe toute relative. Nous avions aussi ce genre de chose, mais ça se consommait d'une autre manière. Et uniquement dans le cadre de certains rituels, notamment celui auquel j'avais échappé. Était-ce le cas de Daley ? Avait-il participé à un rituel ?

— Pourquoi ? insistai-je.

— Mêle-toi de tes affaires.

Je déglutis péniblement. Il prenait un malin plaisir à me torturer. D'un côté, j'avais envie de savoir, et de l'autre, rester dans l'ignorance était sûrement plus sage. Il s'inclina davantage, jusqu'à presser ses lèvres contre mon oreille.

— Faith... si tu restes ici, chez nous, ça va mal finir.

Je n'arrivais plus à respirer normalement, comme si tout l'air de mes poumons s'était retiré d'un seul coup. Les yeux écarquillés, je fixai le plafond, consciente que les battements du cœur de Daley étaient aussi rapides que les miens.

— Menace ? le questionnai-je d'une voix blanche.

Daley éloigna sa tête afin d'ajuster son regard au mien.

— Et si c'était le cas ? Normalement, c'est là que tu hurles, ou cries que je suis un salaud de psychopathe, et me fous une baffe.

— Tu… veux… que je te frappe ?

Il m'examina durant un long moment sans rien dire, puis se redressa et s'assit à nouveau. M'avait-il menti ? M'avait-il testée, ou quelque chose d'approchant ? Tout était possible.

— Je ne suis pas maso, rétorqua-t-il.

Je me relevai également.

— Tu as… voulu me faire peur ?

Il se tourna vivement vers moi.

— Tu aurais préféré autre chose ?

Chapitre 3

Daley

— Ce qu'il te manque, là, c'est une meuf. Une vraie. L'une des nôtres. Combats Bolgan, le bras droit de mon paternel, et c'est dans la poche. Elles se jetteront toutes dans ton pieu. Parce que là, hormis Candice, ta pêche est plutôt maigre.

— Ta gueule et file-moi le carburateur. Si je ne répare pas très vite cette bécane, je peux dire adieu à mon futur job.

— Tu crois que je ne t'ai pas vu lever le nez comme un cabot en rut quand elle a traversé le jardin ?

Je jetai un regard assassin à Dower. Nous avions grandi ensemble, et même si je n'étais pas de son sang, il ne m'avait jamais tourné le dos. Il était mon meilleur ami au même titre que Melvin, mais en cet instant précis, j'aurais préféré qu'il soit loin de moi au lieu me taper sur les nerfs. *Comme si je n'étais pas suffisamment à fleur de peau avec la nouvelle lune qui se pointe.* Et puis, nul besoin de lui pour comprendre que j'avais un problème avec Faith. Je l'avais pigé tout seul, comme un grand.

— J'ai un petit souci avec son odeur, c'tout, grommelai-je en lui arrachant la pièce des mains.

Dower ricana.

— Un souci, hein ? T'en avais la bave aux lèvres. (Il marqua une pause) OK. Je reconnais qu'elle sent très bon. Une sucrerie sur pattes…

Je lui lançai aussitôt un regard noir et Dower réagit en levant les mains en signe de paix.

—Je n'y toucherai pas. J'ai tout ce qu'il faut à la maison. Promis.

—J'ai rien dit.

—T'as pas eu besoin, j'ai vu tes poils se redresser en mode « pas touche, ou j'te bouffe ».

—Ben voyons.

Le sourire de Dower s'élargit presque au point de fendre son visage en deux.

—Je les ai vus virtuellement, ajouta-t-il.

—Et je vais *virtuellement* t'en coller une si tu continues à m'emmerder, grognai-je. Passe- moi la clé. Et ma bouteille d'eau. J'ai soif.

—T'es déshydraté, mon gros loup ? C'est le deuxième effet pas cool de la cuite. Souffre.

Alors que je m'apprêtais à boire une bonne rasade d'eau tiède, je vis du coin de l'œil Dower agiter les bras.

—Hé ! Jolie demoiselle ! Par ici !

Je recrachai illico la moitié de ma gorgée en spray. Cet idiot était en train d'interpeller Faith à grand renfort de gestes inutiles.

—Mais qu'est-ce que tu fous ? persiflai-je entre mes dents serrées.

—Je veux que tu me la présentes. Maintenant, elle m'intrigue et c'est ta faute, rétorqua mon ami sans cesser de sourire.

D'abord hésitante, Faith finit par s'approcher. Elle tenait une pile de livres contre sa poitrine et à l'odeur, ils provenaient du garage de Melvin. Avec un naturel détestable, Dower et sa tignasse châtaine frisée allèrent à sa rencontre. Ça faisait deux semaines que je ne lui avais pas adressé la parole et trois que je m'étais appliqué à l'éviter un maximum.

Mon corps vibrait. On aurait dit que de l'électricité le parcourait entièrement, se promenant d'un membre à l'autre à coups de petites décharges. Plus Faith avançait, plus cette tension s'amplifiait. Je me forçai à détourner les yeux du spectacle de sa silhouette, surtout mise en valeur par la robe d'été vert pâle qu'elle portait aujourd'hui. Il émanait de Faith une grâce naturelle à laquelle j'étais curieusement sensible.

— Salut ! Je suis Dower Jackson. Un ami d'enfance de Daley. Il m'a beaucoup parlé de toi, tu sais.

En entendant ce mensonge, je m'étouffai avec le reste d'eau que j'étais en train de boire.

— Enchantée. Je suis Faith Williams.

En trois semaines, sa façon de parler s'était sacrément améliorée. J'étais toujours autant stupéfait de voir à quel point cette nana progressait vite et ce, dans de nombreux domaines aussi divers que surprenants. Au moment même où Dower s'apprêtait à étreindre Faith – que ça soit de manière amicale ou non – j'intervins en le repoussant d'une main en plein visage.

— Je croyais que t'étais juste curieux, grinçai-je.

— Ouais mais t'avais raison… elle sent trop bon, marmonna-t-il d'une voix étouffée à cause de ma paume toujours pressée contre sa figure.

Visiblement, Faith ne savait pas de quelle manière réagir et se contenta de rester juste là, postée entre Dower et moi tandis que je me prenais son parfum de plein fouet. Comment dire ? J'y étais fichtrement réactif, surtout après avoir passé plusieurs jours à l'éviter. Je libérai aussitôt Dower puis m'éloignai rapidement d'elle. Sans dire un mot, je m'accroupis près de ma moto.

— Bonjour, Daley, fit-elle derrière moi. Toutes mes félicitations pour ton nouveau travail.

Ses efforts polis étaient louables. Très. Mais surtout, hyper agaçants. Chaque fois qu'elle me parlait, j'avais l'impression de me retrouver face à mon banquier. Ce dernier était d'une courtoisie irréprochable mais au ton de sa voix, je pouvais nettement sentir quel genre d'opinion de ma personne il avait et ce n'était guère flatteur. Néanmoins, je devais avouer que celle de Faith me faisait un effet différent. Je tendis l'oreille après lui avoir baragouiné un vague merci et me concentrai sur mon carbu.

— Laisse-le. Il n'est pas très intéressant. Je le suis davantage, intervint Dower. Ça va être ta première année à l'université ?

— Euh… oui. (Elle marqua une pause.) Comment le sais-tu ?

— Les bouquins que tu tiens. J'ai eu besoin des mêmes.

Soudain, une longue mèche soyeuse vint me caresser la joue. Je me figeai, brusquement en apnée.

— Qu'est-ce que tu fais ? me demanda-t-elle avec curiosité.

Je lui lançai un regard de travers.

— Ça ne se voit pas ? marmonnai-je.

— Tu essaies de réparer cet engin ? insista Faith en se penchant davantage par-dessus mon épaule.

— Eh bien, au début, je pensais que cette moto manquait juste d'affection, alors je lui ai fait un gros câlin, mais comme tu peux le constater, ça n'a pas vraiment marché.

Je m'en voulus aussitôt. Ce n'était pas sa faute. Du moins, elle n'avait rien fait pour mériter ces coups de dents énervés.

— J'imagine que c'est ta façon à toi de me dire de partir.

Elle resta silencieuse puis s'accroupit à côté de moi. Du coin de l'œil, je la regardai faire attention à bien serrer les cuisses pour que personne ne puisse apercevoir ce qu'il y avait sous sa jupe… ce qui, forcément, me donna aussitôt envie de savoir quel type de sous-vêtement elle portait. Quelque chose de sage, ou bien de plus olé-olé ?

Toutefois, sa manière d'agir fit frémir le coin de ma bouche. Ne pas sourire me réclama plus d'efforts que prévu. Comme il y avait eu une petite averse le matin même, je comprenais qu'elle ne désire pas poser ses fesses sur l'herbe mouillée.

— Tu ne m'aimes pas beaucoup, on dirait, poursuivit-elle.

Sérieusement, son élocution s'était améliorée un truc de fou. Je n'osais même pas imaginer le nombre de films ringards que Carry lui avait fait mater pour arriver à ce résultat. J'optai pour rester muet, feignant de m'occuper exclusivement de ma moto.

— Tu sais, c'est réciproque…

Mon corps se raidit involontairement. Logique. J'étais loin d'avoir été sympa avec elle ces derniers temps, mais il n'empêche qu'entendre cette vérité restait désagréable.

— Néanmoins, on va être obligés de cohabiter ensemble, alors j'ai une proposition à te faire : nous pourrions essayer de devenir amis.

Cette fois-ci, je tournai franchement la tête vers Faith. Amis. Elle et moi. C'était une putain de blague ? Elle ne cilla pas sous mon regard et pourtant, il n'était pas franchement « amical ». En vrai, si mes yeux avaient eu ce pouvoir, ils l'auraient transpercée.

— Pourquoi voudrais-je être ton pote ? finis-je par dire, tout en m'essuyant les mains pleines de cambouis sur un vieux t-shirt déchiré me servant de chiffon.

Faith haussa un sourcil.

— Parce que je pense que ça serait une bonne chose. Melvin et Carry...

— Non.

Je n'allais certainement pas entrer dans ce petit jeu. Non. Carrément négatif. Je n'étais pas idiot à ce point-là. Je me levai brusquement, résistant à l'envie de m'enfuir loin de cette fille.

— Pourquoi ? insista-t-elle en me suivant.

La colère brillait dans ses yeux, ce qui transformait son regard jusqu'à le rendre hypnotique.

— Parce que.

Bravo, Daley, ça c'est une réponse claire et concise. Je me serais foutu des baffes.

— Est-ce que je peux donner mon avis ? intervint Dower.

Je me tournai aussitôt vers lui. Ma posture était à elle seule un avertissement qui se passait de mots. Il recula prudemment en se tassant sur lui-même.

— D'accord, d'accord. Je me contente de mon statut de spectateur, marmonna-t-il.

Il boudait comme un gosse, mais je m'en fichais. Je ne pouvais pas être ami avec Faith. Pour tout un tas de raisons que j'avais du mal à expliquer, mais la première qui me venait en tête était : un pote ne veut pas arracher la petite culotte de son « amie », ni de lui renifler « amicalement » les parties génitales. Ça me rendait déjà dingue de la désirer à ce point alors que tout en elle me tapait sur les nerfs, mais une seule chose était claire et nette dans mon esprit... il était hors de question que je fasse semblant d'être son meilleur copain pour la vie. Plutôt garder l'ambiance tendue à la maison en l'état que participer à une telle mascarade.

Alors que je tentais un repli stratégique à l'intérieur du garage, Carry choisit cet instant pour émerger de la maison avec un plateau sur lequel refroidissait un brownie. Lorsque cette dernière faisait de la pâtisserie, c'était qu'elle avait récolté beaucoup de pourboires. Son excellente humeur la poussait alors systématiquement vers la cuisine.

— L'heure du goûter, les enfants. Daley, tu laves tes paluches avant de manger, s'il te plaît.

— Oui, maman, grognai-je, pour ensuite sagement m'exécuter à l'évier de la terrasse.

J'étais de mauvaise humeur et troublé. Si Faith osait me suggérer une telle chose, c'était peut-être parce qu'elle ne ressentait pas le dixième de l'incompréhensible attirance que j'éprouvais pour elle. Non. Impossible. Mon flair ne me trompait jamais. Le soir où j'étais rentré saoul, j'avais failli craquer uniquement à cause des phéromones d'excitation qu'elle m'envoyait à la figure. Des vagues d'effluves ensorcelants qui m'avaient pris à la gorge au point où même respirer avait été un acte héroïque. Et lorsque je m'étais physiquement rapproché d'elle, l'air était vite devenu saturé d'envie de sexe. La seule explication était qu'elle n'en avait pas conscience. Je ne voyais que ça.

Quand je revins, Dower était assis près de Faith. Trop près, à mon goût. Je me forçai à rester à distance raisonnable. Surprenant mon manège, il me lança un drôle de regard auquel je répondis par un grognement belliqueux. Carry l'entendit et m'adressa un sourire narquois. Je l'ignorai.

— C'est délicieux ! s'exclama Faith, la bouche pleine.

Il y avait une miette à la commissure de ses lèvres. La remarquer suffit à m'obséder. Elle et la bouche contre laquelle elle s'incrustait en douce. Ma respiration s'accéléra et je sentis même mes pupilles se dilater pour atteindre la taille d'un terrain de football.

Faith et la pleine lune qui arrivait, voilà un mélange sacrément dangereux. J'allais peut-être devoir quitter la maison quelques jours.

Se sentant observée, elle finit par lever les yeux, une expression à la fois curieuse et méfiante sur le visage.

— Quelque chose ne va pas ? s'enquit-elle.

Je détectais une forme de nervosité dans l'intonation de sa voix. Après quelques secondes de silence durant lesquelles Carry et Dower nous observèrent, je désignai ma propre joue de l'index.

— T'as… une miette, là.

Ses lèvres formèrent un « oh » silencieux et quand elle essaya de l'enlever, elle la rata d'un bon centimètre. Agacé, surtout parce que je luttais contre l'envie de la lui ôter d'un coup de langue, je pris l'initiative de la retirer moi-même, cette satanée miette de gâteau. En deux-trois enjambées, j'étais à ses côtés et me penchais. Lorsque mes doigts entrèrent en contact avec sa peau douce, je reçus l'équivalent d'une décharge électrique près de l'aine.

Les dents serrées, je plongeai mon regard dans celui de Faith, agrandi d'étonnement et… d'autre chose. J'entendis clairement les battements de son cœur s'affoler.

Ce con de Dower a raison. Je dois me trouver une nana. Et vite.

Quelqu'un se racla la gorge et vu sa façon de faire, c'était certainement pour dissimuler un fou rire latent.

— On peut vous laisser seuls, si vous voulez. Y'a tellement de tension sexuelle dans le coin que j'ai du mal à respirer.

Dower. Exactement ce que je pensais quelques minutes plus tôt. Mon ami était d'une perspicacité étonnante. Tellement, d'ailleurs, que j'avais très envie de lui cogner la tête contre un mur pour le rendre un peu moins réceptif.

— N'importe quoi, maugréai-je en détournant les yeux de Faith.

— T'abuses, Dower, approuva Carry tout en affichant un large sourire. C'est juste Daley qui est fasciné par Faith.

J'assassinai copieusement Carry du regard.

— Je ne suis pas fasciné. OK? Qui serait fasciné par un sale piaf à peine sorti du nid ?

Pour la peine, j'engloutis ma part de gâteau en une seule bouchée.

— C'est donc pour ça que tu ne souhaites pas être ami avec moi ? À cause de cette…

— Tension. Sexuelle, la coupa Dower en souriant largement. Tu sais bien, c'est quand deux personnes ont tellement envie de baiser que les autres autour parviennent à le capter.

Faith pâlit violemment.

— Je ne… pense pas que ça soit le cas, désolée, lâcha-t-elle d'une voix blanche.

Elle allait tourner de l'œil. L'idée la répugnait, c'était évident. Maintenant, pour une raison que je préférais ignorer, j'étais hors de moi.

— Ouais, confirmai-je d'un ton froid. Je ne tape pas dans la vierge effarouchée. (Je marquai une courte pause.) Dower, c'est pas ta meilleure blague. Tu perds la main, mec.

Sur ce, furieux contre le monde entier, je retournai à ma bécane.

Le soir venu, alors que je buvais une bière fraîche dans la cuisine, Faith apparut sur le seuil de la cuisine vêtue d'une autre robe et légèrement maquillée. Tandis que je portais le goulot de la bouteille à mes lèvres, je suspendis inconsciemment mon geste. *Elle sort ? Avec Carry, peut-être ?*

— Bonsoir, dit-elle, le regard empli de cette méfiance que je lui connaissais bien, maintenant.

— Salut.

Le silence qui suivit était lourd, imprégné d'une gêne étouffante et d'autre chose. Je décidai de terminer ma bière sans relancer la conversation.

— Il n'y a pas de tension sexuelle entre nous, lâcha-t-elle d'un ton abrupt.

Un ricanement m'échappa et je secouai légèrement la tête.

— Qui t'essaies de convaincre, là ? Toi ou moi ? rétorquai-je avant de boire l'ultime gorgée d'alcool restant au fond de ma bouteille.

Elle s'approcha de moi en fronçant les sourcils.

— Je sais ce que tu es, Daley Smith.

Tiens, elle connaît mon nom de famille ? Un nom de famille qui ne voulait plus rien dire aujourd'hui, mais j'aimais bien l'idée qu'elle ait cherché à en savoir plus à mon sujet. Je me tournai complètement vers elle, puis croisai les bras.

—Ah ouais ? fis-je.

Je sentis ma bouche s'assécher et ma langue partir en quête d'un peu de salive. Elle avait deviné. *Merde.*

—Oui. Tu es un métamorphe. Ce n'était pas très difficile à deviner. Il est vrai que je ne suis pas née ici, qu'il existe énormément de choses que j'ignore encore, mais… mon frère, Hector, m'a souvent parlé des créatures du deuxième monde.

Le premier monde concernait les êtres humains, la faune et la flore. Ceux issus du deuxième étaient rattachés au premier, d'une façon ou d'une autre, une sorte de croisement, la moitié d'un chemin qui avait besoin d'humains pour exister, ou « coexister ». Puis, il y avait les Faës, les créatures qui peuplaient le troisième monde. Leur propre dimension leur suffisait. La réalité sur la Terre était un oignon doté de plusieurs couches et nous l'avions divisée en quatre.

Le quatrième était les ténèbres. Le monde de l'obscurité, celui du mal absolu sur lequel régnaient les monstres… le monde auquel j'appartenais. Je me redressai lentement. *C'est donc ça. Elle a cru que j'étais un simple métamorphe, comme Dower.* Mais je venais d'apprendre une chose : si elle n'était ni du premier, ni du second – et si elle avait été du quatrième, elle ne sentirait pas aussi bon – elle était forcément du troisième. C'était une Faë… oui, mais de quelle race ? Une elfe ? Non. Elle était gracieuse, mais trop maladroite. Dans tous les cas, ça confirmait qu'elle et moi n'avions rien à faire ensemble. Il n'y avait pas pire mélange ethnique qu'une créature du troisième monde avec une du quatrième. Des guerres s'étaient déclenchées pour moins que ça.

—Tu ne sais rien de moi, Faith, alors un conseil, garde tes distances.

Elle leva le menton en signe de défi.

—Et si je refuse ?

Quelle tête de mule ! Je souris avec cruauté. Elle eut un mouvement de recul, à nouveau sur la défensive, peut-être prête à en découdre physiquement, ou à l'aide de ses pouvoirs. D'ailleurs, j'étais très curieux au sujet de ces derniers.

Désormais, je comprenais mieux mon attrait pour Faith. Il était logique. Les ténèbres étaient toujours attirées par la lumière et vice versa. Je devinais également pourquoi Melvin et Carry ne m'avaient rien dit.

Seulement, agir ainsi relevait de la bêtise. J'étais le pire danger pour Faith à des kilomètres à la ronde.

— Salut, vous deux ! Je… Oh. Je dérange, peut-être ?

Je tournai la tête en direction de Melvin et sa mimique interrogatrice. Plusieurs fois de suite, son regard glissa de Faith à moi.

— T'as invité une Faë chez nous ? Mais qu'est-ce qui ne va pas chez toi ?

Melvin pâlit.

— Ah. Je pensais avoir plus de temps avant que tu ne le saches.

Je serrai les poings. Je devais contenir ma colère. La pleine lune était trop proche et tout pouvait déraper en un clin d'œil.

— J'attends tes explications.

Melvin esquissa un pauvre sourire, entra dans la cuisine et déposa sa besace sur la table.

— Je ne peux pas t'en fournir. J'ai promis de garder le secret et tu sais que je suis incapable de rompre une promesse.

Melvin était en réalité un gnome. Un génie de la Terre. Une créature du deuxième monde.

— Tu te fous de moi, là ! m'exclamai-je, stupéfait. Appelle Carry. Elle, elle n'est pas obligée de…

— Grâce à la magie, Carry a scellé la vérité dans l'une de ses dents, me coupa Melvin. La seule ici qui peut tout te révéler, c'est Faith, mais je doute qu'elle le fasse… à moins que tu ne l'y obliges, bien sûr.

Un lourd silence s'abattit sur nous, durant lequel je pris soin de ne pas regarder Faith. Si jamais je le faisais, j'allais craquer. Sûr.

— Très bien. Je m'en vais.

Un éclair de panique traversa le regard de Melvin.

— Tu ne peux pas nous abandonner ! Si aucune créature maléfique n'a osé s'attaquer à nous, tu sais pertinemment que c'est grâce à toi ! Avec la présence de Faith sous notre toit, ça risque d'être terrible si tu n'es pas là !

La peur qu'éprouvait mon ami n'était pas feinte. Elle m'emplissait les narines jusqu'à l'écœurement.

— C'est quoi le plan ? Je vous sers de chien de garde mais surtout, on ne me met pas dans la confidence ? crachai-je avec colère.

— Tu es du quatrième monde ? s'écria-t-elle, abasourdie.

Je la transperçai d'un regard fauve.

— Eh ouais, le pioupiou ! Beaucoup de choses s'expliquent, maintenant, hein ? ripostai-je avec hargne.

Je me sentais prêt à exploser. Une véritable bombe. Surtout que ces dernières semaines, je m'étais souvent réveillé en pleine nuit pour me découvrir prostré en transe devant sa porte avant de regagner fissa, fissa, mes pénates. J'en connaissais la raison, aujourd'hui.

— Nous ne pouvons pas vivre sous le même toit, souffla-t-elle, les yeux écarquillés.

Il y avait un tel dégoût, une telle peur au fond de ses yeux que je me sentis perdre pied. Les Faës maudissaient les monstres du quatrième monde, et ces derniers le leur rendaient plutôt bien en les exterminant dès que c'était possible.

Seulement… seulement, moi, je n'avais pas grandi dans les ténèbres, ni été élevé dans la haine absolue du camp adverse. Je reconnaissais éprouver une espèce d'aversion naturelle envers eux et c'était sûrement dû à mes gènes, mais dans le cas de Faith, ça ne fonctionnait pas vraiment ainsi.

— Écoute, je comprends que ça puisse te faire peur, commença Melvin avec un geste d'apaisement.

Mais la terreur et la colère de Faith n'étaient pas feintes non plus. Ça allait partir en vrille. Je me redressai de toute ma hauteur, la toisant sans rien laisser transparaître ; que ce soit par mon expression faciale, ou dans l'obscurité de mon regard.

J'avais l'habitude du rejet. Il n'y avait aucune raison que le sien m'atteigne. J'étais le « monstre » du placard, celui qui terrorisait la populace. Faith me désigna d'un index tremblant de rage.

— Il fait partie de ces créatures… comment pouvez-vous ne serait-ce que respirer le même air que lui, Carry et toi ? Ces tueurs ont assassiné des milliers des nôtres au cours des siècles ! Ils n'ont pas d'âme ! Ils n'éprouvent ni compassion, ni pitié !

Ma mâchoire se contracta. Ça me rappelait étrangement les propos d'une autre femme, celle qui avait promis de m'aimer lorsqu'elle m'avait adopté. Je préférai ne rien dire. Me défendre aurait servi à quoi ? Son opinion était déjà faite.

— Faith ! s'énerva Melvin.

Cela lui arrivait rarement, mais il était clair que lui aussi était furieux, à présent.

— Tu parles de mon meilleur ami, alors mesure tes propos. Et puis, si tu courais un réel danger avec lui, tu ne penses pas que j'aurais refusé la demande de ton frère ?

Faith ouvrit la bouche comme pour dire quelque chose, puis sembla se raviser, préférant juste pincer les lèvres très fort en signe de réprobation.

— Oui, Daley est une créature du quatrième monde, continua Melvin d'un ton plus doux. C'est vrai, mais il n'a pas grandi là-bas. Il a d'abord été élevé par des humains, puis par la meute de la Forêt de Mar. Il est plus proche de nous que des malfaisants ! C'est d'ailleurs sa présence dans notre maison qui repousse les autres, car ils le craignent.

— Le Seigneur Noir pourrait me percevoir à travers lui, puis le Kraken ! s'exclama Faith, toujours furieuse. Nous sommes tous reliés à notre « père » et ceux de notre race. C'est pour cette raison que nous avons toujours limité les contacts avec les autres peuples ! Sinon, comment se protéger de nos ennemis ?

— Je ne suis connecté qu'à moi-même, intervins-je froidement.

— Les loups-garous sont en voie d'extinction, certifia mon ami de son côté. Daley est peut-être le dernier ressortissant de son espèce. Il y a longtemps de ça, les magiciens ont brusquement décidé de les exterminer à cause des ravages qu'ils faisaient au sein des humains, parce qu'une seule morsure suffisait pour les transformer à leur tour. C'était devenue une véritable pandémie. Les humains, effrayés, se sont mêmes mis à tuer des innocents… et comme dans toute décision extrême de ce genre, ce fut un véritable génocide. Néanmoins, ça ne signifie pas que Daley est comme ses ancêtres, d'accord ? J'aimerais que tu lui fasses confiance, Faith. Que tu *nous* fasses confiance.

Melvin était de mon côté. Quoi de plus normal ? Il savait mieux que quiconque à quel point ça avait été difficile de contrôler Howley. Adopté bébé par un couple d'humains qui ne connaissaient rien de ma nature, je l'avais rapidement découverte sur le tas, sans personne pour me guider, ni m'aider à appréhender cette part de moi-même... À l'adolescence, lors de ma première transformation complète, j'avais tué mon père. Je n'en avais gardé aucun souvenir et avais appris bien plus tard que, normalement, j'aurais dû m'éloigner de la population pour éviter ce genre d'accident. Ce crime avait rendu ma mère adoptive complètement folle, et quant à moi, je n'en étais pas sorti indemne. D'ailleurs, mes cauchemars le prouvaient.

Après avoir vécu seul cinq ans dans une cabane cachée au cœur de la Forêt de Mar, avec pour famille une meute de métamorphes chiens, j'avais ensuite suivi Melvin jusqu'à la ville. Un Melvin qui était loin de posséder son apparence actuelle, à l'époque.

Si j'avais réussi à maîtriser Howley, le loup-garou qui habitait mon ombre, c'était surtout grâce aux parents de Dower. Ma transformation restait différente de la leur, tout comme mes capacités surnaturelles, mais ce qu'ils m'avaient enseigné m'avait été d'un grand secours.

Encore aujourd'hui, il n'était pas rare que je m'enchaîne les nuits de pleine lune, juste pour être sûr de ne faire de mal à personne. Et voilà que j'allais cohabiter avec une créature qui rendait dingue la mienne. Je craignais que tous ces efforts, tout ce travail, celui des parents de Dower, de Melvin, de Carry, et les miens, soient juste bons à être jetés à la poubelle.

— Est-ce que je peux compter sur votre bon sens ? insista Melvin en nous scrutant l'un après l'autre. Tout ira bien si vous ne rendez pas les choses difficiles pour l'autre.

Je détournai le regard. Pour reprendre les mots de mon ami, je ne voulais en aucun cas rendre les choses difficiles pour Faith.

— C'est un oui pour Daley, soupira-t-il avec soulagement.

Je poussai un grognement pour la forme. Le silence qui suivit me sembla durer des heures.

— C'est d'accord, finit-elle par accepter.

J'osai un rapide coup d'œil dans sa direction. Elle avait les bras croisés, le menton levé et des iris dorés encore brillants de colère. Elle était magnifique. Je déglutis péniblement, à croire que mon œsophage s'était rétréci jusqu'à ne plus pouvoir laisser passer ma salive. Je jetai ma bouteille de bière, question de remuer mon corps à la fois tendu et engourdi.

— Hé ! C'était pas demain notre petite réunion mensuelle ? lança une voix.

Carry. Elle aussi s'était faite jolie. Une robe noire moulante qui lui arrivait à mi-cuisses, des bas résilles et des rangers lustrés aux pieds.

— Tu es prête ? enchaîna-t-elle en se tournant vers Faith.

Cette dernière, toujours contrariée, se contenta de hocher la tête. Il n'en fallut pas plus pour que Carry devine que l'ambiance était à couteaux tirés.

— Vous allez quelque part ? s'enquit Melvin.

Le sourire de Carry s'élargit et ses yeux se mirent à pétiller.

— J'emmène Faith à un concert. Il y a un groupe qui vient jouer gratuitement au parc pour la fête de l'été. Si ça vous branche, vous pouvez venir.

J'avais envie d'aller à ce concert comme de m'arracher une dent avec une ficelle. Mon regard passa très vite sur la silhouette de Faith et ses courbes à peine couvertes par le vêtement rouge. *Elles vont avoir des problèmes.* Je ne mettais en aucun cas en doute les capacités à se défendre de Carry, n'empêche qu'il allait y avoir des types saouls à cette soirée. Beaucoup. La chose grondante en moi se hérissa. Je pouvais presque voir des poils former une crête sur son dos. Visiblement, Howley refusait net l'éventualité qu'un mec les ennuie.

— Ouais, lâchai-je. Je viens.

Faith poussa un son étranglé aigu, visiblement peu enchantée par cette perspective et Carry frappa dans ses mains avant de plisser le nez, l'œil critique.

— Pas dans cette tenue.

Je haussai un sourcil. Ce n'était qu'un concert, pas un défilé de mode.

— J'aime beaucoup ton short, Daley... je suis certaine que, quelque part dans Berxley, un rappeur se promène cul-nul et frissonne dans la nuit.

Je lui montrai les dents.

— J'aime être à l'aise. Ça te pose un problème ?

— Ce genre de short baggy pose un problème à l'humanité entière, mais j'imagine que le principal pour toi est que « Dupond et Dupont » ne se sentent pas à l'étroit dans leur tiroir. (Elle marqua une pause) Et toi, tu viens ?

— Je fais l'impasse. Je suis trop crevé pour supporter une telle foule. Amusez-vous bien, bâilla Melvin.

Contraint et forcé par Carry, je montai à l'étage pour me changer.

Chapitre 4

Faith

—T'es obligé de conduire de cette façon ? On va à un concert, pas à une course automobile ! s'énerva Carry en serrant les dents.

—J'aime la vitesse, rétorqua Daley alors qu'un large sourire flottait sur ses lèvres.

Elle était assise sur le siège passager à l'avant alors que moi, j'occupais la banquette arrière. Toujours sous le choc, je n'étais plus très sûre de vouloir me rendre à cette fête.

Daley était un malfaisant. Un loup-garou. Je frissonnai. Vivre avec un être du quatrième monde relevait de l'inconscience totale. J'avais du mal à comprendre ce qui avait bien pu pousser mes nouveaux amis à accepter un tel risque. Daley était capable de se retourner contre eux à n'importe quel moment. Je les imaginais déjà gisants dans une mare de sang, le corps déchiqueté. J'étais persuadée qu'un jour, ça finirait par arriver. C'était inéluctable. Personne ne pouvait lutter indéfiniment contre sa nature.

Mon regard croisa celui de Daley, si sombre, via le rétroviseur. Chaque fois, c'était là quelque chose qui affolait mon cœur ; nager dans l'eau noire de ses yeux. Comme en cet instant, j'avais l'impression qu'il devinait chacune de mes pensées, et je m'empressai de tourner la tête.

Lorsqu'il était revenu de sa chambre, et malgré toute la peur qu'il m'inspirait depuis que je « savais », j'en avais eu le souffle coupé. Son t-shirt noir qui moulait ses muscles, sa veste en cuir ou son jean de même teinte sublimaient la beauté de Daley tout en renforçant son aura indubitablement dangereuse. En l'observant, j'avais encore ressenti cette forme de tension comparable à un millier d'éclairs zébrant le ciel. Celle que Dower, son ami, avait évoquée dans l'après-midi.

—Ça va, Faith ? vérifia Carry. La conduite de cette brute ne te rend pas malade, au moins ?

Daley ricana.

—Je suis sûr que ça l'excite. Hein, pioupiou ? C'est presque aussi bien que *Dirty Dancing* ? Qu'est-ce que t'en penses ?

Je lui jetai un regard noir dans le rétro et aux plis qui se formèrent au coin de ses yeux, je devinai qu'il souriait en retour. Carry lui donna un coup dans l'épaule.

—Ne confonds pas excitation et envie de vomir, crétin. Et cesse de l'appeler comme ça, c'est infantilisant.

—Comme Melvin et toi n'arrêtez pas de la couver, je trouve que ça lui va vachement bien.

Cette fois-ci, ce fut Carry qui émit un ricanement.

—Dixit celui qui la *couve* tout le temps du regard.

Je notai le bref coup d'œil de Daley dans sa direction ainsi que ses doigts qui serraient un peu trop le volant de la voiture de Melvin.

—Je ne vois pas de quoi tu parles, rétorqua-t-il froidement.

—Mais oui, c'est ça. Tu es d'une mauvaise foi hallucinante… Ah. Nous y sommes.

—Trouver une place de parking va être un jeu d'enfant, grogna Daley.

Après quelques minutes de recherches, il finit par habilement garer le véhicule entre deux autres. Il était clair que leur conduite était différente. Melvin restait prudent, quant à Daley, il paraissait se fier exclusivement à son instinct. Lorsque la portière s'ouvrit de mon côté, je sursautai de surprise.

—Allez, sors de là. À moins que tu aies besoin d'un coup de main ?

En obtempérant, je faillis perdre l'équilibre mais il me rattrapa in extremis. Une multitude d'émotions m'envahit sur-le-champ : la peur, la nervosité, la répulsion et l'incroyable envie de me laisser aller contre lui. Je levai les yeux vers son visage tandis que lui-même s'inclinait. Je l'entendis inspirer profondément et me raidis. J'avais compris depuis longtemps que c'était sa façon de lire en moi et de savoir ce que je ressentais.

—Je te fiche la trouille, chuchota-t-il en souriant.

Mais ce qui errait dans son regard ne s'accordait pas vraiment à ce ton léger.

—Qui a peur du grand méchant loup ? C'est le pioupiou, le pioupiou, chantonna-t-il ensuite avant de me relâcher.

—Tu trouves ça tellement étonnant vu le passif de ceux de ton espèce ? répliquai-je, acerbe.

Daley recula d'un pas, comme si je venais de le gifler. Je regrettai aussitôt mes paroles.

—J'imagine que non.

Sur ce, il entreprit de verrouiller la voiture. Carry me rejoignit puis me passa un bras autour des épaules. Daley, lui, se tenait devant, à l'écart. Nous marchions lentement, profitant de l'air doux estival.

—Melvin m'a envoyé un message. Il paraît que tu connais la vérité à propos de Daley ? me confia-t-elle à voix basse.

Je ne pus m'empêcher de jeter un coup d'œil en direction de ce dernier. Est-ce que parler doucement suffisait pour l'empêcher d'entendre notre conversation ? Comme si Carry avait deviné ce sur quoi je m'interrogeais, elle répondit :

—Tu peux parler librement. Daley n'écoute que s'il en a vraiment envie. C'est le premier sens qu'il a dû apprendre à maîtriser lorsqu'il était enfant. Les bruits, jusqu'au moindre couinement de bestiole dans la forêt, ont manqué de le rendre dingue. Ce qui est compréhensible. Moi, à sa place, j'aurais pété les plombs de capter tout ce raffut.

D'accord avec elle, j'acquiesçai.

—Oui, je suis au courant et Daley sait désormais que je suis issue du troisième monde.

— Il ne sait que « ça » ?

Là encore, je me contentai de hocher de la tête. Carry resta un instant silencieuse.

— J'avais également peur de lui, avant. Surtout les nuits de pleine lune. Comment dormir sur ses deux oreilles… tu te rends compte ? Un loup-garou ! Un vrai, un de ceux qui ravagent des villes entières. Un film d'horreur version *reality show*. Même si je sais utiliser la vieille magie enseignée par le petit peuple, je reste désespérément humaine. Et puis, pas une magicienne très douée, en plus.

— Qu'est-ce qui a changé ? lui demandai-je en fixant le dos large de Daley.

— J'ai juste décidé de faire confiance en Melvin qui lui-même avait une confiance aveugle en Daley. Je me suis dit que jamais mon ami, celui que je connais depuis genre… le placenta, ne me mettrait en danger.

Je ne répondis pas tout de suite.

— Je vais essayer. De faire des efforts, ajoutai-je après-coup.

Carry m'adressa un grand sourire amical puis me serra un bref instant. Bizarrement, ce fut à ce moment précis que Daley se tourna vers nous, une expression indéchiffrable sur le visage.

— C'est bien. Un pas après l'autre. Sans oublier que quelque chose me dit que vous allez finir par vous entendre, tous les deux. Tu verras, contrairement à la première impression qu'il donne, au final, il peut se révéler très attachant, rit-elle.

Tous les gens autour de nous criaient et sautaient sur place. Ils dégageaient une telle énergie que ç'en était grisant. Difficile de ne pas se laisser transporter par une telle ambiance électrique. Carry chantait à s'en brûler les cordes vocales. J'aurais aimé l'accompagner mais je savais que si je m'y essayais, ça pouvait créer des problèmes. Pour les créatures de mon espèce, le chant était avant tout une arme.

— Carry ! l'interpellai-je d'une voix que j'espérais assez forte.

Je ne parvins pas à capter son attention et dut poser une main sur son épaule. Elle tourna la tête et me sourit.

— C'est génial, hein ? hurla-t-elle, le regard brillant d'excitation. Ce sont les Crisis Brown ! Je savais qu'ils feraient un malheur ! Tu t'amuses ? Ça te plaît ?

Je lui souris à mon tour.

— C'est très... exaltant, criai-je près de son oreille. Mais j'aimerais aller aux toilettes... je crois que j'ai bu un peu trop d'eau.

Carry éclata de rire. Pour ma défense, je n'avais pas l'habitude de dépenser autant d'énergie sur la terre ferme ; je devais souvent penser à me réhydrater.

— OK, je t'accompagne.

Je secouai la tête.

— Non, reste ici.

Mon amie hésita.

— T'es sûre ?

— Je vais les trouver et au pire, je demanderai à Daley.

Bien que ce dernier eût disparu de la circulation peu de temps après le début du concert, mais ça me gênait d'arracher Carry à toute cette effervescence musicale.

— C'est d'accord, mais si jamais tu as un problème, n'hésite pas à m'envoyer un texto. J'ai mis mon téléphone sur vibreur.

Melvin m'avait offert ce qu'il appelait un Smartphone et avait passé près d'une heure à m'expliquer son fonctionnement. Je ne connaissais rien au monde humain, mais heureusement pour lui que j'apprenais vite.

J'adressai un dernier sourire à Carry avant de fendre la foule compacte qui s'agitait au rythme entêtant de la chanson. J'eu du mal à en sortir, mais plus je m'éloignais de la scène, plus les gens se faisaient rares, et plus l'air devenait respirable.

Mon corps avait trop absorbé de chaleur et je me sentais brûlante. Je n'avais qu'une envie : plonger dans la mer. Ce qui n'était pas possible car il suffirait que j'immerge ne serait-ce qu'un orteil pour me faire repérer par les membres de ma famille.

Après plusieurs minutes de prospection, je finis par trouver les commodités ouvertes au public. Plusieurs couples s'embrassaient ici et là et, de mon côté, j'essayais de ne pas trop les regarder fixement. Soudain, une main me saisit par le bras.

— Hé, beauté ! Tu fais quoi toute seule ? Tu t'es perdue ? Je peux te tenir compagnie, si tu veux.

Un homme barbu, plutôt imposant, me souriait mais je n'aimais pas du tout la lueur de convoitise qui brillait au fond de ses yeux. Je tentais de me dégager, en vain, puis pris une profonde inspiration afin de m'aider à garder mon calme.

— Non, merci. Je ne suis pas perdue, je…

L'homme me tira brutalement à lui. Il empestait l'alcool à plein nez. C'était désormais une odeur que je parvenais à identifier.

— Allez, ne fais pas ta princesse, gloussa-t-il.

La suite se déroula trop vite pour que je réalise vraiment ce qui se passait sous mes yeux. Il y eut un puissant grognement et une forme sombre se jeta littéralement sur le type. Si férocement que l'homme faillit m'entraîner dans sa chute. Heureusement pour moi, j'avais eu le réflexe de m'éloigner dès que je n'avais plus senti son emprise. Puis, je compris. Mon assaillant était maintenu au sol par Daley.

— Hé… mec, je suis désolé ! couina l'homme. Je ne savais pas qu'elle était accompagnée !

— Et tu crois que c'est une excuse valable, trouduc ? Tu veux que je te fasse passer l'envie d'agresser les nanas ? gronda Daley.

Sa voix n'était pas humaine et je savais déjà que ses yeux devaient luire dans la nuit comme des phares. Et s'il le dévorait ? Cette possibilité m'horrifiait.

— Daley ?

Il eut un long silence, si oppressant qu'il me semblait avoir la capacité d'absorber jusqu'à la musique qui résonnait au loin.

— Pitié, pleurnicha l'homme.

Ce type sait. Son subconscient avait probablement saisi ce que le reste de son cerveau persistait à ignorer, à savoir que l'individu qui le collait au sol n'était pas humain et que c'était un danger à ne pas prendre à la légère. Finalement, d'un saut gracieux, Daley le libéra. Ce dernier n'attendit pas que le loup-garou change d'avis pour prendre la décision la plus raisonnable de la soirée : s'enfuir. Je le regardai un instant courir tel un dératé puis mes yeux glissèrent jusqu'à Daley. Il demeurait dans l'ombre, immobile.

— Merci, soufflai-je.

Il ne parla pas tout de suite, mais quand il le fit, sa voix avait retrouvé un peu de sa tessiture habituelle.

— De rien. Tu as eu de la chance.

Le silence reprit ses aises entre nous. À tel point que je me sentis obligée de me racler la gorge pour le briser.

— Je voulais aller au, hum, au petit coin, lui indiquai-je.

— Eh bien, vas-y. Je reste là.

Il y avait quelque chose de perturbant à ne percevoir de lui que sa silhouette dans l'obscurité ambiante. Le pouvoir de son regard sur moi n'en était pas pour autant affaibli ; je le discernais avec la même acuité qu'en plein jour. Je frissonnai et me frottai les bras pour me réchauffer. Cette rencontre imprévue m'avait dévoré toute la chaleur accumulée jusqu'alors. J'entendis une sorte de bruissement et Daley sortit de l'ombre. Il s'approcha de moi sans rien dire pour poser son blouson sur mes épaules.

— Merci, dis-je encore.

La veste sentait comme lui. C'était un parfum sauvage, captivant, avec une trace d'odeur de cuir que j'avais appris à reconnaître grâce au sac que m'avait offert Carry.

— Dépêche-toi, marmonna-t-il en s'écartant.

Quelques minutes plus tard, je ressentis un vif soulagement en voyant qu'il avait tenu parole. Adossé contre un arbre, il m'attendait, les bras croisés. Quand il tourna la tête dans ma direction, je tentai de lui sourire, mais il n'y répondit pas. La colère continuait de tempêter dans ses iris d'obsidienne.

— J'ai appelé Carry. Elle va nous rejoindre et on rentre. Je ne supporte plus ce boucan.

C'était ma faute. À cause de moi, mon amie ne pouvait pas assister à la fin du concert et Daley avait même été obligé de me porter secours… j'étais vraiment faible. Inutile.

Quand elle arriva, Carry se précipita pour me serrer dans ses bras.

— Je suis tellement désolée ! s'exclama-t-elle, la voix tremblante d'émotion.

J'acceptai son étreinte en lui tapotant gentiment le dos.

— C'est à moi de m'excuser. Si j'avais fait plus attention, rien de tout ça ne serait arrivé.

Carry me lâcha, puis secoua la tête.

— Non, je savais que je n'aurais pas dû te laisser y aller seule. Les Faës attirent toujours les humains et rarement de la meilleure façon.

— On y va, intervint sèchement Daley avant de nous passer devant.

— Il est furieux, murmura Carry en le suivant des yeux.

— J'imagine qu'il me voit uniquement comme une source de problèmes, grimaçai-je.

Carry planta son regard dans le mien.

— Je pense plutôt que sa colère est dirigée contre moi, Faith. Si tu savais ! Il a passé cinq bonnes minutes à me hurler dessus au téléphone. Il n'a jamais été aussi furax.

J'avais du mal à le croire. Mon expression dubitative dut parler pour moi car mon amie éclata de rire.

— Tous les deux, vous formez un sacré duo.

Le chemin du retour se déroula dans un silence pesant. Les rares fois où Carry essaya de dérider Daley, ce dernier l'incendia du regard. Elle finit par jeter l'éponge et se mura dans un silence boudeur.

J'avais remarqué un détail : contrairement à l'aller, Daley faisait attention à ne pas conduire trop brutalement tout en me regardant souvent par le biais du rétroviseur. Comme s'il voulait vérifier si j'allais bien. Son attitude avait quelque chose d'agréable et malgré ma volonté de le tenir à distance à cause de sa nature, je devais avouer que j'appréciais de me sentir sous sa protection. C'était rassurant. J'avais l'impression que rien de mal ne pouvait m'arriver s'il était là.

Une fois à la maison, Carry alla directement se coucher, non sans m'avoir souhaité bonne nuit. En revanche, c'était toujours la guerre froide entre Daley et elle.

Après m'être démaquillée puis brossé les dents, je sortis de la salle de bains… et tombai sur un Daley torse nu, la boucle de ceinture défaite. Cette semi-nudité me troubla. Je reculai aussitôt jusqu'au mur.

— Tu peux y aller, j'ai fini, dis-je d'une voix que j'espérai assurée.

Daley poussa un bref grognement, mais au moment où il allait franchir le seuil de la salle de bains, il revint sur ses pas afin de mieux me renifler. Il le fit par de longues inspirations, profondes et régulières. Je déglutis péniblement, surtout quand il s'approcha davantage pour plonger son nez dans mon cou. J'optai pour détourner sagement la tête tandis que mon cœur tambourinait comme un fou dans l'écrin de ma poitrine. C'était une manie à laquelle j'avais encore du mal à m'habituer, mais une chose était sûre : c'était là un réflexe chez lui. J'avais promis de faire des efforts et ça commençait peut-être par le fait d'accepter d'être reniflée à tout bout de champ.

— Tu n'as pas peur, finit-il par dire.

Il y avait une telle note de satisfaction dans son timbre que je ne pus m'empêcher de chercher son regard du mien. Nos visages étaient extrêmement proches. Trop pour que je ne sois pas émue par la beauté sauvage de ses traits.

— C'est vrai, acquiesçai-je. Ce soir, je n'ai pas peur de toi.

Lentement, il bougea assez pour appuyer une main au-dessus de ma tête, contre le mur.

— Je ne sais pas si tu dois t'en réjouir, pioupiou.

Quand il se mit à jouer avec la bretelle de ma chemise de nuit de son autre main, je me retins de respirer. Je restai là, à la fois pétrifiée et dans l'attente fébrile de ce qui allait arriver. Voyant que je ne le repoussais pas, il ancra mieux son regard dans le mien. La lumière de la salle de bains n'éclairait qu'une partie de son visage. À nous fixer ainsi l'un l'autre, je n'avais pas remarqué que sa respiration s'était accélérée. Ce ne fut que lorsque je sentis son souffle sur ma joue que je m'en rendis compte. Il ne me humait pas, cette fois-ci. Qu'est-ce que ça voulait dire ? Qu'il ressentait la même émotion que moi en cet instant ?

— Je… je vais aller me coucher, bégayai-je en cherchant à m'échapper.

Mais Daley fut plus rapide. D'ailleurs, c'était un peu effrayant de voir à quel point il l'était. Il m'avait saisie par la taille et me maintenait désormais contre lui. Une espèce de ronronnement grave sortit de son torse pour venir se répercuter là, près de mon cœur. Quand il posa la main droite sur le haut de ma cuisse, mes yeux s'écarquillèrent et mon pouls s'emballa carrément, surtout en sentant le contact de ses lèvres dans le creux de mon épaule.

— Daley ? fis-je. Est-ce que… tu vas bien ?

Il se mit à lécher ma peau. De brefs coups de langue affectueux. Un peu trop, même, mais je devais reconnaître que la sensation provoquée n'avait rien de désagréable, bien au contraire. Mon esprit bourdonnait et j'en avais la bouche sèche. Cependant, lorsque je sentis ses doigts s'aventurer près de mon intimité, je paniquai pour de bon.

— Daley ! me récriai-je.

Son corps se raidit brusquement contre le mien. Il ne bougeait plus. À croire qu'il venait de subir une remontrance. J'attendis ce qui me parut une éternité avant que Daley reprenne ses esprits et me lâche.

— Désolé, grommela-t-il. J'ai cru que… non, laisse tomber.

Je ne me tournai qu'une fois certaine qu'il avait fermé la porte. Je restai ensuite là, durant quelques secondes, à écouter le silence, espérant malgré moi le voir encore avant de regagner ma chambre. Ce qui n'arriva pas.

Pourtant, mon intuition me soufflait qu'il se tenait juste derrière le pan de bois, guettant le moindre de mes gestes, tout comme je guettais les siens.

J'avais extrêmement chaud et j'étouffais. C'étaient d'ailleurs ces sensations qui m'avaient tirée de mon sommeil. En ouvrant les yeux, j'en compris immédiatement la raison : Daley. Il était encore dans mon lit. *Comment a-t-il réussi à entrer dans ma chambre ?* Depuis sa première excursion, chaque soir, je ne risquais pas d'oublier de verrouiller la porte. Mon regard glissa vers celle-ci et je sentis mes yeux s'agrandir de stupéfaction. Elle était complètement sortie de ses gonds, délicatement posée contre le mur de ma chambre.

— Qu'est-ce que… ! m'étouffai-je.

Lorsque des bras m'encerclèrent, je me débattis énergiquement. Daley y répondit par un grognement agacé. En le poussant de toutes mes forces, je parvins tout de même à l'éjecter du lit. Il tomba dans un bruit sourd et lâcha un juron avant de se redresser, l'air contrarié.

— Daley ! m'écriai-je, hors de moi.

Il se leva et en le découvrant entièrement nu, j'avalai ma salive de travers. C'était une chose de connaître l'anatomie humaine en théorie, mais c'en était une autre de voir en vrai les organes génitaux d'un mâle.

— Daley ! hurlai-je de plus belle.

Juste avant de tourner la tête pour ne plus voir ce qui paraissait toujours « tendu » chez lui. Je l'entendis bâiller bruyamment.

— Pas besoin de crier comme ça, grommela-t-il. Je ne suis pas sourd, c'est même plutôt le contraire.

Puis il y eut un long silence durant lequel il devait probablement se rendre compte de la situation dans laquelle nous étions encore, tous les deux et par sa faute.

— Ah, fit-il seulement, vaguement perplexe.

Je n'osai pas me retourner vers lui.

— Ah ? C'est tout ce que tu trouves à dire ? m'exclamai-je d'une voix aiguë.

— Eh beh, il fallait s'en douter. Quand Howley veut quelque chose, ce n'est pas une simple porte fermée qui peut l'arrêter. La preuve.

Le sourire qui transparaissait jusque dans son inflexion me tapa sur les nerfs. N'y tenant plus, je l'affrontai ouvertement, en faisant néanmoins attention de ne pas regarder plus bas que ses épaules.

— Qui est Howley ? m'enquis-je, les dents serrées.

Le sourire de Daley s'effaça.

— Mon loup-garou. Ma part sombre. Visiblement, tu lui plais. Étonnant, hein ? J'ai toujours cru qu'il craquerait pour une bombasse sexy, pas pour une insupportable Faë vierge.

Je plissai méchamment les yeux. Ce qui provoqua un rire chez l'homme totalement nu me faisant toujours face.

— Oh, c'est mignon. Belle tentative, pioupiou, mais y'a encore du boulot avant que t'arrives à effrayer quelqu'un avec ce minois. (Il frappa dans ses mains.) Bien. Ne t'inquiète pas, dès ce soir, je règle le problème.

— Comment ça ? ne pus-je m'empêcher de lui demander, curieuse.

Il leva un index en l'air, et quand il se détourna, je pus largement admirer ses fesses. Cette vision suffit à enflammer mes joues.

— Crois-moi, tu n'as pas envie de..., commença-t-il.

Il s'arrêta brusquement de parler et se figea. Quand je le vis lever le nez afin d'humer l'air, mon visage devint carrément en feu. Il éclata d'un rire sonore.

— Alors comme ça, tu fais partie de celles qui préfèrent mater le verso ? P'tite cochonne, tu caches bien ton jeu, lança-t-il.

Je poussai un cri de frustration et lui jetai un coussin. Projectile qu'il évita facilement avant de sortir. Ce type était insupportable !

— Tu ne vas pas passer ta journée dans les bouquins !

Carry semblait vraiment horrifiée par une telle perspective. J'allais étudier la littérature anglaise et il y avait tellement de livres sur la liste récupérée par Melvin que, si je désirais être prête pour ma rentrée universitaire, j'avais tout intérêt à m'y prendre dès maintenant.

— Il fait trop chaud pour faire autre chose, marmonnai-je en mordillant le bout de mon stylo. J'en suis déjà à trois bains depuis ce matin.

— Ma pauvre... et ta porte ? Comment elle va ?

Il était évident que mon amie se retenait à grand-peine de rire de mon malheur.

— Melvin et mon indésirable invité nocturne y travaillent actuellement. Il accuse Howley, mais si tu veux mon avis, il n'a pas besoin de son côté loup-garou pour agir comme un pervers.

— Je ne suis pas un pervers, mais un être sexuellement actif, nuance, intervint une voix masculine que je n'eus aucun mal à identifier.

J'osai un rapide coup d'œil dans sa direction. Il était – encore – torse nu et la sueur faisait briller sa peau naturellement bronzée. Je retournai immédiatement à ma feuille de papier.

— Et puis, je ne suis pas « indésirable », c'est même plutôt l'inverse je dirais, me chuchota-t-il à l'oreille. J'entends ton petit cœur battre plus vite, pioupiou.

Je sursautai. Je ne l'avais pas entendu s'approcher. Il sentait légèrement la transpiration et chez Daley, c'était loin d'être désagréable.

Carry lui pinça méchamment l'épaule.

— Arrête de l'embêter. Cette chaleur la met déjà à rude épreuve, elle n'a pas besoin que tu en rajoutes une couche.

— Bah, si elle supporte aussi mal la canicule, elle peut toujours se promener toute nue dans la maison. Je n'y vois aucun problème, sourit Daley.

Je lui jetai un regard noir auquel il répondit par un clin d'œil amusé.

— Ce n'est pas parce que tu adores t'inviter dans la chambre des autres sans aucun vêtement sur le dos que tout le monde est comme toi, rétorquai-je avec hargne.

Sans cesser de sourire, Daley décapsula sa bière puis s'assit face à moi, de l'autre côté de la table du salon.

— Tu peux me rendre la pareille. Je ne verrais aucun inconvénient à ce que *toi* tu t'invites à poil dans ma tanière, rétorqua-t-il avant de boire une gorgée d'alcool.

— Tu m'en diras tant.

Il eut un bref rire. De son côté, Carry nous observait attentivement.

— J'aurais bien envie de vous dire de coucher ensemble une bonne fois pour toutes, question de régler cette abominable tension qui existe entre vous, mais je ne suis pas vraiment sûre que ça éradiquerait le problème.

Daley manqua de s'étouffer avec sa gorgée, et se tapa le torse du poing pour aider le liquide à retrouver son chemin.

— Hein ? Je pensais que tu me connaissais mieux que ça. Je les préfère plus expérimentées et moins farouches au pieu.

— Je les aime moins velus, répliquai-je aussitôt.

Mais quelque part, j'étais blessée par ses propos. Daley se redressa.

— Hé ! Je suis peut-être une créature poilue les nuits de pleine lune, mais mate un peu ce corps. Tu n'y trouveras de la moquette qu'à un endroit stratégiquement viril, OK ?

— Merci, mais non merci.

— Au temps pour moi, c'est vrai. Tu l'as déjà admiré au meilleur de sa forme, susurra-t-il avant de se laisser à nouveau aller contre le dossier de sa chaise.

— Qui a vu quoi ? s'enquit Melvin en s'installant aux côtés de son ami.

— Le loup, répondit Carry en souriant de toutes ses dents.

Melvin haussa un sourcil.

— Qui ? Toi ? J'ai bien envie de dire que tu n'as pas fait que voir le loup, t'as dompté toute la meute.

L'expression de Carry valait de l'or. Les deux hommes s'esclaffèrent puis trinquèrent en cognant leurs bières respectives.

— Hey ! s'insurgea-t-elle en feignant ensuite de paraître un minimum gênée. Bon, ce n'est pas tout ça, mais c'est quoi le programme de ce soir ? détourna-t-elle la conversation.

— Je ne sais pas pour vous, mais moi je vais à la fête sur la plage organisée par Dower. Il y aura ses cousines et j'ai besoin de libérer tout ce trop-plein d'énergie, articula lentement Daley.

L'intonation sirupeuse de sa voix était à elle seule un appel du pied pour que je lève le nez de ma liste de livres à lire. Ce que je fis, évidemment, et uniquement pour tomber dans son regard ténébreux. Il y brillait une flamme dont le message se passait de mots.

— Je vois, fit Melvin. Les cousines de Dower Chase, hein ?

— Ouep, sourit Daley sans me quitter des yeux.

Avec un curieux timing, je me souvins de notre étrange interlude de la veille, près de la salle de bains. Tout dans son attitude exprimait cette pensée : « Si tu ne veux pas que j'amuse avec d'autres filles, il te suffit de me le dire ».

Peut-être que je me trompais, peut-être que c'était juste le reflet de mon propre désir que j'imaginais à travers son comportement.

Melvin leva sa canette.

— J'en suis ! Hiha ! Ça me changera les idées ! Et toi, Carry ?

— Mhm, pourquoi pas ? Faith ? me questionna-t-elle à son tour.

— Je n'ai pas très envie de me promener près de la mer.

Ce qui était vrai. Dans ma situation, il était assez dangereux de m'en approcher.

— Je comprends, approuva mon amie. Nous pourrions aller au cinéma, qu'est-ce que tu en dis ?

Je lui adressai un sourire bancal.

— Ne change pas tes projets pour moi, Carry. Je survivrai à une soirée en solitaire.

Le regard de Daley sur moi était aussi lourd qu'une chape de plomb.

— Ne te fais pas prier, pioupiou. Il y aura un grand feu de joie, de la bonne musique et des marshmallows à griller. Je suis sûr que tu vas adorer.

— Pourquoi tu veux tant que j'aille là-bas ? m'énervai-je subitement en me levant de ma chaise pour ensuite rassembler mes affaires éparpillées sur la table. Pour avoir l'immense privilège de contempler ta parade amoureuse ? J'ai bien plus intéressant de prévu, figure-toi.

— Jalouse ? lança-t-il, du tac-au-tac.

J'éclatai d'un rire qui sonna faux, même à mes propres oreilles.

— Ne prends pas tes rêves pour la réalité.

Sur ce, je quittai précipitamment la pièce et m'enfuis dans ma chambre.

Chapitre 5

Daley

J'étais saoul. ENFIN, BORDEL ! Combien de bières avais-je été obligé d'ingurgiter ? Vingt ? Trente ? Plus ? J'en avais perdu le compte.

— Daaaaaley ! susurra une voix féminine à mon oreille. J'ai envie de toi.

Je clignai plusieurs fois des yeux. L'espace d'un bref instant, c'était le visage aux traits délicats du sale piaf qui m'était apparu. Seulement, même ivre à ce point, je ne l'étais pas assez pour vraiment croire que Faith me dirait une chose pareille. Non, c'était Candice, l'une des cousines de Dower, une métamorphe chien. Depuis ma puberté, j'avais déjà couché avec elle un nombre incalculable de fois et à voir comment elle frottait son corps au mien, il était clair qu'elle n'avait rien contre un autre round, là, à même le sable.

Je poussai un grognement d'approbation tout en ressentant l'envie de m'éloigner d'elle. Pourtant, quand elle approcha sa bouche pour m'embrasser, je la laissai faire. Entre nous, il n'y avait jamais eu de sentiments, juste un généreux accord pour assouvir nos besoins sexuels respectifs. Candice mit beaucoup d'ardeur dans ce baiser et il aurait pu très bien faire son job si je n'avais pas entendu Melvin crier le prénom de ma dernière colocataire en date.

Je me redressai brutalement, aux aguets. Candice émit un couinement surpris ; à cause de moi, elle venait de se cogner la tête et se retrouvait désormais sur le dos.

— Daley ! me fit-elle d'un ton de reproche.

— Mhm.

Même si cette satanée plage tanguait autant qu'un bateau pris par la houle, je parvins à me remettre sur mes jambes pour essayer de repérer Faith.

— Je croyais qu'elle ne devait pas venir ! baragouinai-je d'une voix pâteuse.

— Qu'est-ce que tu racontes ? s'irrita Candice en se levant à son tour.

Soudain, Howley décida de me donner un coup de main. Je perçus nettement son odeur et ma vision s'affina dans la foulée.

— Merci, mon vieux, soufflai-je en verrouillant ma cible dans mon viseur olfactif.

— Daley Smith, c'est à moi que tu parles ? s'exclama la cousine de Dower, outrée.

J'agitai la main vers elle.

— Chut. Tu me déconcentres.

Ne pas me casser la gueule, le museau dans le sable, me réclama plus d'efforts que prévu. J'avais bien conscience que mon amie Candice me suivait – tout en gardant une distance raisonnable – mais en vérité, je m'en foutais. La seule chose que je désirais en cet instant embaumait la cannelle.

— Daley Smith, t'es qu'un gros connard ! Je vais passer la soirée avec Bolgan ! Il saura reconnaître la chance qu'il a, lui ! m'assena Candice, furieuse.

Je grommelai une vague réponse, la laissant s'éloigner de moi autant qu'elle le désirait. Lorsque l'effluve aphrodisiaque fut très proche, je tendis les bras pour la saisir.

— Attrapée ! m'écriai-je alors que je l'entraînais dans ma chute.

Je plongeai le nez dans son cou gracile.

— Oh, miam-miam, murmurai-je, comblé.

Je sentis son corps se raidir contre le mien. Ce qui n'était pas loin de m'exciter. Quand avais-je cessé de lutter contre cette absurde attirance que j'éprouvais pour Faith ? Hier soir ? Au fond, ça n'avait aucune espèce d'importance. Je la voulais, c'était tout ce qui comptait.

— Daley ! s'insurgea-t-elle tandis que j'écoutais les battements de son cœur s'affoler, là, tout contre moi.

— Tu sens tellement bon, répondis-je.

C'était sa faute. Elle n'avait qu'à pas me rendre fou de désir, après tout. Faith devait assumer sa part de responsabilité. Je n'étais qu'une pauvre créature des ténèbres qui subissait le haut pouvoir de séduction d'une Faë. Cette pensée me déclencha un fou rire.

— Est-ce que tu pourrais me lâcher ? Tout le monde nous regarde.

— Non.

— Non ?

— Oui… non.

Un autre fou rire me secoua.

— Si je te lâche, tu vas partir et j'ai pas envie.

Je sentis Melvin amorcer une tentative de séparation et lui montrai illico les dents.

— Daley, sois raisonnable… ils vont finir par loucher sur sa petite culotte, ajouta-t-il, un sourire dans la voix.

Je fronçai les sourcils. Qui osait mater la culotte de Faith ? À tâtons, je cherchai le bas de sa robe pour tirer dessus. Une fois satisfait, j'émis un grognement content.

— Désolé, Faith, mais il semblerait que tu doives composer avec un Daley complètement ivre.

— Tu ne peux pas me laisser comme ça ! paniqua-t-elle.

— Dé-so-lé, réitéra-t-il avant de s'éloigner.

Je la serrai un peu plus dans mes bras. J'avais les hanches pressées contre ses fesses et ne put m'empêcher d'imprimer un léger mouvement lascif afin de tâter le terrain. Un drôle de son tout mignon s'échappa de la bouche de Faith. Je souris.

— C'est bien que tu sois venu, lui murmurai-je juste avant de lui mordiller délicatement le lobe de l'oreille.

Sa respiration s'accéléra sous la caresse.

— Je n'aurais pas dû. Je ne sais pas ce qui m'a pris, et crois-moi que je le regrette, là, tout de suite.

Son timbre était un tantinet tremblant, mais ce n'était pas de la peur.

— C'est pourtant simple, commençai-je pendant que ma main traçait de petits cercles sur le haut de sa cuisse. Tu étais jalouse à l'idée que je sois avec une autre nana, alors t'as ramené ton joli cul ici.

— C'est faux ! Je...

— Mais rassure-toi, je n'ai absolument pas envie d'une autre fille. C'est toi que je veux.

Un grognement sourd – incontrôlable, celui-là – retentit dans ma poitrine, si fort qu'il alla jusqu'à résonner dans le corps de Faith.

— Oh, bordel... j'ai la trique, soufflai-je.

Faith gigota davantage.

— Tu as quoi ? me demanda-t-elle en essayant de se retourner.

Ses mouvements accentuèrent ma torture, mais j'étais loin de m'en plaindre. J'hésitais entre la faire partir dans les tours et me comporter comme un type prévenant. Mais j'étais saoul, alors, forcément... pas vraiment apte à prendre la meilleure décision dans une telle situation.

— Tu sens ce truc très dur contre tes fesses ? Eh bien, c'est la preuve que je suis méga over content de t'avoir près de moi.

Tout en lui léchant l'épaule avec une minutie forçant le respect, j'attendis patiemment que l'information remonte jusqu'à son adorable cerveau.

— Daley !

À son ton choqué, je devinai que Faith avait enfin compris de quoi il retournait. Je me pris encore un fou rire.

— Ce n'est pas drôle !

Je redressai légèrement la tête.

— Quoi ? Tu voudrais que je pleure parce que tu m'excites à mort ?

Elle ne répondit pas tout de suite, se contentant de plonger son regard doré dans le mien.

— Tu es saoul.

— Noooon, tu crois ?

Faith tenta de me repousser, mais je lui bloquai aussitôt les mains.

— Attends… attends, calme-toi, Faith. Je voudrais vraiment te parler. Je n'y arrive pas à jeun, alors s'il te plaît… et puis arrête de remuer, t'arranges pas mon problème d'érection, là.

Les derniers mots furent magiques. Elle se fit aussi immobile qu'une statue. Je devais profiter de ce précieux moment d'intimité entre nous, alors que nous étions un peu à l'écart du reste des fêtards.

— Tu trouves ça si terrible que j'aie envie de toi ?

Faith resta silencieuse. Visiblement, elle n'arrivait pas à trancher sur la question.

— Parce que je suis ce que je suis et toi… ce que tu es ? poursuivis-je.

Elle détourna les yeux une brève seconde. *C'est donc bien ça.*

— Je te dégoûte ?

— Non !

Sa réponse était sortie tellement vite que j'en souris.

— Faith, est-ce que tu me désires ?

Elle jouait à nouveau les muettes. Je soupirai. J'avais tellement envie de l'embrasser que ce désir inassouvi déclenchait des décharges électriques près de mon aine.

— Écoute, je pourrais tout aussi bien continuer à jouer à ce jeu du chat et de la souris avec toi. D'habitude, je fuis ce type de séduction épuisante et pas forcément productive, mais s'il faut en passer par là pour te montrer à quel point ce qu'il y a entre nous vaut peut-être le coup d'être exploré, allons-y. Je comprends que ma véritable nature te freine, c'est bigrement normal. On peut y aller en douceur, OK ?

Elle ferma les yeux un instant et quand elle les rouvrit, je compris que je venais de lui servir un sacré dilemme sur un plateau d'argent.

— Tu me dis ça sans même connaître ma véritable nature.

— C'est vrai. Mais peut-être que je m'en fous que tu sois du troisième monde. Cette guerre, celle qui remplit ta jolie caboche de vilains préjugés, n'est pas la mienne. Je n'ai jamais ressenti un quelconque devoir patriotique envers ceux de ma race. Si je devais choisir entre mes amis et eux, ça ne me coûterait même pas une fraction de seconde de réflexion.

— Pour moi, c'est un détail qui compte, Daley. Je suis désolée.

C'était douloureux. Douloureux de poser mes sentiments comme ça, sur la table, pour la première fois de mon existence, et d'être repoussé malgré tout. Contrairement aux idées reçues, l'honnêteté ne payait pas toujours.

— Bien. Content d'avoir papoté avec toi à cœur ouvert. Je crois que j'ai dessoûlé et c'est urgent que je rectifie le tir.

Sur ce, je la relâchai en faisant gaffe à ne pas croiser son regard. Je me sentais mal, nauséeux, sans être sûr que ce soit à cause de l'alcool. Faith ne s'était pas enfuie à toutes jambes ; il y avait encore son parfum autour de moi.

— Tu pourrais t'en aller ? lui lançai-je.

Mais la seconde suivante, j'étais moi-même debout.

— Daley…, commença Faith.

Je l'interrompis d'un geste de la main.

— Non, tout bien réfléchi, je préfère partir le premier.

Je pouvais parier l'intégralité de ce que contenaient les poches trouées de mon jean qu'elle ressentait sûrement de la culpabilité. Je voulais qu'elle en ressente. C'était puéril et ne volait pas très haut comme réaction, mais je n'avais jamais affirmé être mature, ou un bon gars.

En passant près du feu, mon regard rencontra brièvement celui de Melvin. Le sien était interrogateur, le mien, lui, probablement aussi trouble qu'une mare de vase. J'arrachai des mains d'un type une bouteille de whiskey entamé – il râla bruyamment, je l'ignorai – puis me dirigeai vers le ponton d'un pas incertain, loin de tout et de tout le monde. Je ne désirais qu'une chose : rester seul avec mon cœur brisé. Moi, monsieur Jack Daniel's et ma stupidité. Ma Sainte Trinité qui me tiendrait compagnie jusqu'à l'aube.

Une fois au bout, je me laissai choir, les pieds dans le vide, les fesses sur du bois usé par le sel et les doigts ancrés à la bouteille d'alcool. Le regard perdu au milieu de l'immensité noire empestant l'iode, entre deux gorgées, je me mis à chantonner sans y penser. C'était peut-être une comptine, ou alors une chanson paillarde, je n'en avais pas la moindre idée. N'empêche que l'air était assez entraînant, je décidai donc de continuer à fredonner cette chanson dénuée de paroles.

Faith. Faith Williams. Faith aux cheveux caramel et aux yeux dorés. Faith qui ne voulait surtout pas fricoter avec un sale monstre dans mon genre. Il fallait que j'arrête d'imaginer qu'une telle femme puisse m'aimer vraiment, puisse parvenir à voir autre chose que les poils et les crocs.

J'entrepris de vider consciencieusement le reste de whiskey. Mon gosier était tellement anesthésié que je ne sentais même plus la brûlure du malt.

— Daley !

Carry. Je tentai de me relever mais vacillai dangereusement au premier essai, ce qui m'obligea à me rassoir. J'éclatai de rire.

— Putain, je m'en tiens une bonne, là…, gloussai-je.

Les bras ouverts, je remis le couvert, luttant carrément afin d'arriver à retrouver un certain équilibre. J'y parvins, mais tout était relatif en ce bas monde.

— Daley, est-ce que ça va ? s'enquit mon amie en s'avançant vers moi.

De là où j'étais, j'avais un peu de mal à y voir clair, cependant il me semblait lire une bonne dose d'inquiétude sur son visage maquillé.

— Comme sur des roulettes ! m'exclamai-je d'une voix forte. Si je me casse la gueule, je pourrais même dire que ça baigne !

Je me laissai surprendre par un gigantesque fou rire, à me tenir les côtes.

— Même bourré comme un coing je suis drôle, hoquetai-je.

— Arrête de bouger, tu vas finir par tomber !

Carry paraissait réellement flippée. Pourquoi tant de stress ?

— OK, ça va. Au pire, je me noie et ça ne sera pas une grosse perte.

De nouveau, je m'esclaffai joyeusement à me couper la respiration. Et je perdis l'équilibre. J'entendis un cri, voire deux, puis plus rien. Le silence. Le froid. J'étais bien.

Je n'avais jamais vu l'eau comme quelque chose d'apaisant. Pour moi, qui ne savais pas nager, c'était plutôt synonyme de danger voire de mort. Là, tandis que je glissais dans ses bras doux, confortables mais un peu glacés, je me rendais compte combien je m'étais trompé sur son compte. La mer, c'était une femme aimante. Elle t'acceptait tel que tu étais, sans faire de différence. Peu lui importait que tu sois un loup-garou ou un humain, que tu ne fasses pas partie de son monde, ce n'était pas grave, elle t'offrait quand même du repos dans un environnement paisible.

Fatigué, je lâchai les dernières goulées d'oxygène que j'avais embarquées avec moi. Mes yeux me brûlaient à force de rester ouverts sous l'eau et j'allais les fermer lorsqu'un visage apparut subitement devant le mien. C'était Faith. *Qu'est-ce qu'elle fout là ?* fut ma première pensée. *Je dois me taper une hallucination pre-mortem*, fut la seconde. Mon esprit refusait de croire qu'elle avait plongé pour me sauver ; il devait forcément y avoir une autre explication.

Je clignai plusieurs fois des yeux pendant que le manque d'air commençait à me compresser les poumons. Elle saisit mon visage entre ses mains puis l'approcha si près que je pus admirer chaque paillette d'or distillée dans ses iris. Quand elle pressa sa bouche contre la mienne, ma réponse fut instinctive. J'acceptai, quoi qu'elle ait envie de me donner. Je voulais plus que tout qu'elle m'embrasse. Après quelques secondes, je fus à la fois déçu et émerveillé. Ce n'était pas un vrai baiser. Elle venait de m'offrir de l'air. De la vie. Elle recommença, encore et encore, jusqu'à ce que mon esprit s'ébroue pareil à un cabot qui se débarrasse de la pluie.

Et là, je compris. Je la vis réellement pour la toute première fois alors que ses cheveux exécutaient une danse savante autour de son visage, captant les rares éclats de lumière présents dans ces ténèbres. Le haut de son corps dénudé offrait à mon regard affamé les plus beaux seins du monde, mais ce fut la partie inférieure qui m'ensorcela. Une queue de poisson, longue, gracieuse, dont les écailles miroitantes brillaient de mille feux. Quant aux multiples petites nageoires sur les côtés, elles paraissaient aussi fines que des voiles de soie. Une myriade d'orange, de jaune et de vert ; des flammes qui brûlaient dans l'obscurité de l'océan. On aurait dit une étoile épinglée sur une toile de nuit. Faith était une sirène. Une vraie. Une Faë du troisième monde, mais pas de n'importe quelle espèce.

Si j'étais resté une minute de plus, j'aurais pu mourir le sourire aux lèvres, ébloui par tant de beauté, mais elle en décida autrement, me saisissant par la taille, le visage levé vers la surface. La vitesse à laquelle nous rejoignîmes cette dernière était simplement hallucinante. Le bas de son corps n'était pas juste là pour charmer.

— Est-ce que ça va ?

Je ne répondis pas. J'avais perdu ma langue quelque part entre son baiser et la vision enchanteresse qu'elle m'avait dévoilée. L'angoisse qui tirait ses traits n'était pas feinte.

— Daley ? Daley, tu m'entends ? insista-t-elle.

— Il va bien ? cria Carry de son côté, depuis le pont.

Faith m'examinait attentivement, cherchant sûrement la réponse à cette question sur mon air béat.

— Je ne sais pas ! Il ne dit rien ! lui répondit-elle d'une voix forte.

Je sentais sa queue qui ondulait contre mes cuisses, nous maintenant tous deux à la surface. C'était extraordinaire. Incroyable. J'avais l'impression d'être un gosse qui venait de découvrir que le Père Noël existait vraiment.

— Tu m'as sauvé, parvins-je à articuler.

Le soulagement se peignit aussitôt sur son visage.

— Daley ! Tu m'as fait une de ces peurs !

— Je... j'étais...

Je n'arrivais pas à formuler des excuses correctes. Faith secoua la tête.

— Ne dis rien. C'est ma faute.

Je secouai la tête à mon tour.

— Non, c'est moi, je suis un gros con.

Elle sourit. Un vrai sourire aussi doux que du miel.

— Tu te sens de te hisser sur le rebord du ponton ? s'enquit-elle ensuite en jetant un coup d'œil vers Carry qui attendait toujours.

— Tu me lâches, je coule comme une pierre, dis-je tandis que mon regard cherchait le sien. Je suis encore ivre... ça n'aide pas à flotter.

Elle rit.

— Je ne vais pas te lâcher, rassure-toi. Je vais t'accompagner jusque là-bas.

Quelques minutes plus tard, Carry et Melvin, arrivé entretemps, m'aidaient à sortir de l'eau.

— Mourir noyé était quelque chose que tu avais coché dans les trucs à faire cet été ? s'énerva Carry.

Allongé sur le ponton, j'éclatai d'un rire dénué de joie.

— Ouais, faut croire…, murmurai-je avant de me redresser péniblement sur les coudes.

Faith était toujours dans l'eau et me regardait sans rien dire. Je rampai jusqu'au bord. En deux brasses, elle s'approcha de moi. Son visage se trouvait juste en-dessous du mien.

— Merci, lui dis-je encore.

Qu'est-ce que je pouvais bien lui sortir d'autre, après tout ça ? Et puis, je n'étais pas totalement sobre.

— De rien, sourit-elle.

Je soupirai puis appuyai mon menton sur le dos de mes mains croisées. Chaque centimètre de gagné réduisait l'espace entre nos deux bouches.

— Tu veux que je t'aide à sortir de…

— Non. Je vais aller dans la crique, là-bas. Je vous rejoindrai lorsque j'aurais récupéré mes jambes humaines.

Elle sentait la nervosité à plein nez.

— Pourquoi ? la questionnai-je en fronçant les sourcils.

Faith détourna le regard un court instant, puis émit un rire gêné.

— Disons que la transformation n'est pas… quelque chose de particulièrement beau à voir. Je veux vous épargner ce spectacle.

Je lui souris en retour.

— Tu sais, la mienne dans un film d'horreur décrocherait un oscar dans la catégorie effets spéciaux, tu n'as pas à avoir honte, surtout devant moi… mais je comprends, ajoutai-je très vite en la voyant s'assombrir. On t'attendra au bord de la route qui mène à la crique.

Ses traits se détendirent instantanément.

— C'est gentil, merci.

Sur ce, je me redressai péniblement. L'équilibre n'était pas encore revenu investir mon corps d'ivrogne.

— À toute de suite, lui lança Melvin.

Je pris exagérément mon temps pour m'éloigner, donnant une avance de quelques secondes à mes amis, car j'étais convaincu que Faith attendait que je parte pour plonger. Au moment même où je tournai la tête vers elle, je vis sa queue fouetter la surface de l'eau dans un mouvement gracieux.

Je restai là un moment, à contempler la mer. Dire qu'elle et moi venions de deux mondes diamétralement opposés était un euphémisme. Je savais désormais qu'aucune relation entre nous n'était possible. Je devais faire mon deuil. Ça, c'était ce que constatait l'infime partie la plus intelligente de mon cerveau, parce qu'il fallait l'avouer, l'autre, la plus stupide qui ne voyait pas plus loin que le bout de son museau, elle comptait bien faire de la résistance.

Nue. Faith. Est. Complètement. Nue. J'en avais presque la mâchoire qui se décrochait sous le choc. Je ne m'y étais vraiment pas attendu! C'était pourtant logique, car elle n'avait pas plongé dans l'eau avec ses vêtements sur le dos. N'empêche que… j'étais scotché. Mes yeux, jamais pris au dépourvu, eux, essayaient de graver en mémoire chaque détail important avant qu'on les prive cruellement d'un tel tableau.

— Daley, bon sang! Tu ne peux pas tourner la tête le temps qu'elle s'habille? s'écria Carry, le regard incendiaire.

Melvin, qui, en vrai gentleman, s'était déjà détourné, tendit brusquement le bras pour me filer un méchant coup dans l'estomac. Affaibli par les litres d'alcool ingurgités un peu plus tôt dans la soirée, je le sentis passer et grognai aussitôt mon mécontentement.

— Désolé, marmonnai-je avant de pivoter sans enthousiasme.

Quand je tentai un rapide coup d'œil, mon ami me rappela immédiatement à l'ordre.

— Quoi! m'énervai-je. C'est juste un réflexe.

— C'est bon, vous pouvez vous tourner, elle est décente!

Effectivement, elle portait à nouveau sa robe rouge, celle qui la moulait telle une seconde peau.

— C'est ça que tu appelles décent? rétorquai-je en haussant un sourcil. On n'a vraiment pas la même définition de ce mot.

Pour la peine, Carry m'adressa un majeur tendu.

— Tu sembles aller mieux, sourit Faith en nous rejoignant, Melvin et moi.

— La faute à mon métabolisme de créature démoniaque, mais j'aurais apprécié rester saoul un peu plus longtemps.

Son sourire se figea sur ses lèvres.

— Pourquoi ?

Je plantai mon regard dans le sien.

— Parce que maintenant, je suis trop sobre pour oublier ce que je viens de voir, lui chuchotai-je à l'oreille après m'être penché vers elle. Nous sommes enfin à égalité question nudité.

Je perçus nettement son frémissement. OK, notre situation grave compliquée sortait de l'ordinaire. Un loup-garou et une sirène. Un monstre du quatrième monde et une Faë du troisième... MAIS tout n'était pas désespéré si nous étions autant attirés l'un par l'autre. Dower répétait toujours que tout arrivait pour une bonne raison, que le hasard n'existait pas. Il n'avait peut-être pas tort...

— Daley, est-ce que tu voudrais bien arrêter de tourner autour de Faith comme si ça faisait un siècle que tu n'avais pas touché une femme ?

C'était Carry.

— Tu sais pourtant qui je suis, désormais, murmura-t-elle, le regard accroché au mien.

— Il n'y a rien d'insurmontable.

Faith émit un bref rire puis détourna les yeux.

— Tu sembles si sûr de toi, Daley. Je ne crois pas être aussi forte.

— Bon ! Je pense qu'on va vous laisser discuter entre vous ! intervint Melvin.

— Quoi ? Sans chaperon ? plaisanta Carry. Tu prends des risques, là.

— J'en ai juste marre de leur tenir la chandelle, maugréa mon pote. Ne rentrez pas trop tard.

Ils finirent par s'éloigner pour de bon et je m'en fichais. Tout ce qui m'importait, c'était cette fille aux yeux incroyables.

— Si tu as peur, c'est que ça vaut forcément le coup. (Je marquai une pause.) C'était mon père qui me disait ça quand j'étais gosse et qu'un rien m'effrayait.

— Toi ? Effrayé par quelque chose ? J'ai du mal à le concevoir.

Subjugué, je la contemplai puis lui souris. Du bout du doigt, je frôlai sa joue, dessinant à peine son contour rond et doux. Je compris à son regard qu'elle attendait – espérait ? – que je l'embrasse. Il y avait des moments où une certaine magie opérait, des moments où il était inutile de mettre des mots sur les sentiments pour les exprimer. Je me penchai lentement, millimètre par millimètre, juste pour laisser à Faith le temps de changer d'avis. Quand elle ferma les yeux et entrouvrit la bouche, je compris qu'elle acceptait mes avances et mon cœur se mit à battre comme un fou. Je prenais sur moi pour ne rien précipiter, même si Howley me lacérait presque de l'intérieur, plus impatient que je ne l'étais déjà.

Soudain, Howley se hérissa et gronda. Faith l'entendit et ouvrit les yeux, perplexe.

— Ne bouge pas, lui murmurai-je à l'oreille.

Nous n'étions pas seuls. Quoi que ce fût, son odeur était nauséabonde : un mélange de vase et de pourriture. Une créature du quatrième monde. Une autre que moi.

Le grondement dissuasif de Howley s'amplifia. C'était une sorte de première sommation, un avertissement pour l'individu qui avait visiblement osé s'aventurer sur mon territoire. La seule fois où un membre de mon espèce s'y était amusé, c'était trois ans en arrière pour finalement préférer contourner Berxley. Celui-ci devait être assez courageux, ou inconscient. Malgré un reste d'alcool dans mon sang, Howley avait une femelle à protéger, ce qui le rendait bien plus belliqueux que d'ordinaire. Je sentais chacun de mes muscles vibrer et sachant que la pleine lune n'était que dans deux jours, il était tout de même prêt à faire une exception.

— Daley ? Ça ne va pas ?

Je paniquai. Je ne voulais pas l'effrayer. Pas maintenant. Pas avec une transformation. L'apparence de mon côté noir n'avait rien d'enchanteur comme la sienne.

— Est-ce que…, commençai-je sans aller au bout.

J'avais la bouche sèche.

— Quoi ? Qu'est-ce qu'il y a ? s'inquiéta Faith.

Son regard fouillait le mien en quête de réponse.

— … Tu pourrais fermer les yeux ? Jusqu'à ce que je te dise que tout va bien. (Je déglutis.) Surtout, quoi que tu entendes, tu ne les ouvres sous aucun prétexte.

Ma voix tremblait pitoyablement. La peur qu'elle me rejette, qu'elle soit dégoûtée par ma véritable nature me nouait l'estomac.

Faith ne me répondit pas tout de suite. Howley s'agita ; le danger s'approchait. Une douleur innommable me déchira le ventre. Je me pliai en deux en grondant.

— Daley ! s'exclama-t-elle en s'approchant de moi.

Je tendis une main en avant pour la maintenir à distance.

— S'il te plaît ! gémis-je. S'il te plaît, je ne te demande qu'une chose… promets-moi de ne pas me regarder. Je ne veux pas que tu me voies comme ça.

Je grimaçai et grondai à nouveau. Howley se débattait farouchement dans mon corps devenu un emballage de chair trop étroit pour lui.

— D'accord ! s'écria Faith, les larmes aux yeux. C'est d'accord.

Elle baissa prudemment les paupières et je notai également ses petits poings serrés contre ses cuisses.

— Brave petit pioupiou courageux, éructai-je avant de me débarrasser de mes frusques. Howley va te protéger. Il ne te fera pas de mal, m'empressai-je de lui affirmer avant que mes cordes vocales ne changent de configuration et que je ne puisse plus parler correctement.

— Il ne me fera pas de mal ? répéta-t-elle, incertaine.

Même si elle ne pouvait pas me voir faire, je hochai la tête puis tombai à quatre pattes sur le sable.

— Il est carrément dingue de toi, parvins-je à rire.

La transformation s'achevait et ma conscience s'éparpilla pour laisser la place à cette part de ténèbres si redoutée et redoutable.

Howley

Daley ne paraissait pas apprécier de me laisser sa place alors que la lune n'était pas tout à fait pleine, et je pouvais le comprendre. Depuis le temps qu'il rêvait de copuler avec la Faë… et dire qu'il avait failli atteindre son but, ce soir.

Dans mon immense générosité, j'avais passé des nuits à lui créer des ouvertures mais cet imbécile les avait systématiquement refusées. Gueule levée vers la nuit où brillait l'astre pâle, je poussai un long hurlement. Notre ennemi s'approchait et je tenais à lui faire savoir qu'il entrait sur mon territoire à ses risques et périls. Un gémissement attira mon attention.

La friandise se tenait droite et osait à peine respirer. « Il est carrément dingue de toi », avait-il dit. Si j'en avais été capable, j'aurais volontiers ri de tant de prétention. Réussir à cohabiter dans le même corps ne signifiait pas forcément que nous nous appréciions. C'était toujours étrange quand nous étions de temps à autre d'accord sur un sujet précis.

Je devais avouer que, pour la friandise, il n'avait pas tout à fait tort. D'habitude, je me fichais avec qui Daley copulait, ou avait envie de copuler. Je trouvais mon plaisir uniquement dans le désir de tuer et la mise à mort. Seule la chasse lors des pleines lunes parvenait à me sortir de ma perpétuelle léthargie, du moins, jusqu'à l'arrivée de la friandise. C'était différent avec elle. Pourquoi ? Je n'en avais pas la moindre idée, mais quelque chose chez la Faë m'était familier. J'aimais son odeur plus que celle du sang. Sans la quitter des yeux, je me dressai sur mes pattes arrière.

Les babines retroussées et les oreilles plaquées sur le crâne, je tournai lentement autour de la friandise, grondant et les crocs en avant. Je sentais sa peur ; ça excitait ma faim de sang et de chair humaine. Puis je décidai de dépasser cet effluve pour humer sa merveilleuse odeur à elle. Ce simple geste m'apaisa.

Brusquement, j'entendis un bruit dans les bois, à quelques mètres de nous. Je tournai vivement la gueule dans cette direction et émis un lourd grognement agressif. Il essayait de m'attirer loin de la friandise. Si mon ennemi se fiait à l'apparence de Daley, il me sous-estimait, ce qui était à mon avantage. J'étais une bête de l'ancien culte, immortelle et magique, pouvant se réincarner dans ses descendants lorsqu'ils me méritaient. J'étais le Seigneur des Ombres et des Ronces, le Cruel Mangeur d'Homme.

Je m'éloignai sciemment de la Faë, laissant croire à celui qui nous observait depuis sa cachette que son subterfuge avait fonctionné. Je voulais le jauger. Ce n'était pas totalement la pleine lune et cet idiot de Daley avait bien trop bu. L'alcool… ce poison dans mes veines.

Dès que je fus certain d'avoir quitté son champ de vision, je me tins aussi silencieux qu'immobile, là, tapi dans les ténèbres. Il n'attendit pas même une minute entière pour se montrer. Je sentis mes yeux luire davantage et mes babines se retrousser un peu plus. J'en salivais. Il avait l'apparence d'un homme, mais à l'odeur, ça n'en était clairement pas un. Un parfum pestilentiel émanait de lui tandis que je l'observais s'approcher doucement de la friandise.

Je bondis. Il se tourna, une expression de surprise sur le visage. Un énorme tentacule sortit de son dos et chercha à me frapper de plein fouet. *Voilà donc ta véritable apparence.* Je plantai mes crocs dans sa chair visqueuse. Il poussa un hurlement de douleur. J'eus un frisson de plaisir.

Lorsqu'un deuxième tentacule poussa entre ses omoplates, je lâchai prise et me plaçai entre la friandise et lui. Je l'entendis hoqueter. Arriverait-elle à tenir la promesse qu'elle avait faite à Daley ? Si je l'avais pu, j'aurais souri.

Gueule ouverte, je poussai un long et interminable hurlement féroce. Impressionné, l'intrus recula. Cherchait-il à gagner du temps ? Attendait-il du renfort ? J'humai discrètement dans plusieurs directions. Aucune odeur étrangère. L'ennemi tenta une autre attaque et je compris qu'il était entravé par sa forme humaine. Je le repoussai de deux coups de griffes acérées.

Cette fois-ci, son visage n'exprima que souffrance et rage impuissante. *Il n'a pas l'habitude de se battre ainsi.* Je lui sautai à la gorge et quand mes crocs effleurèrent sa peau humaine, il esquiva de justesse.

Puis, non sans un ultime regard haineux pour moi, il opta pour la fuite. J'étais frustré du dénouement. Je grognais tout en marchant de long en large devant l'entrée des bois. Il n'était pas question que je fasse l'erreur d'abandonner la friandise, mais ne pas réduire l'ennemi en charpie me coûtait.

— Daley ? fit-elle d'une voix incertaine.

Je tournai aussitôt la tête dans sa direction puis la rejoignis en deux bonds.

— How… ley, grognai-je en la scrutant de mon regard fauve.

Parler n'était pas ce que je faisais de mieux avec ma gueule. Elle eut un mouvement de recul et déglutit. Je jetai un regard alentour et me mis à gratter le sable de mes pattes avant ; je traçais un cercle dont la friandise était le centre. Ne sachant pas dans combien de temps Daley allait revenir – je le sentais paisiblement endormi, sûr que je saurais prendre soin de la petite Faë des mers – je choisis une tactique défensive. J'éternuai mon mécontentement puis émis un son particulier. Des ronces aussi noires que le charbon se mirent à pousser depuis le sable. Elles se nouaient les unes aux autres en des tresses quasi indestructibles, qui vinrent bientôt former un dôme autour de la friandise. Une fois sûr qu'elle était en sécurité, je me roulai en boule afin de me faire plus discret.

— Qu'est-ce qu'il se passe ? Howley ? Il y a quelque chose autour de moi qui… aïe ! Je ne vois plus rien ! Il fait noir !

J'ouvris un œil le temps d'écouter ses cris et autres plaintes, puis m'endormis, certain que l'ennemi n'était plus, pour l'instant, sur mon territoire.

Chapitre 6

Faith

Je n'arrivais pas à savoir si ça faisait une heure ou plus que j'étais désormais enfermée dans cette « coque » bizarre qui ne laissait même pas filtrer un peu de clarté lunaire. Daley m'avait fait promettre de ne pas ouvrir les yeux, quoi que j'entendais, et j'avais failli ne pas m'y tenir une bonne dizaine de fois, au moins.

Daley… non, « Howley » avait combattu quelque chose. Une chose dont l'odeur m'était, d'une certaine façon, très familière et à la fin, il m'avait purement et simplement piégée dans cette prison d'épines. J'avais beau essayer d'utiliser mon téléphone portable pour appeler Carry ou bien Melvin, aucun réseau ne passait à l'intérieur de ça !

— Daley, fis-je pour la millième fois. S'il te plaît, transforme-toi.

Un gémissement, bel et bien humain celui-là, me parvint. Ni une, ni deux, je me remis debout et le plus près possible de cette paroi de branches étranges sorties de nulle part.

— Daley ! Je suis là-dedans ! m'écriai-je.

Un petit silence accueillit mon cri de joie.

— Faith ? s'enquit Daley, d'un ton surpris. Qu'est-ce que… wow. C'est quoi ce machin ? C'est toi qui as fait ça ?

— Non ! C'est Howley ! m'énervai-je.

Pour ma défense, je n'en pouvais plus de rester cloîtrée à l'intérieur de la création du loup-garou. Ma patience avait atteint ses limites.

— Howley ? C'est bien la première fois que je le vois utiliser la vieille magie.

Au son de sa voix, je compris qu'il était admiratif.

— Sors-moi de là, s'il te plaît !

Daley resta encore un moment silencieux.

— Quoi ? Qu'est-ce qu'il y a ? lui demandai-je, légèrement en panique. Ne me dis pas que tu ne peux pas le détruire !

— Je ne vais pas le dire, alors.

— Daley !

— OK, OK ! Je vais aller chercher Carry. Ou un gros sécateur. Ou une tronçonneuse... Une disqueuse ?

— Daley ! réitérai-je, au bord de l'implosion.

J'entendis un bruissement. Là encore, Daley resta muet une poignée de secondes.

— Écoute, c'est sérieux, je pense que seule la magie de Carry peut en venir à bout. Pour que Howley prenne cette précaution, c'est que l'ennemi n'est pas mort à l'heure qu'il est, et s'il n'est pas mort, soit c'était un gros morceau, même pour lui – ce dont je doute – soit Howley a préféré te protéger en attendant que je revienne. C'est mignon, non ?

Son ton moqueur était difficile d'ignorer.

— Sans l'avoir vu de mes yeux, je ne suis pas sûre que mignon soit l'adjectif qui convient. Mais après tout, je débute dans le langage humain.

— Oh, oh ! Du sarcasme, maintenant ? Je suis fier de toi, pioupiou. Voilà qui va sacrément pimenter nos futures disputes. Bon, je vais chercher les secours... essaie de garder ton calme.

Même si ça faisait des heures que je « gardais mon calme », je n'étais plus vraiment à vingt minutes près. Je me laissai donc choir au centre du dôme de ronces et d'épines. Assise en tailleur, j'essayai de penser à autre chose que mon emprisonnement. À ma rencontre avec le fameux Howley, par exemple. Enfin, pas tout à fait car j'avais piteusement cédé à Daley et avais gardé les yeux fermés.

Contrairement à tout ce que je savais des loups-garous et des créatures du quatrième monde en général, celui-là ne s'était pas jeté sur moi pour me dévorer. Certes, j'avais bien senti une tension, comme une furieuse envie de sang qu'il aurait expulsée par tous ses pores, mais Howley l'avait maîtrisée, lui, l'être incontrôlable par excellence.

Cette pensée me renvoya à d'autres souvenirs, dans une crique similaire à celle-ci, lorsque mon frère, Hector, m'apprenait à utiliser mes jambes…

— Tu vas devoir les muscler, Faith.

— C'est… fa… tigant, avais-je gémis en m'effondrant sur le sable brûlant.

J'avais chaud, je me sentais déshydratée, et ce même si ma peau était glacée. C'était à ne rien y comprendre ! Hector s'était approché de moi.

— Je te demande beaucoup en si peu de temps. Je suis désolé, Faith, si je pouvais prendre ta place, je le ferais sans hésiter. Seulement, c'est impossible. Nous n'avons que cette solution : faire de toi une humaine.

J'avais agité les mains pour amorcer une réponse en langage des signes ; il m'avait aussitôt bloqué les poignets, puis avait secoué doucement la tête.

— Il faut que tu parles. Ne cède pas à la facilité.

J'avais essayé de me dégager de son emprise, en vain. J'avais plongé mon regard irrité dans le sien. Les yeux de mon frère étaient absolument magnifiques. L'un était doré, d'une teinte plus proche du métal précieux que les miens, tandis que l'autre était d'un vert marine captivant. Ainsi côte à côte, il était facile de deviner notre lien de parenté. Que cela soit par nos traits ressemblants ou bien la couleur identique de nos cheveux. S'il n'avait pas été plus âgé que moi, nous aurions même pu passer pour des jumeaux.

Lorsqu'il avait ouvert la porte de ma prison dorée, ça faisait presque cinq ans que je ne l'avais pas vu. Depuis le lendemain de ma mise en isolement, lorsqu'il s'était faufilé jusqu'à ma geôle et m'avait juré de me sortir de là. Sur le moment, je n'avais pas pris cette promesse au sérieux, car après tout, nous étions encore des enfants à l'époque.

Mais il l'avait réellement fait. J'avais appris qu'il avait soudoyé des gardes et qu'il était même allé jusqu'à obtenir le soutien du bras droit de notre père, le général D'Ardélion. Le plus jeune général de notre histoire. J'avais entendu dire par ma servante que les idées progressistes de ce dernier et ses critiques de nos traditions – notamment celle dont j'étais la victime – ne faisaient pas l'unanimité au sein de notre royaume. Les changements faisaient peur, et bien plus encore chez les néréides et les tritons.

— J'ar…rive… pas, avais-je articulé.

Visiblement, mon frère s'était déjà habitué à sa forme humaine. Il avait eu plusieurs années pour pratiquer et s'entraîner, ce qui n'était pas mon cas. J'avais agité les mains : « C'est dur ! Sous l'eau, nous n'avons pas besoin de nos cordes vocales pour nous comprendre les uns les autres et quand nous les utilisons en surface, c'est pour faire fuir les humains, pas pour converser avec eux ! »

Hector m'avait étreinte.

— Je sais, petite sœur. Je sais combien c'est difficile, que ça fait énormément de choses à apprendre et dans un laps de temps trop court, mais il en va de ta vie. Et puis, j'ai confiance en toi. Tu peux y arriver.

Je lui avais rendu son étreinte. Il avait raison. Je n'étais plus une princesse, j'étais une néréide en sursis.

— Faith !

C'était Carry et au ton de sa voix, elle paniquait.

— Tu vas bien ? s'enquit Melvin.

Et à la sienne, il n'était pas plus rassuré.

— J'ai l'impression d'étouffer, de manquer d'air, mais à part ça, ça va, leur répondis-je.

— Ce truc a de quoi rendre claustrophobe d'importe qui, approuva-t-il. Daley est à la maison. Je lui ai interdit de revenir. Se transformer en dehors des pleines lunes l'épuise et je me voyais mal le ramener sur mon dos.

J'espère qu'il va bien, songeai-je, même si au fond, j'aurais aimé le sentir près de moi.

— Tu as besoin de quoi ? demanda Melvin à Carry.

— Je… nous devons ramasser des branches d'arbres afin de créer un espace sacré. Un cercle dont le centre sera cette protection de ronces où se trouve Faith.

— D'accord, je m'en charge. Et ensuite ?

— Je vais écrire une formule sur mon livre des ombres. Il va falloir que je l'imagine car je n'ai rien en stock pour ce genre de situation. (Elle marqua une pause.) J'ai mon Dirk[1], les bougies en cire d'abeille… et toi, Melvin.

— Moi ?

— Tu es un génie de la Terre.

Je les écoutais attentivement. Dans le troisième monde, nous n'utilisions pas la magie, tout simplement parce que nous étions la magie. J'étais celle qu'on pouvait invoquer, mais ça ne m'était jamais arrivé et pour cause : à l'instar du Petit Peuple, les habitants du premier monde avaient fini par nous reléguer au rang de légende ou de création imaginaire issue des fantasmes humains.

Quelques minutes plus tard, j'entendis Carry psalmodier : « Je consacre ces branches afin que ce cercle de bois, de feuilles et de sève puisse demeurer digne de la Grande Déesse Mère. Je consacre ces branches afin que ce cercle de bois, de feuilles et de sève puisse demeurer digne du Dieu Cornu, notre père. »

Il eut un bruissement sur le sol, autour de moi. Carry poursuivit : « Je bénis ce sable et ce sel afin qu'il soit purifié, digne de demeurer à l'intérieur du cercle sacré. Au nom de la Grande Déesse Mère et du Dieu Cornu notre père. » Elle marqua une pause et je perçus sa magie. C'était une vibration à la fois diffuse et étrangement palpable.

Quand elle récita le reste de la formule, sa voix prit de l'ampleur : « Je te charge, ô cercle, d'être la frontière, le gardien de la Faë en ton sein, et ainsi de la préserver de la protection de Howley, le Seigneur des Ombres et des Ronces. »

Lesdites ronces frémirent puis craquèrent comme si des doigts invisibles les serraient dans le creux de leur paume. Je me levai lentement, attentive au moindre changement qui pouvait apparaître, et retins mon souffle.

1. Couteau rituel – athamé, soit une dague écossaise utilisée lors des rituels Pictish Wicca, mais aussi dans la tradition Wicca Féri (Faery). (*NdA*)

— Contiens sa puissance, ô esprit du nord, ancien de la Terre, clama-t-elle avec Melvin. Contiens sa puissance, ô esprit de l'est, ancien de l'air. Contiens sa puissance, ô esprit du sud, ancien du feu. Contiens sa puissance, ô esprit de l'ouest, ancien de l'eau ! Je t'appelle pour assister mon cercle, charge ceci de ton pouvoir, Dryghtyn[1] !

Dans un cri inhumain, les tresses d'épines noires se délièrent à une vitesse étourdissante pour retourner dans le sol. Je contemplai, hébétée, leur disparition. À croire qu'elles n'avaient jamais été là.

Face à moi se tenaient Melvin et Carry. Cette dernière était vêtue d'une cape noire dotée d'une large capuche qui lui couvrait même une partie du visage. Au moment où j'ouvris la bouche, elle leva une main pour m'intimer le silence. J'obéis sagement et scellai les lèvres.

— Adieu, esprit du nord, commença-t-elle en se tournant vers la direction correspondante. Nous te remercions de ta présence ici, dans le cercle de branches. Sois béni.

Elle continua ainsi et remercia chaque point cardinal avant de revenir vers le nord et de brandir la lame. Puis Melvin retira les branches une à une pour ensuite éteindre les bougies. La seconde suivante, j'étais dans les bras de Carry.

— Cette soirée a été une vraie cata ! s'écria-t-elle.

— Elle a été plutôt mouvementée, c'est vrai, souris-je. Je crois que la prochaine fois, je m'en tiendrai à mon programme initial : la lecture. Comment va Daley ?

Carry s'éloigna sans tout à fait me libérer.

— Il dessoûle, ou bien il ronfle, ou les deux. Mais il va bien, rassure-toi.

J'acquiesçai. C'était le principal, après tout.

Je n'aurais pas dû être étonnée de trouver Daley dans mon lit. Pourtant, je l'étais quand même un peu. Sa position me rappelait celle de l'étoile de mer ; bras et jambes écartés, le tout placé en travers d'un lit

1. Source originelle de toute chose, à la fois masculine et féminine dans la Wicca traditionnelle. (*NdA*)

trop petit pour sa taille. Il n'y avait aucun moyen pour que je puisse m'y allonger et j'étais vraiment, vraiment fatiguée.

Doucement, je m'approchai de lui à pas feutrés et, après une ultime hésitation, tentai de le réveiller en lui secouant gentiment l'épaule. Rien. Je l'observai encore un instant. Il n'y avait plus ces plis colériques sur son front, ce qui lui adoucissait indéniablement les traits et le rendait plus accessible, d'une certaine façon.

Ce soir, Daley-saoul m'avait fait une sorte de déclaration ressemblant beaucoup à une demande officielle de relation. Pour l'instant, c'était impossible. Je ne le connaissais pas suffisamment, et j'étais loin d'avoir confiance en Howley. Daley restait une créature du quatrième monde. Je ne connaissais pas une Faë qui n'avait pas souffert à cause des malfaisants. Toutes les familles avaient, un jour, perdu un être cher tué par ces êtres dénués d'âme. Faire un effort pour accepter de vivre sous le même toit qu'un loup-garou ne signifiait pas que je devais lui servir mon cœur sur un plateau d'argent.

Je m'assis sur le bord du matelas ; un étroit espace libre situé près de sa cuisse, et le regardai dormir la bouche légèrement entrouverte. Sa respiration était régulière et il ne ronflait pas. *Quelle soirée...* Je l'avais sauvé, puis ça avait été son tour. Nous étions quittes.

Daley bougea la tête et une mèche brune glissa sur son œil, d'un geste doux, je la remis en place.

Contre qui s'était battu Howley ? Était-ce mon ennemi, ou bien le sien ? La possibilité que ce soit moi la véritable cible de cette créature me fit tressaillir. Carry et Melvin n'avaient aucune idée sur l'identité de l'assaillant de Howley. D'après les dires de l'ami de mon frère, seul Howley pouvait répondre à cette question et pour cela, j'allais devoir attendre la pleine lune. Je jetai un dernier coup d'œil à Daley qui dormait toujours à poings fermés puis me levai afin de récupérer au moins mon oreiller. Pour cette nuit, du moins ce qu'il en restait, le canapé devrait faire l'affaire.

Sans faire de bruit, mon coussin sous le bras, je sortis de la chambre sur la pointe des pieds.

Chapitre 7

Daley

Lorsque je me réveillai en sursaut, il faisait encore nuit et je n'étais pas dans ma chambre.

— T'abuses, Howley, bordel... j'ai aussi un lit, j'te signale, marmonnai-je.

Je me sentais nauséeux et ma tête était sur le point d'exploser. Je me levai en grognant puis jetai un regard autour de moi. Aucune trace du pioupiou. Un éclair de panique me traversa ; détestable douleur aiguë comparable à une punaise plantée dans le pied. Pire que tout, elle avait un nom : inquiétude. Inquiétude pour une Faë aux yeux dorés.

Je sortis de la chambre d'une démarche lourde tout en la pistant machinalement. Flairer son parfum de cannelle était devenu une sorte d'automatisme alarmant pour ma santé mentale. Surtout que, dans mes souvenirs d'ivrogne, j'avais passé ma soirée à lui montrer à quel point je pouvais me révéler être un vrai gentleman – ironie. La question qui demeurait en suspens était la suivante : devais-je avoir assez honte pour l'éviter durant plusieurs jours, ou bien tenter une amende honorable en lui offrant par exemple une babiole du genre qu'aimaient les filles ? Un truc brillant serti d'excuses minables ? Ou sinon, je pouvais aussi tout mettre sur le dos de Howley. J'avais un gros faible pour cette option bigrement séduisante.

Sous mes pieds, le sol me parut brusquement aussi mou qu'une pile de pancakes, mais étant donné la quantité astronomique d'alcool que j'avais ingurgitée, était-ce si étonnant ? À mon avis, désormais, je pouvais même distiller mon plasma directement en bouteille avant de l'étiqueter boisson interdite aux mineurs. Mon cerveau n'étant pas au top de ses capacités, heureusement que je marchais à l'instinct… ce qui m'évitait de me cogner les orteils à tous les meubles qui croisaient ma route.

Une fois dans le salon, je notai la télévision allumée et l'éteignis. En pivotant, je repérai aussitôt Faith endormie sur le canapé. Voilà d'où provenait le délicieux parfum qui avait guidé mes pas. Roulée en boule sous un plaid trop petit pour elle, elle représentait l'innocence même.

Lorsqu'elle était rentrée, elle m'avait sûrement découvert vautré dans son lit et avait opté pour un sofa usé jusqu'à la corde plutôt qu'un loup-garou bourré entre ses draps. *Jeune fille, quel sérieux manque de sens de l'aventure…* En soupirant, je m'accroupis afin de la prendre dans mes bras. Elle ne moufta pas et la tenir de cette façon contre moi me fit un drôle d'effet. Je montai précautionneusement les marches de l'escalier pour ne pas la réveiller. Ni elle ni mes deux autres colocataires, d'ailleurs.

Pour éviter que sa tête pende misérablement dans le vide, je pressai un peu plus son visage contre mon torse tout en essayant de rendre sa position la plus agréable possible. Le truc était que j'avais désormais sa bouche en contact direct avec mon épiderme, là, près de mon téton. J'en eus la chair de poule car, l'espace d'un instant, je l'imaginai sur moi en train de goûter ma peau, de la base de mon cou à beaucoup plus bas. *Je ne frissonne pas. Je. Ne. Frissonne. Pas.* Bien sûr que si je frissonnais d'anticipation ! Ça m'hérissait même l'épine dorsale !

Mon attirance pour elle était un gros problème. Il était clair qu'elle ne voulait pas de moi, du moins pas de la façon dont je la voulais. Faire mon deuil, c'était tout ce qu'il me restait comme possibilité. Je devais passer à autre chose. Voilà.

Avant de franchir le seuil de sa chambre, je baissai les yeux vers mon fardeau qui n'en était pas vraiment un. Un drôle de son s'échappa de ma gorge. On aurait dit le cri frustré d'un chiot, à la fois étranglé et plaintif. *Faire mon deuil, hein ?*

Je la déposai ensuite délicatement sur son lit en me retenant de justesse de me coucher à ses côtés. J'éprouvais cet incontrôlable besoin de la faire mienne qui me rendait fou et, en cet instant, je n'avais même plus Howley couplé à mon somnambulisme nocturne comme prétexte.

Je connaissais la solution à ce problème, là, tout de suite. Ce que toute créature portant en elle des gènes canins effectuait lorsqu'elle frôlait la folie à cause d'un trop-plein d'énergie : courir. Le temps d'enfiler un vieux jogging gris, j'étais parti.

De retour à la maison, une bonne heure plus tard, avec sur moi des vêtements trempés de sueur, je me sentais aussi séduisant qu'un lémurien dépressif qui avait eu la lubie de piquer une tête dans un lac. Je retirai mon sweat puis le balançai sur mon épaule. En pénétrant dans la cuisine, je notai du coin de l'œil que tout le monde était là et prenait son petit déjeuner dans un silence très « post-fiesta-foireuse ». Je grognai un « bonjour » comme on se débarrasse d'une chose gênante qui colle aux doigts et ouvris le frigo en quête d'eau minérale fraîche.

— Tu es allé courir ? me demanda Carry en bâillant.

C'était sa manière à elle de m'offrir le calumet de la paix après notre accrochage de la veille. Comme Carry avait réussi à libérer notre pioupiou, j'acceptai volontiers le geste.

— C'est le fait que je transpire comme un âne, ou bien que je porte un survêt' qui t'a mise sur la voie ?

Enfin, nul besoin non plus de s'attendre à ce que je sois paix et amour, surtout après une telle nuit. J'avais mes limites et ces dernières étaient relativement faciles à atteindre.

— Bonjour à toi aussi, sale ours mal léché, grommela-t-elle avant de replonger le nez dans son café.

— Je ne suis pas un ours mal léché. Je suis un loup-garou à la fourrure soyeuse et propre, rétorquai-je en m'installant aux côtés de Faith. Salut, ajoutai-je ensuite à son intention.

— Salut, me répondit-elle avec un sourire absolument charmant.

Apparemment, se réveiller dans son lit et sans moi l'avait mise de bonne humeur. Pas sûre que la mienne survive à ce détail.

— Et moi ? Je n'ai pas droit à des salutations matinales enthousiastes ?

Je tournai la tête vers Melvin. Il avait les cheveux encore plus en pétard que Carry – comme si c'était possible –, à croire que ces deux-là faisaient de la lutte gréco-romaine dans leur pieu au lieu de ronfler.

— Ça dépend si tu la veux avec ou sans élan, ta salutation enthousiaste, dis-je en affichant un large sourire hypocrite.

Melvin plissa les yeux puis m'adressa un majeur tendu.

— Que serait un petit déjeuner sans ta présence lénifiante, Daley…

Cette fois-ci, ce fut moi qui lui exhibai un majeur tendu et il sembla pleinement satisfait de ce renvoi de balle.

— Je crois que tu le bois noir ?

Faith me proposait un mug rempli de café brûlant. J'avais vraiment envie de prendre une douche, mais bizarrement, cet acte altruiste eut l'étrange pouvoir de cimenter mon corps à la chaise. J'acceptai vivement :

— C'est ça.

Je bus une gorgée et failli en ronronner de plaisir. Parfait. Comment relancer la conversation avec elle ?

— Bien dormi ? me renseignai-je sans la regarder directement.

Je n'avais jamais eu de « *crush* » amoureux. Pour moi, tout ce blabla romantique était bon pour les scénarios de films somnifères, les adoratrices de romans à la couverture douteuse avec des types aux cheveux trop longs – *merci Carry de t'être occupée de ma culture littéraire, mes rétines ont encore du mal à s'en remettre* – et les ménagères prisonnières d'une armée de marmots aussi bruyants que pénibles. D'accord. Je reconnaissais moi-même, surtout depuis que je fréquentais Carry et son féminisme exacerbé, que c'était là une vision étriquée et un poil machiste sur les bords, mais à qui la faute ? J'avais vécu une majeure partie de ma vie au sein d'une meute de clébards pour qui, à l'âge adulte, l'amour se résumait à choisir une seule femelle jusqu'à la mort, point barre. Pas de fleurs, pas de chocolats, pas de rencards sous les étoiles. Ils se débarrassaient du superflu pour aller directement à l'essentiel : se reproduire et élever les fruits de leurs brefs moments de débauche. Tradition ancestrale que suivait au pied de la lettre chaque génération velue.

Par la force des choses, je n'étais donc pas le mec idéal pour séduire une sirène vierge et angoissée à l'idée de se tenir à moins d'un mètre d'un mâle. D'un loup-garou mâle pas franchement commode, pour être précis. Pourtant, avec Faith, j'avais envie de me prouver que j'avais tort sur toute la ligne, qu'elle ne représentait pas tout ce que je détestais, mais plutôt tout ce qui manquait à ma chienne d'existence. Pourquoi elle ? Bonne question.

Faith se tourna vers moi, me sourit encore – son sourire avait la formidable capacité de me faire ressentir ce à quoi pouvait éventuellement ressembler un saut à l'élastique sans élastique. Une chute vertigineuse, à la fois enivrante et effrayante. Un crash assuré avec plusieurs fractures à la clé.

— J'ai bien dormi, merci, Daley. C'est grâce à toi.

Elle avait déduit que je l'avais ramenée dans son lit ce matin et avait apprécié le geste.

— Pas de quoi.

Au moment même où elle ouvrit la bouche pour me parler, mon téléphone se mit à hurler. Vraiment hurler. C'était un cri de loup pas franchement sympathique à l'oreille. Dower me l'avait installé en affirmant avec la stupidité qui le caractérisait que c'était « vachement drôle ». Bizarre, en cette seconde précise et en regardant l'expression figée de Faith, ce n'était pas le premier mot qui me venait tout de suite à 'esprit. Gêné, je levai l'index en lui marmonnant « attends ».

Tiens, c'était justement l'installateur de sonnerie douteuse.

— Dower ? Un problème ?

Pour qu'il m'appelle à cette heure-ci, il était tombé du lit et sur la caboche. C'était sûrement un SOS trauma crânien gueule de bois.

— *Ouais mon poto. Il faut que tu viennes tout de suite à la plage.*

Je jetai un rapide coup d'œil à Faith qui patientait gentiment.

— Là, maintenant ? insistai-je.

J'étais enfin sur la bonne voie pour me montrer sous mon meilleur jour et rattraper le fait que j'avais frotté avec ferveur la preuve évidente de mon intérêt au charmant postérieur de ma petite Faë.

— *Il y a des centaines de cadavres de dauphins sur la plage. C'est assez chelou et malfaisant pour que j'ose solliciter ta présence, mon gros loulou. Finis ton café et ramène tes fesses.*

Quelque chose sur mon visage dut sûrement alerter Carry et Melvin car ils se redressèrent aussitôt comme un seul homme.

— J'arrive, lui confirmai-je d'une voix blanche.

Je posai mon téléphone sur la table.

— Qu'est-ce qu'il se passe ? fit Carry, réveillée.

— Nous devons nous rendre illico presto à la plage. Je ne suis pas sûr, mais il se pourrait que ça soit notre faute, leur expliquai-je tout en me levant.

— Dis-nous ce qu'il y a ! s'inquiéta Melvin.

Je me tournai vers Faith qui demeurait étrangement silencieuse et me fixait de ses beaux yeux dorés.

— Je crois que tu devrais venir aussi, lui précisai-je d'un ton neutre.

Une grosse demi-heure plus tard, Melvin garait sa voiture sur le parking longeant la plage de *Somewhere Beach,* là où nous avions organisé notre petite fête de la veille. Quant à moi, j'avais pris ma moto afin de partir tout de suite après pour bosser.

Je perçus une odeur de mort et de poisson en train de se décomposer avant même de m'être approché des lieux. Une grande partie de la meute de la Forêt de Mar était là. Le père de Dower, Cameron, qui était l'Alpha, il y avait aussi Witt, son grand frère, ainsi que les meilleurs bêtas du clan : Bolgan, James, London, Virgo…

Les mains dans les poches et l'air soucieux, Dower courut d'un pas souple jusqu'à moi.

— Papa s'est débrouillé pour garder les flics à l'écart, mais ça ne va pas durer. (Il soupira, troublé.) On devine les gros titres des journaux locaux, demain matin.

Il se tourna ensuite vers Melvin, Carry et Faith pour les saluer d'un bref mouvement de tête.

— Qu'en pense Cameron ? m'enquis-je à voix basse, tout en posant mon casque sur le siège de ma bécane.

— Il manque certains morceaux, alors sûrement une attaque.

Je haussai un sourcil.

— Requin ?

Dower grimaça puis se massa le front du bout de l'index.

— Un simple requin n'aurait pas pu tuer autant de dauphins. Ils ont une technique efficace pour se défendre contre ce prédateur, surtout s'ils sont plusieurs. Le requin aurait dû battre en retraite au lieu de faire ce… carnage, acheva mon ami dans un souffle.

Il m'invita à le suivre d'un geste de la main. D'un regard, j'en fis de même à l'intention de mes compagnons. Faith était pâle comme un linge. Je restai instinctivement à ses côtés. Le terrible Cameron Jackson avait une stature aussi imposante que la mienne et dominait tous les autres d'une bonne tête. Lorsqu'il me vit, il opina du menton puis fronça les sourcils en apercevant Faith. *Probablement son odeur*, soupirai-je intérieurement.

En nous approchant, on comprit tous l'étendue du massacre. Des dizaines et des dizaines de corps inertes, ensanglantés, de mammifères marins s'étalaient à perte de vue et sur des kilomètres de plage. Il n'existait pas d'adjectif suffisamment fort pour décrire l'horrible spectacle. Faith murmura quelque chose, et en voyant son corps se mettre à trembler, je la pris aussitôt dans mes bras.

— Si c'est trop dur pour toi, tu peux retourner à la voiture, lui proposai-je d'une voix douce.

Elle s'agrippa à moi telle une naufragée qui s'accroche à une bouée de secours.

— Non, fit-elle d'un ton étranglé et à moitié étouffé par mes vêtements.

Incapable de regarder plus longtemps cette scène, Faith avait pressé son visage contre ma poitrine.

— Tu as une idée de ce qu'il s'est passé ? la questionnai-je, hésitant.

— Peut-être, finit-elle par me répondre après un silence.

— Et… tu te sens de m'en parler ?

— Pas tout de suite.

— D'accord.

Nous nous scrutâmes l'un l'autre, puis je la laissai avec Carry et Melvin qui tentèrent de la réconforter du mieux qu'ils le pouvaient. Pour ma part, j'allai à la rencontre de celui que je considérais comme un père.

— Salut, fiston.

La voix grave de Cameron en imposait autant que son physique.

— S'lut, chef.

Bolgan me jeta un regard torve haineux. Il y avait trois raisons à son aversion me concernant : la première, j'étais un loup-garou très puissant. Ce détail suffisait lui-même à enflammer sa jalousie, surtout quand on connaissait sa forme canine – un american staff complexé par sa taille – ; quant à la deuxième, c'était parce que Cameron me considérait comme son fils au même titre que Dower et Witt. Bolgan était un bêta, donc en dessous de moi dans la hiérarchie canine de la meute de la Forêt de Mar. La troisième et la plus stupide à mes yeux : Candice Jackson. Il ne s'était jamais caché de la vouloir pour femelle officielle – et ce le plus tôt possible – sauf que celle-ci n'était pas vraiment du même avis.

— Vous avez fait la fête cette nuit ici, et v'la qu'à 6 heures du mat on se retrouve avec cette boucherie sur les bras. Une explication à me fournir ? attaqua-t-il en sortant un cigarillo de son étui.

— Une chose est sûre, c'est qu'il n'y avait rien quand on est partis, affirma Dower. C'est même moi qui ai tout rangé avec Flinch, Nobe et Carter. Pas l'ombre d'un aileron ou quoi que ce soit du style.

Dans notre intérêt à tous, je décidai de jouer franc-jeu.

— Je me suis transformé cette nuit. J'imagine que vous vous en doutez déjà, puisque le hurlement de Howley passe rarement inaperçu. (J'inspirai un grand coup.) Il a combattu ce qu'il a considéré comme un ennemi envahissant son territoire.

Cameron tiqua sur le dernier mot puis alluma son cigarillo. Normal. Howley et lui avaient, en quelque sorte, une espèce de divergence d'opinion à ce propos. Et si personne de la meute n'était venu vérifier pourquoi Howley était là cette nuit alors qu'il n'aurait pas dû, c'était simplement parce que tous le craignaient. Les réactions de mon loup-garou étaient imprévisibles ; c'était d'ailleurs pour cette raison que je m'enfermais habituellement dans la cave lors de la pleine lune. Une fois, quelques membres de la meute avaient tenté de le maîtriser et ils avaient failli y rester. Depuis, la conduite à tenir pour eux était la suivante : rester éloignés de Howley.

— Il ressemblait à quoi, cet ennemi ? m'interrogea encore Cameron.

Je secouai la tête.

— J'en sais foutre rien. Je ne garde jamais en mémoire ce que voit ou fait Howley.

Cameron se racla la gorge puis m'adressa une grimace compatissante.

— C'est qui la p'tite, là-bas ? me demanda-t-il ensuite en la désignant du menton.

Je me fermai aussitôt comme une huître. À mon regard subitement ombrageux, Dower s'interposa naturellement. Il était facile de deviner ce que le chef de meute insinuait : une nouvelle arrivée, une étrangère qui se trimballait une odeur atypique dans son sillage, un massacre de dauphins. L'équation était simple.

— C'est une invitée de Melvin. Ça fait plusieurs semaines qu'elle est ici, souligna-t-il.

Un lourd silence tendu s'instaura, durant lequel Cameron m'observa attentivement. Je ne cillai pas sous le regard perçant de l'Alpha.

— Alors ? insista-t-il sans me lâcher des yeux.

Ce qu'il fallait traduire par « Dower, c'est pas à toi que je posais la question ». Ma mâchoire se contracta et j'eu beaucoup de mal à repousser un grognement d'avertissement à l'intention de mon père d'adoption. Il avait le goût amer d'une pilule qu'on écrasait avec les dents.

— Comme vient de le dire Dower. Si elle en avait été la cause directe, ça se serait produit y'a des semaines en arrière.

J'avais conscience de mentir par omission, passant sous silence la nature de Faith. C'était une sirène, une néréide. Il était de notoriété publique que ces êtres entretenaient des relations plutôt privilégiées avec les dauphins. Même moi j'étais au courant et Dieu sait que les mythes des créatures des quatre mondes n'étaient pas ma lecture favorite avant de pioncer. Inutile d'être un génie pour faire le rapprochement lorsqu'on savait la vérité. Donc, si Cameron soupçonnait ne serait-ce qu'une seconde que cette attaque à *Somewhere Beach* avait une vague relation avec Faith, celle-ci serait priée de déguerpir fissa sans autre forme de procès.

La meute de la forêt de Mar ne prenait pas à la légère la sécurité de leur microcosme, bien au contraire. J'en savais quelque chose puisque rester avec eux avait été une lutte de plusieurs mois entre les différentes parties, et je n'étais qu'un enfant à l'époque.

— C'est à moi d'en juger, gronda Cameron. Amène-la ce soir à la maison. Je veux lui parler. En attendant, je vais aller discuter avec le shérif de Berxley. Lui suggérer de mettre des pancartes de baignade interdite et de prendre quelques bateaux pour vérifier si les requins traînent encore leurs nageoires dans le coin. J'imagine que ce sont plusieurs grands blancs qui sont responsables de ce charnier, ajouta-t-il, soucieux.

Je hochai la tête en guise d'assentiment. Witt et les autres finirent d'inspecter les cadavres puis nous rejoignirent. Le grand frère de Dower me salua d'une accolade amicale. Witt était un chouette gars doté d'une personnalité paisible voire un peu timide avec les nanas, mais d'une force phénoménale. Il pouvait tirer un camion de trois tonnes à lui tout seul avec seulement un harnais. Incroyable.

Son petit frère se distinguait par un caractère largement plus turbulent que celui de son aîné et un côté sale mioche aussi attachant qu'énervant. Seulement, Dower savait aussi être sérieux dans des moments de crise comme celui-ci. Physiquement, Witt était blond comme leur mère, quant à Dower, il tenait plutôt de leur paternel, taille mise à part.

— Très bien, annonçai-je à Cameron. Nous viendrons ce soir.

Impossible de passer outre. Berxley et la Forêt de Mar étaient un seul et même territoire. Espérer ne pas présenter Faith au chef était vain. De toute manière, Melvin, Carry et moi serions là pour la protéger si la situation l'exigeait. Cette pensée suffit à me rassurer.

Après avoir encore échangé encore quelques mots avec l'Alpha, je regardai l'ensemble de la meute s'en aller en groupe compact prêt à en découdre si un danger survenait brusquement. Bolgan ne se gêna pas pour m'adresser un dernier regard venimeux. Il était plus petit que moi et trapu, sans parler des traits de son visage épais. Je représentais clairement son antithèse – détail supplémentaire qui attisait sa haine. Pour le provoquer, en accompagnant le geste d'un large sourire, je lui adressai un majeur tendu. J'entendis un grognement énervé en réponse, ce qui accentua mon petit plaisir puéril personnel.

— Alors ?

Melvin avait préféré se tenir à l'écart le temps que je termine ma conversation avec le chef de la meute. C'était un gnome et même s'il faisait partie du petit peuple habitant légitimement la Forêt de Mar, ça ne signifiait pas pour autant qu'il était copain comme cochon avec ses plus proches voisins. Peut-être parce qu'il restait plus lié aux Faës qu'aux métamorphes, accentuant ainsi cette méfiance mutuelle.

— Alors il va faire fermer la plage. Le shérif va venir embarquer ces carcasses pour les faire autopsier ou un truc dans le genre. Sur le moment, je me suis dit que c'était peut-être la magie utilisée par Carry qui avait réclamé son paiement.

— Tu parles de la secousse du Wyrd[1] ? intervint cette dernière. Puisque j'ai libéré Faith en utilisant la magie, j'aurais contrarié le destin ?

Carry se tut un instant avant de reprendre :

— Mon action n'était en rien mauvaise, ou ayant un réel impact sur le destin, Daley. Ce n'est pas ça.

Je hochai la tête.

— D'accord. (Puis je me tournai vers Faith.) Qu'en penses-tu ?

Elle avait les yeux très rouges, ce qui signifiait qu'elle avait beaucoup pleuré pendant ma discussion avec Cameron. Elle renifla bruyamment, puis secoua ses longs cheveux caramel tout en essayant de reprendre le contrôle de ses émotions.

— Ce sont des requins. Des grands blancs. Plusieurs.

---

1. Représentation du destin dans la mythologie Nordique. Toile tissée par les Parques. (*NdA*)

Je ne répondis pas tout de suite.

— C'est également ce qu'on pense. Une idée sur ce qui les a énervés à ce point ?

— Les requins sont au service du Kraken. Les dauphins au service des néréides. Les orques et les baleines sont neutres. Sachant cela, il est facile d'en déduire que je suis responsable de ce massacre de masse. J'ai fui mes responsabilités et les chiens du Kraken viennent de m'envoyer un message clair : ils savent désormais où je suis.

— Comment ça, tu as fui tes responsabilités ? lui demandai-je.

Un grand silence s'étira entre nous quatre avant de se rompre tel un élastique au bout de sa course. Faith planta son regard dans le mien :

— Tous les cinq cents ans, afin de préserver la paix des abysses et des océans, la première-née des filles d'un ou des descendants du roi Triton doit s'unir au Kraken.

— Un mariage forcé, tu veux dire ? m'étranglai-je.

Faith acquiesça. Bon sang. C'était donc… une princesse ?!

— En quelque sorte. Un simulacre de mariage qui se termine plutôt en repas. En ingérant une néréide, la première-née et la plus imprégnée de magie, le Kraken renforce la sienne. Néanmoins, il ne doit pas dépasser une telle absorption sur une période donnée sous peine d'être submergé jusqu'à en mourir. Mon frère, Hector, n'a pas supporté l'idée de me perdre juste pour que ce malfaisant devienne encore plus fort, et me voilà ici.

D'accord. Tout s'expliquait. Je ne pouvais laisser ma petite sirène se faire bouffer par une grosse pieuvre. L'idée me mettait hors de moi.

— Comment t'a-t-il retrouvée ? la questionnai-je. Sur toutes les plages où tu aurais pu atterrir, comment a-t-il su que tu étais ici, à Berxley ?

Faith détourna les yeux.

— Il a dû me sentir, lui ou l'un de ses sbires aux dents multiples.

Je compris. C'était ma faute si le Kraken l'avait trouvée. Si, rond comme un ballon, je n'avais pas failli me noyer, si je n'avais pas obligé Faith à plonger pour me sauver, elle n'aurait jamais eu de problème et ces centaines de dauphins seraient encore vivants. Une fois de plus, je provoquais une catastrophe, je démolissais la vie de quelqu'un avec l'enthousiasme d'un bulldozer au taquet.

— C'est à cause de moi, hein ? dis-je avec un curieux calme.

Nos regards se croisèrent pour tisser ce lien que je sentais physiquement entre nous.

— Il aurait fini par le savoir, répondit-elle. Daley, ce n'était qu'une question de temps. Vraiment.

— Ouais, mais si je n'avais pas joué au con, tu aurais eu un délai plus grand avant qu'une merde de ce genre ne te tombe sur le coin de la gueule.

— Ce qui est fait est fait, martela Melvin. La culpabilité n'a jamais arrangé une situation, Daley, alors ne commence pas avec ce délire d'autoflagellation que tu affectionnes tant.

Je lui jetai un regard noir.

— Ça n'efface en rien le fait que j'ai merdé.

— On est d'accord là-dessus, mais Melvin a raison. S'appesantir sur ça n'arrangera pas les choses. Ce qu'il nous faut, c'est une stratégie.

Le silence qui suivit la déclaration de Carry prouvait qu'ils étaient d'accord à ce sujet. Je lâchai un juron à faire rougir une nonne puis shootai dans une butte de sable.

— Ce n'est pas tout. Cameron Jackson souhaite rencontrer Faith. Il a comme qui dirait des soupçons sur son lien avec… (Je désignai les mammifères marins d'un large geste de la main.) *ça*.

— Les tuer était sa façon personnelle de me punir d'avoir désiré échapper à mon destin, commenta Faith d'une voix tremblante de colère. Je pense que c'est avec lui que s'est battu Howley, cette nuit. Cependant, il ne peut pas se montrer sur terre sous sa forme véritable.

— Il faudrait en avoir le cœur net, et découvrir son apparence physique. Celle avec laquelle il se mélange aux humains.

Melvin se tourna vers Carry.

— Comment ?

Carry posa son regard sur moi.

— Seul Howley connaît son visage.

J'éclatai d'un rire dénué de joie.

— Eh bien, attendons la pleine lune pour le lui demander, suggérai-je avec ironie.

Pour que mon loup-garou daigne nous l'indiquer, il aurait fallu qu'il le veuille. La seule chose dont j'étais sûr, c'est que s'il avait combattu cet adversaire, c'était uniquement parce qu'il avait envahi ce que Howley estimait être son territoire. Après, allait-il gentiment accepter de nous filer un coup de main pour la beauté du geste ? L'altruisme n'était pas l'une de ses qualités premières, à supposer qu'il en possède au moins une.

— C'est une bonne idée, accepta Faith.

Je la contemplai avec un charmant air ahuri.

— Je blaguais, pioupiou. Howley est imprévisible. Il peut te laisser en vie comme te tuer. Tu connais la définition de lunatique ? Eh bé, à côté, t'as son nom cité en exemple.

— Je suis d'accord avec Daley. On ne peut pas faire confiance à son loup-garou.

Je levai la main en l'air.

— Merci ! Enfin un qui a un brin de jugeote, m'exclamai-je.

— Je suis de l'avis de Faith, intervint Carry. Il l'a protégée. Rien ne l'y obligeait, pourtant il l'a fait. Howley doit l'apprécier et il nous suffit d'utiliser ça pour l'inciter à l'aider.

— C'est un peu maigre, comme preuve. Comme le souligne celui qui le connaît le mieux, Howley fait ce qui lui chante et quand ça lui chante.

J'approuvai à grands hochements de tête.

— Un caprice reste un caprice.

Carry leva les bras en l'air en signe d'agacement tandis que Faith semblait réfléchir.

— Ce n'est pas comme si nous avions trente-six solutions à notre disposition, relança Carry.

— Je ne serais pas contre le fait d'en avoir déjà trente-cinq, rétorquai-je avec un sourire incisif.

Elle me lança un regard irrité auquel je répondis par une grimace.

— Dans l'immédiat, c'est se préparer à la rencontre avec les membres de la meute de la Forêt de Mar qui importe. Une chose après l'autre, soupira Melvin.

— Non. Dans l'immédiat, le plus urgent est de se barrer d'ici. Le shérif va arriver et perso, j'ai pas envie de répondre à ses questions.

Nous étions tous d'accord là-dessus.

— Je vote pour finir normalement cette journée et réfléchir aux problèmes ainsi que leurs solutions seulement ce soir, après notre conversation avec monsieur Jackson, proposa Melvin pendant que nous retournions à nos véhicules.

— Mon programme n'a rien d'extra. Gagner ma croûte en bossant au *Morning* jusqu'à 18 heures.

— J'aimerais également trouver un emploi, annonça Faith. Je ne peux pas vivre juste avec le compte que mon frère a ouvert.

Je lui jetai un regard en biais.

— Qu'est-ce qui t'en empêche, si t'as les moyens ?

Faith me fit non de la tête.

— Ce n'est pas bien, affirma-t-elle d'un ton buté.

Je ricanai.

— Le bien, le mal… dans le monde capitaliste des humains, sache que la frontière est floue, mon p'tit pioupiou.

— Je veux mener une vie normale. Je n'apprendrai jamais à devenir indépendante en la commençant de cette façon.

Je haussai les épaules. Elle et moi étions devant ma moto. J'attrapai mon casque puis jouai avec, pour m'occuper les mains.

— Je pourrais t'aider. Voir au *Morning* s'ils ont besoin d'une secrétaire, ou autre chose.

Le soudain mutisme de Faith m'intrigua et je l'affrontai franchement. Elle souriait tout en paraissant gênée.

— Quoi ?

— J'aimerais éviter de travailler avec toi.

Paf, le chien. C'était à mon tour de rester muet comme une carpe. J'étais si chiant à vivre ? Oui, bon, peut-être, mais tout ce que je voulais, c'était l'aider. Ou pas. Après mûre réflexion, en vérité, je souhaitais sûrement juste l'avoir près de moi.

— Pourquoi ? lui demandai-je.

Mon côté masochiste désirait souffrir de sa réponse. Il salivait à l'idée de recevoir une baffe verbale de sa part.

— Parce qu'être sous ta protection sur mon lieu de travail, ce n'est pas ce que j'appelle être indépendante.

— Oh, fis-je seulement.

Ça avait du sens. C'était même sacrément logique.

— Tu as cru que c'était pour t'éviter ?

— Bah, après ma conduite d'hier, ça n'aurait rien eu d'étonnant.

Quelque chose de doux passa dans les yeux dorés de Faith et au moment où elle allait me répondre, Carry la héla pour qu'elle les rejoigne dans la voiture.

Un grognement irrité me râpa le gosier. Carry et Melvin avaient toujours le chic pour nous interrompre au meilleur moment.

— Je dois y aller. Je crois qu'elle veut m'emmener en ville et m'aider à trouver un emploi saisonnier.

J'acquiesçai.

— OK, alors… à ce soir.

Elle semblait avoir repris le dessus, ou bien alors elle parvenait à donner le change pour que je ne m'inquiète pas. Pour qu'*on* ne s'inquiète pas, me repris-je mentalement.

— À ce soir.

Je la regardai s'éloigner tout en luttant contre l'irrésistible envie de la rattraper pour la serrer dans mes bras et coller mon odeur à ses vêtements pour être sûr qu'aucun mâle n'ose l'accoster.

Le *Morning* était un garage tenu par une famille italienne dont je soupçonnais les membres de tremper dans des affaires louches liées la mafia. Des types en costard noir et aux cheveux gominés venaient régulièrement apporter des voitures de luxe avant de repartir avec d'autres.

Sans parler de l'odeur de mort qui suivait ces gars, ça puait le trafic de bagnoles. Dower était carrossier et on m'avait embauché pour jouer les mécanos. J'avais de solides connaissances en mécanique, du coup, le job ne me posait pas de problème. Et puis, j'aimais bien avoir les mains dans le cambouis. Ce n'était pas quelque chose qui me rebutait.

Je finissais de mettre ma combinaison noire lorsque mon ami débarqua. Nous avions postulé le même jour et les anciens du garage en avaient sautillé de joie à l'idée d'avoir cette nouvelle main-d'œuvre à exploiter.

— S'lut, marmonna-t-il.

Vu la tête qu'il faisait, il n'était pas en forme. *Il est encore sur le carnage des dauphins ?*

— Ça ne va pas ? l'interrogeai-je en nouant les manches de mon bleu de travail autour de mes hanches.

Je préférais garder uniquement mon débardeur en haut pour ne pas crever de chaud. Le garage ne possédait pas la climatisation et il était hors de question de suer comme un sagouin.

— Non.

J'ouvris le petit frigo et pris une bouteille d'eau minérale.

— À cause de ce matin ? insistai-je.

Il s'agita et déverrouilla son casier qui se trouvait à côté du mien.

— Oui… non. J'en suis à mon trentième jour sans sexe. Je pense même à aller au bowling demain soir juste pour mettre les doigts dans quelque chose.

Je m'étouffai avec ma gorgée d'eau et la recrachai illico en spray.

— Je croyais que tu avais quelqu'un.

Dower me lança un regard en biais.

— Ça fait deux mois que je sors avec Rachel Hawk. Putain, mec, ça fait plaisir de voir à quel point tu m'écoutes quand je te parle.

— Hé ! J'avais juste oublié son nom. J'ai dû la croiser quoi… une fois ? Je ne savais même pas que c'était officiel entre vous.

Dower grogna. Quand il était sous sa forme animale, c'était un beau berger allemand. Sous sa forme humaine, il était largement moins impressionnant.

— C'est ma mère qui l'a choisie. Elle a dit qu'elle refusait que je devienne un solitaire. Rachel est mignonne, alors j'ai accepté. Mais là, elle est partie y'a trois semaines chez sa tante, à Los Angeles, sachant qu'elle avait déjà un tas d'excuses pour ne rien faire avec moi bien avant. Je crois que je ne lui plais pas tant que ça. Mon pote, j'ai calculé. J'en suis exactement à trente jours de diète.

— Si t'en es réduit à compter, alors ouais, ça doit faire un bail que tu nages dans l'abstinence, répliquai-je en riant.

— Vas-y, fous-toi de moi. Dois-je te rappeler que celle pour qui tu baves te tient à distance ?

Je ne riais plus du tout.

— Ta gueule, grognai-je. Y'a du boulot sur l'aile avant de la Pontiac si tu sens que tes mains te démangent.

Cette fois-ci, ce fut Dower qui s'esclaffa joyeusement. Je lui balançai mon chiffon sale dans la figure. Il le rattrapa en m'adressant un clin d'œil.

— Quand j'étais jeune, intervint Steven, un des anciens mécanos venu chercher une bière dans le réfrigérateur, c'était déjà impressionnant quand on obtenait un simple baiser de notre promise.

— Ouais, approuvai-je en souriant. Sauf que, quand vous étiez jeune, *Steve*, il n'y avait que des terres cultivables, ici.

Le fou rire de Dower redoubla et Steven me grommela une insulte plutôt chouette que je m'empressai de noter, quelque part dans ma caboche.

Soudain, mon corps se mit en alerte. Mes muscles se tendirent. Howley se réveillait. Je me tournai lentement vers l'entrée et je le vis. Un grand type blond à la peau pâle et aux lunettes de soleil d'un noir opaque. Il portait un costume trois pièces beige dans une drôle de matière, peut-être du lin… en tout cas ça y ressemblait. Personne ne mettait ce genre de frusques dans le coin. Un étranger. Sûr. Pourtant son odeur avait quelque chose de familier. J'étais sur le qui-vive.

— Hé, mec ! Pourquoi tu grognes ? me chuchota Dower avant de s'approcher.

Je gardai les yeux rivés sur l'intrus. Je ne m'étais même pas rendu compte que j'étais en train de grogner.

— Calme-toi, on va se faire repérer si tu te mets à japper, m'intima-t-il.

— Ce type…, fis-je d'un ton grondant. C'est un méchant.

Du coin de l'œil, je vis le regard de Dower glisser de l'inconnu à moi, plusieurs fois de suite.

— Il ne peut pas être méchant, Daley. Mate un peu, il sourit !

— Eh bé, ça sera un mort heureux lorsque je lui aurai arraché la tête du reste de son corps, lançai-je en me dirigeant droit vers le gars.

Ce dernier ne bougea pas d'un pouce, les mains enfoncées dans les poches de son pantalon dans une posture décontractée ; il m'observait tranquillement réduire la distance nous séparant. J'allais l'atteindre quand mon patron, Tony Leoni, me prit de vitesse, lui et son accent rital. Je pilai net.

— *Bongiorno ! Bongiorno !* Je peux faire quelque chose pour vous ?

— Bonjour, monsieur. Effectivement, je suis à la recherche d'un véhicule. Voyez-vous, je suis arrivé ici en taxi depuis l'aéroport, mais j'aimerais louer une voiture afin de pouvoir visiter la région par moi-même.

Le vieux Tony se frotta les mains, l'œil brillant.

— Nous ne louons pas de voiture, *signore*. Mais je peux vous vendre d'excellentes occasions à un prix défiant toute concurrence !

Le type tourna brièvement la tête dans ma direction puis me décocha un sourire narquois. Où avais-je bien pu sentir son odeur ? Où ? Le mec avec qui Howley s'était battu ? Non… si ça avait été le cas, mon loup-garou aurait été bien plus virulent. Intenable, même.

— Très bien. Va pour une occasion. Vous acceptez le liquide ?

Il avait prononcé le dernier mot comme si c'était la meilleure blague de l'année. Un truc clochait avec cet homme. Mon instinct ne me trompait jamais. Tony l'invita à le suivre là où étaient garés les véhicules à vendre.

— Qu'est-ce qui vous plairait ? Un 4x4 ? Une berline ? Une décapotable ?

Mon boss était sur pilote automatique, dégoulinant de politesse et de manières. Il n'en fallait pas davantage pour le mettre en transe : l'éventualité de ramasser une montagne de billets verts.

—Vous avez des Range Rover ?

—Ah ! *Signore* ! J'ai exactement le modèle qu'il vous faut ! La version ultime avec vue panoramique de l'extérieur ! Un bijou ! s'exclama Tony d'un ton extatique.

Les deux disparurent de notre champ de vision même si on entendait encore leurs voix grâce à notre ouïe surdéveloppée. Dower secoua la tête.

—Il en fait trop, le vieux. Il devrait…

—Tu ne sens pas ? le coupai-je.

—Sentir quoi ?

Je me tournai vers lui.

—T'es sûr que t'es un chien ?

—Mais quoi ! se renfrogna-t-il.

—L'odeur de ce client, bordel !

Tandis que je l'observais attentivement, mon ami leva le nez afin de se concentrer sur les effluves lui parvenant.

—J'avoue que je n'aime pas des masses son parfum et que oui, je l'ai déjà senti ailleurs, mais là, tout de suite, je ne remets pas, désolé, finit-il par dire, perplexe.

Ma gorge expulsa un son contrarié.

—Va falloir qu'on garde ce mec à l'œil, Dower. Fais passer le mot à la meute.

—Clair. Je vais envoyer Chichi lui filer le train.

Chichi était le surnom de son cousin, Yanis, le frère de Candice. Sa forme canine était un chihuahua et il en profitait un max pour passer des heures dans les bras des nanas du campus universitaire. Ces dernières ne se doutaient pas le moins du monde qu'elles serraient un vrai obsédé contre leurs poitrines accueillantes.

—C'est pas tout ça, mon pote, mais là, on va devoir bosser si on veut pas que les anciens nous tombent dessus pour avoir glandé.

Dower m'octroya une tape dans le dos pendant que j'envoyais un texto à Melvin. « Y'a un type, un étranger qui vient de débarquer au garage. Son odeur est celle d'un malfaisant, sûr. Drôle de timing – dauphins – on en parle ce soir. Bye. »

Je tentai bien de le prendre en photo en douce par la suite, mais c'était à croire qu'il avait deviné mes intentions : il me tournait constamment le dos. Une heure plus tard, il repartit au volant d'une Range Rover noire.

Chapitre 8

Faith

Quand Melvin m'avait offert le téléphone portable, il m'avait également passé le numéro de mon frère Hector afin que nous puissions échanger des messages lorsqu'il n'était pas dans la cité immergée. Dans la voiture, assise sur la banquette arrière, j'hésitai à lui dire pour les dauphins. Si jamais c'était bien mon futur époux à l'origine de cette tuerie, mon frère viendrait me chercher et m'arracher à ma toute récente nouvelle vie. Ma famille ne devait pas encore être au courant de cette tuerie de masse, sinon ce coin d'océan aurait déjà été ravagé par la colère de mon père, soit une terrible tempête. Qu'est-ce que j'avais provoqué ? Daley se sentait responsable, mais en vérité, je l'étais bien plus que lui.

— Faith ?

Je levai le nez de mon écran pour croiser le regard soucieux de Carry. *Sois forte*, m'ordonnai-je. L'image des centaines de corps de dauphins mutilés hantait mon esprit et le moindre signe de compassion menaçait de faire à nouveau couler mes larmes. Comme ils avaient dû souffrir. Comme ces dauphins avaient dû lutter pour se protéger les uns les autres. *Je ferai payer moi-même le responsable*, me jurai-je en éprouvant une colère sourde à l'encontre de l'assassin.

— Faith ? réitéra Carry, inquiète. Tu veux rentrer à la maison ?

Je secouai la tête.

— C'est gentil, mais je préfère me changer les idées. Et puis, trouver un emploi est important pour moi.

Interdiction de craquer. *Si je veux affronter mes ennemis, m'endurcir est vital.* Je serrai mon téléphone à m'en blanchir les phalanges. *Je tuerai ce monstre.*

— OK. Je vous dépose où ? s'enquit Melvin.

— En centre-ville. Plusieurs restaurants ont affiché des annonces pour la fin de la saison, lui indiqua mon amie.

Ils poursuivirent leur discussion à bâtons rompus tandis que je regardais sans vraiment la voir la circulation dans laquelle nous étions pris. Mes pensées se tournèrent naturellement vers Daley. En quête d'un peu de fraîcheur, j'appuyai mon front contre la vitre de la portière. Je n'arrivais pas à me décider si c'était ma nature de Faë ou réellement moi qui attisais son intérêt. Ce doute avait quelque chose d'étouffant. Il étranglait mes élans, ébranlait mes certitudes, foulait du pied ma confiance en moi-même comme en lui.

Et surtout, il n'était pas question de sentiments entre nous. Je le savais, surtout après en avoir discuté des heures avec Carry. Le désir physique et l'amour, même si souvent complémentaires, n'étaient pas forcément liés, ni systématiquement dépendants l'un de l'autre. Je n'étais pas prête pour vivre ce genre de relation. J'avais peur. J'étais terrifiée à cette idée. Carry m'avait expliqué que c'était probablement la faute d'avoir vécu en autarcie, loin de tout ce qui ressemblait à du flirt. Les êtres humains avaient appris ça dès l'enfance, ce qui n'était absolument pas mon cas.

Et puis, pour ne rien arranger, plus je côtoyais Daley, plus son charme opérait sur moi. Il avait ce genre de beauté qu'il était difficile, voire impossible d'ignorer. Il se dégageait de lui une séduction sauvage un peu brutale qui ne me laissait pas indifférente. Dès qu'il s'approchait un peu trop près, mon instinct me hurlait aussitôt de fuir. Il était comme une flamme à laquelle je craignais sans cesse de me brûler.

Je le surprenais souvent en train de me regarder. Dans ces moments-là, c'était à peine s'il clignait des paupières pendant que tout son être m'envoyait ce message implicite : « Je te veux ».

Rien que d'y penser, je sentis mes joues se colorer. Il possédait cette présence indécente et indéniable. Une fois, il nous avait accompagnées, Carry et moi, faire les courses au supermarché. Toutes les femmes – et même certains hommes ! – s'étaient retournées sur lui, ou bien l'avaient fixé à cogner leur caddie dans d'autres clients. Mais Daley semblait s'en moquer, n'y prêtant une attention que toute relative. Personnellement ça m'avait fascinée et je devais l'avouer, un peu flattée lorsqu'il avait attiré mon attention sur tel ou tel article, et que j'avais découvert une vive jalousie sur le visage de ces mêmes personnes. Elles avaient dû croire que nous étions ensemble et l'espace d'un instant, à mon grand désarroi, j'avais joué le jeu en ce sens.

En l'apprenant, Carry avait ri à en pleurer. Elle m'avait assuré que c'était normal. Que Daley faisait cet effet.

— On a l'impression de se promener avec un tigre au bout de la laisse. On t'envie sans oser t'approcher de peur d'y perdre une main. C'est Howley qui accentue le truc. Je l'ai compris.

Je lui avais demandé ce qu'elle entendait par là et Carry avait souri.

— Howley est un Alpha. Je dirais même que c'est l'Alpha de tous les Alphas métamorphes. Alors, quand il accompagne de jeunes – ne te vexe pas pour le terme que j'emploie – femelles fécondables, il amplifie son aura afin de tenir éloignés les autres mâles.

Elle avait penché la tête sur le côté avant de plonger à nouveau son regard dans le mien.

— Souviens-toi de sa réaction avec le serveur qui voulait te filer ton numéro de téléphone, ou de l'altercation au concert.

J'avais hoché la tête. Je m'en souvenais très bien.

— Voilà. Aux yeux de Howley, tu lui appartiens. Tu fais partie de son harem. Donc, du harem de Daley.

J'avais été estomaquée.

— Même si nous… n'avons jamais…

Carry avait éclaté de rire.

— Vivre dans sa tanière, donc la maison, est parfois amplement suffisant. Et c'est son devoir de mâle dominant de protéger sa meute.

— Et pour ce qui est de Melvin ? lui avais-je alors demandé. Il fait aussi partie de son harem ?

Carry s'était étouffée avec la fumée de sa cigarette qu'elle avait aussitôt ventilée d'un geste de la main.

— Quoi ? Non ! Pauvre Melvin, il n'y survivrait pas ! Bien que je me souvienne qu'au début de notre cohabitation, Daley l'avait coincé sur le canapé pour asseoir sa dominance… Mon Dieu. Melvin en avait pleuré comme un bébé.

J'avais dû faire une drôle de tête car mon amie avait rigolé de plus belle.

— Rien de sexuel ne lui est arrivé, rassure-toi. Néanmoins, il ne l'a plus jamais provoqué de cette façon, après ça. Je dirais que maintenant, Howley le considère comme son bêta, autrement dit celui qui assure ses arrières.

De mon point de vue, c'était compliqué. Impossible de dissocier Daley de son loup-garou, cependant, ils semblaient être deux entités totalement différentes. Ce qui le rendait d'autant plus captivant.

— Nous sommes arrivés, Faith.

La voix de Melvin avait interrompu mes pensées. Je lui adressai aussitôt un sourire que j'espérais rassurant. Avec les événements de ce matin, ils devaient avoir l'impression que j'étais une petite chose fragile qu'il fallait manipuler avec soin. Je sortis de la voiture et l'air chaud de l'été me coupa le souffle. Ma peau avait encore du mal à gérer la différence de température.

— Tu n'as pas pris de bain.

Ce n'était pas une question de la part de Carry, mais plutôt une affirmation.

— Je n'ai pas eu le temps, à vrai dire.

Elle afficha immédiatement une mine contrite.

— C'est vrai. Désolée.

Je lui saisis la main et la pressai de la mienne.

— Ne t'inquiète pas. J'en prendrai un avant de rencontrer monsieur Jackson, ce soir.

Afin de me préserver, il était très important que je prenne des bains. Comme je ne pouvais pas nager dans la mer sans risques, j'utilisais la baignoire de notre salle de bains commune que je remplissais d'eau avant d'y ajouter du sel marin. Si je restais trop longtemps sans effectuer ce rituel journalier, je risquais la déshydratation, de tomber gravement malade ou de perdre ma queue, et donc de devenir complètement humaine.

Si jamais cela arrivait, je ne pourrais plus jamais revoir les membres de ma famille, ni même communiquer avec eux et encore moins retourner chez moi. Cette éventualité m'effrayait.

Nous saluâmes Melvin d'un signe de la main avant de se mettre en quête de boutiques proposant encore des jobs pour les étudiants.

— Tu connais ce monsieur Jackson ? demandai-je à Carry tandis que nous marchions dans l'allée principale.

— Cameron ? Pas trop, non.

— Ah.

Carry s'arrêta puis posa une main sur mon bras.

— Ne t'inquiète pas. Tu n'y vas pas seule. Daley sera là, et puis nous aussi.

J'opinai.

— Daley les connaît bien. Il a vécu de nombreuses années avec la meute de la Forêt de Mar avant de suivre Melvin à Berxley. Cameron le considère comme son fils.

Nous reprenions doucement notre balade.

— Pourquoi les a-t-il quittés ?

Carry haussa les épaules.

— Parce qu'il avait compris que sa présence au sein de la meute créait des problèmes.

Je lui jetai un bref regard.

— Des problèmes ?

Mon amie tourna la tête dans une direction opposée à la mienne.

— Une partie des membres était ravie d'avoir un tel avantage. Tu imagines ? Posséder cet atout dans leurs rangs ? Un puissant « ancien » issu de la vieille magie, un ancien dont l'existence remonte peut-être à l'origine du monde ? Leurs ennemis allaient y réfléchir à deux fois avant de les attaquer. Tandis que l'autre… (Elle soupira, puis fit glisser son regard sur moi.) L'autre vivait dans la peur constante d'être tuée une nuit de pleine lune. Les rages de Howley font de sérieux dégâts.

Une question me turlupinait.

— Dis, Carry, si Howley est si ancien que ça, comment se fait-il que Daley soit à peine plus âgé que moi ?

Elle sourit comme si cette question était naïve.

— Je pense que je devrais te prêter quelques bouquins. Ceux que j'ai lus lorsque j'ai appris devoir cohabiter avec un loup-garou. L'esprit de Howley migre d'élu en élu depuis la nuit des temps. Daley a dû subir une cérémonie à la naissance pour devenir son réceptacle. Nous ne savons rien de ses vrais parents. D'après les livres que j'ai consultés y'a quelques années, lorsqu'une femme-loup enceinte voit une marque apparaître sur son ventre rond, c'est qu'elle porte en elle l'élu de Howley. Comme tu te doutes, Howley n'est pas le véritable prénom du loup-garou. Personne ne semble le connaître, d'ailleurs.

— Une femme-loup ?

— Les hommes-loups sont des humains porteurs du gène métamorphe sans jamais se transformer. Ils sont seulement dotés de capacités telles qu'un odorat, une ouïe ou un instinct surdéveloppés.

Au palais d'or, nous n'avions pas ce type d'informations dans nos études de ces créatures.

— Je veux bien tes ouvrages sur les loups-garous, Carry, dis-je d'une voix où perçait une certaine excitation.

En apprendre davantage sur Daley me rendait impatiente. Mon amie éclata de rire.

— D'accord, d'accord ! Pour l'instant, allons te trouver un job.

Je lui dédiai un grand sourire, puis ses yeux s'agrandirent et elle me désigna une affiche du doigt.

— Celui-ci serait parfait, non ?

Je me tournai vers la devanture qu'elle m'indiquait.

— Un magasin d'instruments de musique ? fis-je, étonnée par son choix. Mais… je n'y connais rien !

Elle me prit par la main et m'entraîna à sa suite.

—Tu apprends vite. Et puis, ils acceptent les débutants tant que tu aimes la musique. Sans parler du patron qui est un beau gosse.

—Je ne suis pas sûre que ton dernier argument en soit vraiment un, objectai-je en imaginant déjà Daley montrer les crocs.

Au sourire en coin qu'elle arbora, je compris qu'elle avait deviné le cours de mes pensées.

—Ça va rendre Daley complètement dingue, confirma-t-elle.

Je fronçai les sourcils.

—Mon but est de gagner de l'argent, pas d'énerver mon colocataire soupe-au-lait, Carry.

Elle rit en franchissant le seuil du magasin.

—Non, ça c'est mon petit bonus perso, chérie. Mais bravo pour l'expression. Je vois que tu travailles dur le langage humain.

—Merci. C'est grâce aux séries télé, elles m'aident beaucoup pour l'argot.

Il y avait des instruments divers partout, des guitares accrochées aux murs, quelques pianos ou synthétiseurs, et des rayons entiers remplis d'accessoires. Il y avait même une énorme batterie et des planches de surf!

—Salut, Hank! lança joyeusement Carry.

Le dénommé Hank ressemblait à l'un de ces mannequins surfeurs qui posaient dans les magazines préférés de mon amie. De taille moyenne, d'un blond presque roux et le teint bronzé, il avait les cheveux mi-longs noués en un chignon étrange déstructuré, un t-shirt bleu pâle usé et un pantacourt large. Lorsqu'il la repéra depuis la caisse, il lui sourit en retour.

—Hé! Carry! Ça faisait un bail! Comment vas-tu, frangine?

—C'est ton frère? me renseignai-je à voix basse.

Carry rit une nouvelle fois en secouant la tête.

—Non, Faith, c'est juste une façon de parler. Viens.

Je restai sagement en retrait, derrière elle. Le dénommé Hank m'adressa un clin d'œil.

—Et qui est cette jolie nana avec toi?

Mon amie me poussa en avant.

— Elle est là pour le job, annonça-t-elle d'un air malicieux. Je te présente Faith Williams, notre nouvelle colocataire qui va entrer à l'université après les vacances d'été. Elle va avoir dix-huit ans dans quelques semaines, mais j'imagine que ça ne te pose pas de problème.

Il me tendit une main que je serrai brièvement.

— Tu t'y connais en matos et en musique ?

Je secouai la tête à m'en démonter les vertèbres. Hank haussa un sourcil puis jeta un regard surpris vers Carry. Cette dernière roula des yeux exaspérés.

— Elle apprend vite. C'est une vraie éponge. Et puis, elle a la musique dans le sang et plutôt un joli brin de voix.

Cette fois, ce fut moi qui lui adressai un regard interloqué.

— Comment le sais-tu ?

Carry me sourit.

— On t'entend tous quand tu prends un bain. Tu te contentes de fredonner, mais c'est plus agréable que lorsque c'est Melvin qui s'y amuse. Daley rôde toujours autour de la salle de bains quand tu te lances… si ça, ce n'est pas une preuve que tu as du talent, s'esclaffa-t-elle.

Une lueur d'intérêt brilla dans les iris azur de Hank.

— Daley lui tourne autour ? dit-il avec lenteur.

Carry leva aussitôt la main.

— Un conseil, Hank. N'essaie même pas de t'aventurer sur ce terrain-là.

Hank s'accouda au comptoir de sa caisse. Le sourire qu'il affichait révélait la nature de ses pensées.

— Tu me lances un défi ? s'enquit-il.

L'expression de mon amie devint sérieuse.

— Absolument pas. Prends-le davantage comme un avertissement. Je ne plaisante, pas, Hank. Si tu t'amuses à ça, Daley va t'arracher la tête.

Je les observai tour à tour, perplexe. Il me manquait des données pour comprendre ce qu'ils taisaient dans cette conversation.

— Et ne songe pas une seconde à te servir d'elle pour le faire revenir dans le groupe.

Groupe ? Quel groupe ?

— Quel groupe ? ne pus-je m'empêcher de leur demander.

Carry et Hank échangèrent un regard entendu, et mon amie m'expliqua :

— Daley chante également très bien. Il a ce truc incroyable pour tenir un public suspendu à ses lèvres. Après des mois de harcèlement quotidien, Hank, ici présent, avait réussi à le faire entrer dans son groupe, « Dogma ». Cependant, à cause du caractère ombrageux de Daley, les conflits étaient légion et l'ambiance entre les membres est vite devenue invivable. Depuis, il n'a plus jamais touché une guitare, ni même chanté à un karaoké.

Encore une chose que j'apprenais sur Daley, et peut-être notre premier point commun. *C'est...* mon cœur roulait comme un tambour dans ma poitrine. *C'est étrange, ça aussi ça me donne envie d'en savoir plus.* Je me tournai vers Hank.

— Je ne peux pas vous promettre de ne faire aucune erreur, mais si vous m'embauchez, je m'engage à faire mon maximum pour bien effectuer les tâches qui m'incombent.

Hank me jaugea durant plusieurs secondes, puis finit par sourire et hocher la tête.

— OK, OK. Tu as le job, Faith Williams. Mais fais-moi plaisir, arrête de me vouvoyer. J'ai l'impression d'être un vieux croulant.

Je lui rendis son sourire et lui tendis la main pour sceller notre accord. Il me demanda de revenir le lendemain pour signer des documents. J'avais rendez-vous à la boutique, en début d'après-midi.

Je sortis la première, laissant Carry discuter avec son ami. J'étais tellement heureuse d'avoir obtenu cet emploi que mon esprit était ailleurs et je ne prêtais pas attention à ce qui se passait autour de moi, du moins, jusqu'à ce que je me cogne contre quelqu'un.

— Oh ! Pardon ! m'exclamai-je, contrite.

Puis vint son parfum. Une odeur que je connaissais et qui m'emplissait les poumons à chacune de mes respirations. Cet homme embaumait les fonds marins. Je me pétrifiai avec l'horrible sensation que la totalité de mon sang venait de déserter le réseau de mes veines.

Lentement, je levai la tête vers le visage de l'inconnu que j'avais percuté. Il était grand, et tout chez lui possédait la funeste pâleur de la mort. Que ce soient ses cheveux blonds, sa peau ou son sourire de prédateur. Impossible de voir la couleur de ses yeux à cause de ses lunettes de soleil.

— Ne soyez pas désolée. J'adore qu'on me fasse du rentre-dedans. C'est tellement rare. D'habitude, je fais plutôt fuir les gens, ajouta-t-il avec un humour douteux.

C'était l'assassin des dauphins. Le requin. Il était là pour moi. Et il avait forme humaine. Je hoquetai et reculai vivement de quelques pas en titubant. Quant à lui, il se contenta de rester immobile, tout sourires.

— Dites, vous allez bien ? (Il agita une main devant son propre visage.) Je vous trouve un peu pâle, d'un coup.

Il leva ensuite le nez vers le ciel.

— J'avoue que la chaleur ici est insupportable. De quoi faire un malaise. Vous devriez aller vous baigner, mademoiselle. Rien ne vaut la fraîcheur de l'océan à cette période de l'année.

— Qui…, murmurai-je sans parvenir à aller au bout de ma phrase.

Il haussa les sourcils plus haut que le contour de ses lunettes.

— Oh. Veuillez me pardonner. Je ne me suis pas présenté.

D'une seule enjambée, il était à nouveau près de moi. Il pencha la tête jusqu'à ce que ses lèvres frôlent mon oreille :

— Kyll… Kyll Whiteshark. Et vous ? Vous avez un petit nom ?

J'étais littéralement tétanisée. Le jeu de mots de son patronyme était de mauvais goût. Je me détournai légèrement de lui.

— Vous auriez pu trouver mieux, soufflai-je, le regard agrandi d'effroi.

Il ne répondit pas à proprement parler, préférant rire doucement tout en se redressant.

— Tout va bien ?

C'était Carry.

— Oh ! décidément ! J'adore cette ville. Il n'y a que de sublimes jeunes femmes. Un vrai délice ! s'enthousiasma-t-il en tendant une main à Carry. Kyll Whiteshark, pour vous servir. Cette demoiselle était en train de s'excuser de m'être rentrée dedans. Mais rien de grave, inutile de faire un constat. Laissons les assurances en dehors de ça.

Carry sourit poliment à la plaisanterie mais un regard sur mon visage lui suffit pour deviner que quelque chose n'allait pas.

— Bien. Ce n'est pas tout ça, mais j'ai encore beaucoup d'endroits à visiter afin de me familiariser avec ce nouvel environnement… problème typique de touriste, je suppose, mhm ? babilla-t-il alors que je restais sous le choc. Déjà, trouver un endroit où habiter n'a pas été une partie de plaisir, croyez-moi.

Sur ce, sans abandonner son rictus de squale aux aguets, il se tourna dans ma direction. Il avait la beauté froide et sanguinaire de son alter ego, aucun doute là-dessus.

— Ravi de vous avoir rencontrée, mademoiselle. J'espère que la prochaine fois, vous me ferez l'honneur de me révéler votre prénom. Vous êtes à… croquer. Vraiment. De toute manière, Berxley est une petite ville, j'imagine que ceci ne sera pas notre dernière entrevue !

Il nous adressa un petit signe en guise d'au revoir avant de disparaître dans la foule tout en sifflotant.

— Totalement *creepy*, le mec, murmura Carry en le suivant des yeux.

Je me serais littéralement effondrée sur le sol si elle ne m'avait pas rattrapée in extremis.

— Faith ! Ça ne va pas ? Je savais que tu aurais dû prendre un bain, maugréa-t-elle ensuite.

— Ce-ce n'est pas… Carry ! Carry, cet homme qui vient de partir…

Elle me lança un regard interrogateur.

— Il s'est mal comporté, c'est ça ? Si jamais c'est le cas, je vais le… !

— C'était le tueur de dauphins, l'interrompis-je d'une voix blanche. C'était LE requin, le grand blanc, le responsable du massacre de ce matin.

Même si l'eau était à température idéale, même si le sel me procurait une merveilleuse sensation réconfortante, je n'arrivais pas à oublier ma rencontre avec le monstre qui avait tué tous ces dauphins. J'agitai ma nageoire caudale qui frappa l'extrémité de la baignoire. La largeur de cette dernière ne me permettait pas de m'ébrouer, mais c'était déjà bien de pouvoir y faire trempette.

Soudain, les cris de Daley me parvinrent. Je me redressai, à l'écoute :

— Putain ! Je le savais ! hurlait-il. Je. Le. Savais.

— Daley, par pitié, arrête de gueuler. Tu vas finir par me percer les tympans et je n'en ai pas de rechange, figure-toi, cria également Melvin.

— Les gars, vous rugir dessus n'arrangera pas les choses, intervint Carry. Tu savais quoi ?

— C'était sa saloperie d'odeur ! grogna Daley en réponse. Ce mec, celui qui correspond pile poil à la description que tu m'as donnée, il a débarqué au garage, ce matin. Dower n'arrivait pas à le remettre mais moi, je l'ai su quasi tout de suite. Je l'ai senti à *Somewhere Beach.* (Il marqua une pause.) Je vais voir comment va Faith, lâcha-t-il.

Hein ? Je fixai la porte en priant l'avoir verrouillée. Non pas que ç'aurait eu vraiment le pouvoir d'arrêter Daley, celle de ma chambre en était d'ailleurs le parfait exemple, mais là, il était pleinement conscient de ses gestes et ne la défoncerait probablement pas. Si… ?

— Daley ! Faith prend son bain ! tenta de l'arrêter Carry.

— Ouais, ouais, d'accord ! lui balança-t-il.

Il ne l'avait même pas écoutée. Je l'entendis grimper quatre à quatre les marches de l'escalier et paniquai. Sous cette forme, impossible de sortir rapidement de la baignoire sans me blesser.

Daley ouvrit la porte à la volée. Je poussai un cri. Ses yeux s'écarquillèrent de surprise et je plaçai aussitôt mes mains sur ma poitrine.

— Daley !

— Pardon, chuchota-t-il. J'avais oublié que…

Son regard descendit plus bas que mon visage pour finir sur ce qui faisait de moi une néréide. Ma nageoire caudale s'agita de plus belle, provoquant de petits « tap tap » répétitifs et effrénés.

— Daley, réitérai-je d'une voix aiguë. Pourrais-tu sortir, s'il te plaît ?

Il fit exactement le contraire et vint s'agenouiller près de la baignoire. Je ne savais plus ou me mettre et je ne pouvais même pas cacher mon visage sous peine d'exposer cette autre partie de moi, celle toujours humaine.

— Est-ce que tu vas bien ? s'enquit-il en éprouvant des difficultés à regarder autre chose que ma queue aux couleurs chatoyantes et qui s'irisait davantage sous l'effet de mes émotions.

— Là, tout de suite ? Je dirais NON !

J'avais atteint un summum de gêne jamais égalé jusqu'alors. Il acquiesça.

— Je m'en doute, mais ne t'inquiète pas, je vais choper cette enflure et le… est-ce que je peux la toucher ? me demanda-t-il en approchant un doigt de ma queue.

Il était totalement fasciné.

— Non ! Ce n'est pas un accessoire en plastique ! (Je marquai une pause.) Daley ! gémis-je ensuite. S'il te plaît, sors de cette pièce.

Il leva les yeux.

— Pourquoi ?

J'hésitai entre la colère et la stupeur.

— N'est-ce pas évident ?

— Peut-être pour toi, mais pas pour moi.

Je pris une longue inspiration.

— C'est embarrassant que tu me regardes de cette façon alors que je suis sous cette forme.

Daley parut enfin comprendre.

— Oh. Eh bien… je pourrais t'aider à sortir de là et te porter jusqu'à ta chambre.

La proposition était tentante. C'était toujours une étape difficile pour moi de m'extraire seule de la baignoire. Il nota mon hésitation et me sourit.

— T'as vu comment je suis gentil, comme mec ?

Je lui adressai un regard noir.

— Vraiment. Adorable.

Il ignora mon sarcasme et se redressa.

— Attends, m'intima-t-il en levant un doigt.

Abasourdie, je le regardai ôter son débardeur avant de le rouler en boule et le jeter dans un coin.

— Il est crade. Je ne voudrais pas te salir alors que tu as pris un bain.

Je n'osai pas lui expliquer que ce n'était pas un bain savonneux ayant pour objectif de me laver. Ça, j'étais obligée de le faire par étapes et au gant de toilette sous peine de me transformer. Sans aucune pudeur, mais aucune, il étalait les muscles dessinés de son torse agrémenté de multiples dessins.

— Je vais aussi me nettoyer les mains. Ah. Je sors juste du boulot, alors, je pue… respire par la bouche, ajouta-t-il avec un large sourire.

Puis il s'aperçut que je le regardais peut-être un peu trop fixement pour que ça soit innocent et l'air entre nous se chargea subitement d'électricité. Il était à moitié nu, moi aussi et nous étions seuls. Il y avait de quoi modifier l'ambiance.

Son regard changea. Ses yeux devinrent deux abysses ténébreux habités par une étrange lueur ; ils étaient comme allumés par un feu intérieur quasi palpable. Puis, il se reprit pour se laver les mains au lavabo.

— Il ne t'a rien fait, au moins ? m'interrogea-t-il d'un ton neutre.

— Non. Je crois qu'il voulait juste que je sache qu'il était là.

Daley demeura un instant silencieux, frottant énergiquement ses paumes pleines de mousse l'une contre l'autre.

— Carry m'a dit qu'il t'avait filé son nom ?

— Kyll Whiteshark.

Daley émit un bref ricanement.

— Ça manque grave d'imagination.

— Je trouve aussi.

J'avais énormément de mal à détacher mes yeux de son dos large où des arabesques d'encre noire formaient un curieux dessin d'une omoplate à l'autre.

— Ce sont des tatouages ?

La question était stupide. Bien sûr que c'étaient des tatouages, mais je ne voyais pas une autre façon de lancer la conversation dessus.

— Oui, mon p'tit pioupiou. Première fois que tu en vois ?

Toujours sans me regarder franchement, il s'essuya les mains sur la serviette suspendue près du lavabo.

— Oui. Première fois. C'est…

Quel adjectif s'accordait à ce que j'éprouvais en les observant ? Il pivota brusquement sur lui-même.

— C'est ? répéta-t-il en plongeant son regard dans le mien.

J'avais la bouche sèche. Je n'aurais pas dû être déshydratée ; je pataugeais toujours dans mon bain. Pourtant, j'éprouvais cette sensation de manque d'eau jusque sur ma langue.

— Intéressant ? fis-je d'une toute petite voix.

Un curieux sourire incurva ses lèvres. Il haussa les sourcils.

— Intéressant ?

Je détournai prudemment les yeux.

— Je crois.

— Tu crois ?

Il était clair qu'il se retenait de rire. *Il se moque de moi ?* J'osais croiser son regard. Daley avait les fesses appuyées contre le bord du lavabo, les bras croisés.

— Oui, affirmai-je.

— En quoi ?

Il insiste !

— Eh bien… pour commencer, leur signification.

Son sourire s'élargit. Il semblait s'amuser comme un petit fou.

— Tu as une idée là-dessus, donc.

— Non, mais j'imagine qu'il doit y en avoir une pour chacun.

Il pencha la tête sur le côté pour me fixer entre ses cils bruns.

— Peut-être. Peut-être pas. (Il marqua une pause) Tu voudrais les connaître ?

— Quand tu m'auras aidée à sortir de là.

D'un mouvement souple, il décolla ses hanches de son appui.

— Un peignoir, ça te va ?

— Oui, merci.

Daley attrapa l'un de ceux accrochés sur la patère puis le tendis ouvert devant lui :

— On procède comment ? Je te sors de là, ou tu enfiles ce truc en premier ? s'enquit-il.

— Je l'enfile en premier, répondis-je précipitamment. Surtout, tu ne regardes pas !

— Mince. Moi qui voulais mater tes seins. C'est ballot. Je dois fermer les yeux ?

Cette fois-ci, c'était plus qu'évident qu'il se divertissait à mes dépens.

— Oui ! Mais passe-moi le peignoir d'abord, s'il te plaît.

— Bien, mademoiselle Williams. Si mademoiselle Williams veut bien se donner la peine de se couvrir avec ceci…

— Arrête d'être aussi poli ! m'énervai-je.

— Oh, c'est cool que tu en parles, parce que je rêve de te brutaliser.

— Daley ! râlai-je.

Il rit doucement. C'était une curieuse ambiance que celle qui régnait dans cette salle de bains. Ce n'était pas désagréable, loin de là. Juste… inhabituel ?

— Hé ! Vous avez fini de flirter ? lança Carry depuis le couloir. On vous entend d'en bas, je vous signale. C'est pénible à écouter.

— Personne ne t'y oblige, rétorqua-t-il.

C'était donc ça, cette curieuse atmosphère : un jeu de séduction entre nous… je rougis tout en enfilant le peignoir. J'avais dû attendre que la baignoire se vide complètement pour éviter de le tremper et j'en nouai ensuite fermement la ceinture.

— C'est bon, lui annonçai-je.

Daley me fit face et ses yeux se posèrent immédiatement au niveau de mes seins. Il grimaça. Je plissai les yeux en réponse.

— OK, si jamais je… hum, je te fais mal, tu me le dis.

J'acquiesçai. Alors que je l'imaginais devoir s'y reprendre à plusieurs fois, Daley glissa habilement ses bras sous moi et me souleva comme si je ne pesais pas plus lourd qu'une plume. Je passai les miens autour de son cou et il me sourit.

— C'est bizarre, commenta-t-il.

Je m'inquiétai aussitôt.

— Ça te dégoûte ? Je sais que le contact des écailles peut-être… particulier.

Il me fit non de la tête.

— Pas dans ce sens-là. Tu es fraîche et… mouillée. (Pour une raison que j'ignorais, on aurait dit qu'il hésitait à utiliser ce mot.) Ta température est vraiment basse.

Je le regardais lui pendant que ses yeux restaient rivés droit devant.

— Je sais. Quand tu es près de moi, mon corps absorbe instinctivement ta chaleur. Et comme la tienne est très élevée, il devient vite très chaud.

J'entendais les battements rapides de son cœur et ça me faisait un drôle d'effet. Juste avant de passer le seuil de ma chambre, il baissa les yeux et nos regards s'accrochèrent l'un l'autre durant ce qui me sembla être une éternité.

— Prends toute la chaleur que tu veux. Je suis à ton entière disposition.

Sa voix était rauque, enfin, bien plus que d'habitude, et cette flamme que j'avais appris à reconnaître brillait à nouveau dans ses iris sombres. Je sentis mon pouls s'accélérer.

— C'est gentil, murmurai-je.

— Je suis grave un mec gentil.

Nous nous tenions près de mon lit. Ce même lit qu'il avait investi tant de fois que j'en avais perdu le compte.

— Je ne suis pas vraiment sûre de ça, poursuivis-je sur le même ton pendant qu'il me déposait délicatement sur la couverture.

— T'as bien raison…

Le dernier mot se perdit quelque part entre sa bouche et la mienne. La distance qui séparait ces dernières se résumait à presque rien. Je savais qu'il avait envie de m'embrasser. Une certitude qui m'atteignit directement au bas-ventre.

— Ce que tu es magnifique, murmura-t-il.

J'allais fermer les yeux lorsque quelqu'un frappa fort à la porte. Tels des enfants pris en faute, nous sursautâmes de concert. C'était Melvin. Daley poussa un grognement mécontent et se redressa avant de lui jeter un regard noir.

— Nous avons rendez-vous chez Cameron, nous rappela-t-il. On mange un morceau dans cinq minutes. C'est Carry qui est de corvée cuisine.

Lorsqu'il passa près de son ami un peu trop souriant et adossé à la porte, Daley fit claquer sa mâchoire, un peu comme s'il allait le mordre. Le geste était agressif, plein de hargne. Le sourire de Melvin s'effaça immédiatement. Il s'excusa maladroitement en baissant la tête avec humilité. Une fois Daley sortit de ma chambre, je l'interrogeai du regard.

— Pleine lune. Demain, me répondit-il avec un sourire d'excuse. *My bad*, j'avais zappé.

Mais je voyais bien qu'il avait eu peur.

— Je t'apporte des serviettes ? me proposa-t-il ensuite.

— S'il te plaît.

La pleine lune, c'est pour demain, hein ? songeai-je en fixant mes écailles qui commençaient à sécher.

Chapitre 9

Daley

Saloperie de gnome à la con! rageai-je en descendant les marches de l'escalier. Chaque fois que j'avais un moment d'intimité avec Faith, nous étions systématiquement interrompus. À croire que le destin lui-même refusait que je m'approche d'elle!

« *Tu ne devais pas faire ton deuil?* » ricana une voix aussi agréable qu'un frottement métallique. Je pilai net. Howley. *Saloperie de pleine lune à la con!* C'était une chose de partager mon corps avec lui, mais carrément une autre de lui offrir mes pensées sur un plateau d'argent.

— Alors? Tu essaies de conclure, mon gros loup? plaisanta Carry dans la cuisine.

J'émis un grognement féroce. Elle leva le nez puis brandit le légume qu'elle était en train d'émincer.

— Fais gaffe, je suis armée.

J'étais à deux doigts de tout saccager dans cette pièce. Mon regard campé dans le sien, je tentai de reprendre une respiration normale.

— D'une, je ne suis pas un putain de vampire. De deux, c'est pas de l'ail, mais un oignon que tu tiens dans ta paluche.

L'inflexion de ma voix ressemblait plus à celle de Howley qu'à la mienne. Je n'avais jamais autant contesté ma transformation. J'aurais souhaité qu'elle n'arrive jamais.

Carry regarda son oignon.

— Oh, fit-elle seulement.

Et elle retourna à sa planche et son couteau. Carry venait de faire diversion et bien que ça m'en coûte de le reconnaître, elle avait réussi. J'étais désormais plus calme.

— Merci, marmonnai-je à contrecœur.

— De rien.

Même avec sa tête penchée en avant, je parvins à apercevoir son sourire. Je m'assis à la table en soupirant.

— Tu veux de l'aide ?

Là non plus, je ne montrais pas un enthousiasme flagrant.

— C'est ton jour de bon samaritain, ou quoi ? D'abord Faith, maintenant, tu te proposes aux cuisines… (Elle leva le regard le temps de croiser le mien.) Va voir Melvin, il est peut-être dans le besoin.

— Pour le coup, c'est lui qui joue les bons samaritains avec le pioupiou, rétorquai-je, les yeux plissés et pas franchement de bonne humeur.

Carry éclata de rire, puis remit en place l'une de ses mèches roses du dos de la main.

— Jaloux ? suggéra-t-elle en souriant.

— T'as pas idée à quel point, répondis-je du tac-au-tac et sans en éprouver la moindre honte.

Elle rit à nouveau.

— Mon pauvre bébé.

— C'est ça, fous-toi de ma gueule, grondai-je en jouant avec les épluchures étalées sur la table.

— Je vais me gêner, tiens. C'est pour toutes les fois où tu as maltraité tes copines. Le karma, mon pote. Le karma.

— J'emmerde le karma.

— Si tu veux mon avis, c'est plutôt lui qui te tient par les couilles.

— Ah, ah. Arrête de me faire marrer, j'ai un point de côté au larynx.

Carry posa son couteau et planta son regard dans le mien.

— Faith n'est pas l'une de ces petites métamorphes de la meute Jackson que tu peux sauter une nuit et oublier le lendemain. Sa situation est merdique. Votre nature à tous deux n'arrange sûrement pas les choses.

C'est une Faë, et toi un malfaisant. De mon point de vue, votre relation est foutue d'avance.

—Merci de ton soutien. Ça me met du baume au cœur, c'est fou, répliquai-je d'un ton acide.

Mains appuyées sur la surface, elle se pencha en avant :

—J'énonce les faits. Juste les faits. Je vois bien que tu ne la laisses pas indifférente. En ce qui te concerne, ton cas était déjà désespéré dès les premières vingt-quatre heures, ajouta Carry après une courte pause.

Je savais qu'elle avait raison. Je le sentais jusque dans chaque molécule de mon putain de corps. *Changer de sujet. Vite.*

—Parle-moi de ce type. Le requin. Vous l'avez rencontré où ?

Carry se détourna pour jeter les oignons coupés dans une poêle chaude. Ils crépitèrent au contact de l'huile. Elle prit une cuillère en bois pour les remuer.

—Devant le nouveau lieu de travail de Faith, me répondit-elle, évasive.

J'écarquillai les yeux d'étonnement.

—Quoi ? Elle a trouvé un job ?

—Génial, hein ? Passe-moi la viande hachée, s'te plaît. Elle est sur la table.

Je quittai ma chaise puis lui tendis la barquette ouverte.

—C'est où ? lui demandai-je en humant la délicieuse odeur de viande fraîche saignante à souhait.

J'en salivais presque.

—Dans une boutique.

Elle me prit vivement ladite barquette des mains.

—Laquelle ? insistai-je.

Carry évitait sciemment de me dire.

—Sur la 36ème avenue.

—Y'a au moins une vingtaine de magasins sur cette avenue. Où ?

Mon amie inspira profondément et lorsqu'elle fit mine de s'éloigner de la plaque à induction, je la retins par le bras. Elle me regarda droit dans les yeux.

—Où ? répétai-je, les dents serrées.

Je connaissais la réponse. C'était forcément là-bas, sinon pourquoi fuir de cette façon ?

— Au *Storm*. Satisfait ? lâcha-t-elle avec irritation avant de se dégager de mon emprise.

J'en restai muet d'ébahissement.

— T'as osé la refourguer à Hank ? Et après tu me fais une leçon de morale avec mes baises d'une nuit ? m'exclamai-je au bord de l'implosion. Je refuse !

Carry, alors qu'elle s'apprêtait à ouvrir le frigo, suspendit son geste pour se tourner dans ma direction. La stupéfaction altérait ses traits de lutin.

— Tu refuses ? articula-t-elle, sidérée.

Au ton de sa voix, cette conversation allait partir en vrille. J'agitai les mains pour souligner l'évidence.

— Bah ouais ! Hors de question que *mon* pioupiou passe des heures en compagnie de cet enfoiré obsédé de la culotte.

Carry posa les mains sur ses hanches puis rejeta la tête en arrière.

— Non mais j'hallucine…, commença-t-elle en murmurant. *Ton* pioupiou ? TON pioupiou ? Faith ne t'appartient pas, Daley, et Hank n'est pas un obsédé ! Pas plus que toi, en tout cas, martela-t-elle ensuite.

Comme si ça allait me convaincre !

— Dixit celle qui craque complet pour lui. Avis rejeté. T'es pas objective.

— Je ne craque pas pour lui ! s'écria-t-elle, furieuse.

— Et mon cul, c'est du poulet ? T'en veux une aile ? C'est évident que t'es fondue pour ce type !

— On peut savoir ce qui se passe ? intervint Melvin depuis le seuil de la cuisine.

— Non !

Carry et moi avions crié la même réponse en simultané sans bouger d'un millimètre.

— Je vois… sinon, on peut aussi manger au fastfood. Un bon hamburger. Miam.

Notre sorcière aux cheveux roses lui adressa un regard assassin.

—J'ai cuisiné, cracha-t-elle en découpant chaque syllabe.

Melvin répliqua par un sourire angélique.

—Ah bon ? Ce soir, c'est charbon pour tout le monde ?

Cette phrase fut magique et Carry se rendit compte qu'effectivement, sa viande hachée était en train de carboniser.

—Putain de bordel de merde ! s'énerva-t-elle avant d'éteindre la plaque et retirer la poêle brûlante.

Elle jeta brutalement cette dernière dans l'évier.

—Tous au drive de Mac Dosh, chantonna Melvin en levant le poing.

Faith arriva pile à ce moment-là. Elle portait un joli débardeur à fines bretelles qui mettait en valeur ses épaules et un très sage short noir en jean. C'était quoi la bonne réaction à avoir ? Lui aboyer dessus et lui interdire d'approcher Hank à moins de cinquante mètres ? Ou bien la congratuler d'avoir trouvé un emploi et jouer les types gentils ? En me basant sur la discussion houleuse avec Carry, le meilleur choix restait la seconde option, cependant, il fallait prendre une donnée fondamentale en compte : je pouvais me montrer extrêmement con. Parce que dans mon esprit de mâle, ça revenait à la féliciter de se jeter dans les bras de Hank.

Après être passés au drive pour manger des hamburgers tièdes et des frites molles arrosées de soda light sans bulles, on prit la direction de la Forêt de Mar, entassés dans la bagnole de Melvin.

Je n'étais pas nerveux dans le sens où je connaissais cet endroit. J'y avais grandi, vécu des tas de premières fois, et beaucoup de membres de la meute étaient mes amis, voire ma famille. Non, ce qui m'angoissait réellement c'était le sort que réservait Cameron à Faith, assise à mes côtés, sur la banquette arrière. Si jamais il exigeait qu'elle parte car elle représentait un trop grand danger pour les métamorphes vivant cachés là depuis des siècles, j'avais une vague idée des conséquences, surtout sur moi, une veille de pleine lune. J'allais devoir garder mon calme, quoiqu'il m'en coûte.

Je lui jetai un bref regard en biais, conscient de sa cuisse pressée contre la mienne. Ce simple contact me provoquait des décharges électriques dans tout le corps. Je n'avais jamais été aussi réactif à une nana et ça me prenait totalement au dépourvu. La vraie nouveauté résidait également dans le fait que, avec elle, ça m'obligeait à réfléchir avant d'agir.

Lorsqu'elle glissa sa main fraîche dans la mienne, je sursautai, surpris, puis la lui pressai en retour. Elle devait probablement avoir peur. Normal.

Et, ô surprise, la seconde suivante j'avais le nez plongé dans son cou et lui léchais gentiment l'épiderme. Je me rendis compte de ce que j'étais en train de faire seulement quand elle se raidit de manière significative. Je me figeai et demeurai un instant immobile. *La boulette.* Je m'attendais à être rejeté de façon brutale d'un moment à l'autre.

— On calme ses hormones, derrière ! marmonna Carry, toujours de mauvaise humeur.

Faith ne dit rien. De mon côté, j'écoutai les merveilleux battements affolés de son cœur, du moins, juste avant de percevoir autre chose. Du plaisir. Mes yeux descendirent plus bas que sa poitrine qui se soulevait à un rythme rapide. Bien plus bas, là où mon sens olfactif me guidait. Je déglutis péniblement. *C'est Dieu qui me teste. Oui, c'est Dieu qui me teste. Sûr.*

Hésitant, je ne savais pas si je devais reculer pour retourner sagement à ma place, ou si je pouvais me permettre de recommencer, afin de voir si…

J'émis une nouvelle fois ce curieux gémissement digne d'un chiot en quête de caresses. La honte suprême. Voilà à quoi j'en étais réduit avec elle, à couiner comme un louveteau en manque d'attention. Sans oser tourner la tête, Faith se contenta de serrer ses doigts autour des miens. *D'accord.* Là, c'était à mon pauvre organe cardiaque de s'emballer comme un fou. Je retins mon souffle une seconde puis l'embrassai délicatement près de cette veine qui pulsait à intervalles réguliers. Sa respiration eut un raté et mon sang bouillonna illico.

Je n'avais pas le droit de jouer avec le feu, surtout si proche d'une transformation, mais avec Faith, ma raison ne tenait qu'à un fil. Elle n'arrivait pas à lutter à armes égales contre mon envie d'elle. C'était comme vouloir battre une tempête avec un stylo, tout aussi vain et ridicule.

À présent je déposais une pluie de baisers jusqu'à son épaule. Je ne savais plus ni où je me trouvais, ni avec qui. La seule chose qui comptait vraiment était la saveur de Faith sur ma langue. Melvin se fit un plaisir de me rappeler à l'ordre.

— On est arrivés ! dit-il d'une voix trop forte.

Faith se racla timidement la gorge et je pris ça comme un signal pour cesser mes investigations tactiles. J'obtempérai malgré moi avec une seule image en tête : nous deux dans un lit – ou ailleurs – avec très peu de vêtements sur le dos pour nous gêner. Je m'en léchai inconsciemment les babines, en l'observant.

La Forêt de Mar. Elle portait bien son nom, avec ses milliers de grand pins et son perpétuel tapis d'aiguilles sèches qui faisait plus de raffut qu'un troupeau d'éléphants lorsqu'on marchait dessus. En bon mâle dominant, j'étais à la tête de notre groupe disparate. D'un point de vue extérieur lambda, je guidais mes amis à travers les bois, mais je savais qu'en réalité, je montrais à qui il fallait se frotter pour régler un éventuel problème de territoire.

Je me tenais bien droit, les sens en alerte, et, même s'il faisait encore jour à cette heure, Howley n'était pas en reste avec sa vision animale. Faith se situait juste derrière moi, sous ma protection directe et si près que je détectais les courbes de son corps du mien. C'était dans l'ordre des choses et cela plaisait à Howley. Et pas qu'à lui, d'ailleurs… j'aimais beaucoup ça aussi. Carry venait en troisième position tandis que Melvin fermait la marche.

Soudain, je m'arrêtai et mes compagnons en firent de même. Un grondement sourd sortit de ma poitrine. Je sentais la présence de Bolgan. Sa haine viscérale à mon encontre saturait l'air. Il était sous sa forme animale. Par expérience, je savais que malgré sa taille relativement petite, une seule morsure de ce sale molosse pouvait causer de sérieux dégâts. Il grogna en retour puis finit par se montrer. Les poils de son dos étaient dressés à former une crête et ses babines relevées découvraient ses canines.

Nul besoin de le vérifier dans un miroir, je devinai que mes yeux venaient de changer de couleur pour passer à ce jaune vif typique signalant l'emprise de Howley sur mon enveloppe charnelle. Lorsque les doigts de Faith s'agrippèrent à mon t-shirt, la situation dérapa. Ce simple geste galvanisait mon instinct de protection et mon grondement d'avertissement se mua aussitôt en un son plus belliqueux. Bolgan le comprit et même si ça lui coûtait – j'en étais persuadé – il préféra reculer prudemment. Cameron n'avait pas pu choisir pire comité d'accueil.

— Tout va bien ? murmura Carry.

Elle était effrayée.

— Oui, fis-je en me remettant à avancer.

Je restai sur le qui-vive, les muscles tendus. Au moment où nous le dépassâmes, mon corps réagit avant mon esprit et je le saisis à la gorge d'un mouvement brutal. Bolgan avait sauté afin de tenter de m'attaquer par-derrière. Mes doigts écrasèrent sa trachée sans éprouver une once de pitié. Après l'avoir collé contre le tronc d'un arbre, j'approchai mon visage de sa gueule et plongeai mon regard jaunâtre dans le sien.

— Tu oses…

Ma voix n'était plus seulement la mienne, mais se superposait à celle de Howley. Bolgan tenta de se débattre en envoyant de violents coups de patte, mais c'était inutile. Ma force surpassait la sienne, et de loin. Il essaya de me mordre tout en émettant un grognement étranglé. Je souris avec cruauté puis serrai davantage ma prise. Il couina. Il se soumettait avant que je ne lui brise la colonne vertébrale.

— Daley !

Cette voix de stentor appartenait au chef de meute. Je tournai lentement la tête vers lui. Il avait une attitude d'Alpha qui rendait mon loup-garou cent fois plus agressif.

— Si… tu… ne veux pas… que je… le tue…

J'inspirai un grand coup. M'exprimer avec les cordes vocales de Howley était compliqué.

— … tiens-le… en laisse, achevai-je avant de relâcher Bolgan.

Ce dernier tomba mollement sur le sol mais, et après quelques secondes dans les vapes, réussit à cavaler jusqu'à son chef. Mes amis, eux, étaient silencieux, probablement trop choqués pour dire quoi que ce soit.

De peur d'y lire de la peur ou du dégoût, j'évitai de croiser le regard de Faith. La sentir près de moi me suffisait.

— Tu n'as pas besoin d'en arriver là avec lui ! tonna Cameron, toujours furieux.

— C'est Bolgan qui m'agresse en traître, mais c'est moi qu'on sermonne ? Certaines choses changent, tandis que d'autres… pas du tout, rétorquai-je avec amertume.

J'avais retrouvé ma voix.

— Parce que *tu* es celui qui doit se maîtriser, fiston.

Ben voyons. Cette phrase à elle seule me rappela durement toutes les raisons qui m'avaient poussé à quitter le foyer de la meute de la Forêt de Mar. D'un mouvement de tête un peu sec, Cameron nous invita à le suivre jusqu'à la plaine où se trouvaient les roulottes des membres. Elles étaient disposées en un immense cercle au milieu duquel brûlait un très grand feu. Les yeux des personnes assises autour des flammes convergèrent sur nous. Une multitude d'expressions s'affichait sur ces visages : curiosité, méfiance, colère. Notre arrivée ne faisait pas l'unanimité.

— Est-ce que ça va ?

C'était Faith et apparemment, elle s'inquiétait davantage pour ma pomme que pour elle. Je lui souris.

— Il en faut plus pour me mettre à terre, pioupiou. Dans tous les cas, tu restes bien à mes côtés.

Elle se contenta de hocher la tête. Sans réfléchir, je m'inclinai vers elle avec l'intention de l'embrasser. Oh, juste un petit bisou affectueux, rien de bien méchant, mais c'était un geste si naturel pour moi que j'en étais agacé : je me voyais déjà en couple, ou quoi ?!

Je m'arrêtai à mi-chemin puis grimaçai.

— Euh… oups ? fis-je pour désamorcer une potentielle réaction de rejet.

Le regard de Faith ne cilla pas.

— Tu dis « oups » à chaque fois que tu as envie d'embrasser quelqu'un ?

Sa voix n'avait pas d'intonation particulière. *Elle est sérieuse ?*

— Uniquement quand c'est toi de l'autre côté de ma bouche, répondis-je honnêtement.

Bizarrement, cette réflexion lui dessina un sourire sur les lèvres. Au moins, elle n'était plus aussi nerveuse que tout à l'heure, c'était ça de gagné.

— Suivez-moi, nous interrompit Cameron.

Nous échangeâmes tous un regard, puis Melvin haussa les épaules. Il avait décidé d'adopter une attitude fataliste. Carry, elle, fronçait constamment les sourcils. *Elle croit que ça lui donne un air méchant ?* songeai-je en me retenant de rire.

D'un commun accord, juste avant de venir, nous avions choisi de jouer cartes sur table avec le chef de meute. Lui dire la vérité sans rien lui cacher de ce que nous savions s'il nous posait des questions. En conséquence, et de mon point de vue, il pouvait être soit de notre côté, en allié, soit devenir notre ennemi.

La roulotte qui appartenait à Cameron était la plus spacieuse. Ce n'était pas le grand luxe mais nous pouvions nous installer autour de sa table sans nous sentir comme des sardines dans une boîte de conserve.

Nous étions à peine assis que quelqu'un frappa à la porte avant d'entrer. C'était Dower.

— Yo ! lança-t-il à la cantonade.

Son père haussa un sourcil. « Yo » n'était peut-être pas sa salutation préférée. Faute de siège, Dower se contenta de s'adosser en souriant à la porte fermée.

— Ne perdons pas de temps en papotages inutiles, commença Cameron en regardant Faith droit dans les yeux. Qui êtes-vous ?

— Appelez-moi Faith Williams, monsieur Jackson. Je suis la fille aînée d'Haclas, dernier descendant du roi Triton, lui-même fils de Poséidon, Dieu-Faë du troisième monde.

Ne s'attendant pas à se retrouver nez à nez avec une vraie princesse faë, Cameron en perdit un peu de sa superbe. Un long silence suivit la déclaration de Faith qui patientait sagement, les mains posées sur ses genoux.

—Vous êtes une néréide.

Faith acquiesça.

—Oui, monsieur.

—Hum, les néréides ne sont pas censées vivre dans la mer ? Que faites-vous ici ? Vous êtes en vacances… en quelque sorte ?

J'échangeai un bref regard avec elle puis opinai discrètement pour l'encourager à parler au chef de meute. Faith hésita une seconde avant de se lancer :

—Non, monsieur. Je suis en fuite. Je fuis la mort.

Les yeux du métamorphe s'agrandirent légèrement.

—Qui souhaite vous tuer ?

—Un monstre de l'ancien monde. Le Kraken. S'il venait à m'absorber, il gagnerait en pouvoir et je refuse. Je refuse de mourir pour que ce malfaisant devienne encore plus puissant. Je refuse d'honorer cette tradition qui m'ordonne de lui offrir ma vie… parce que je veux vivre, monsieur Jackson.

—Votre père est d'accord avec ça ? Je veux dire, vous donner au Kraken, ou lui échapper ?

Faith baissa les yeux un instant. Elle semblait chercher soigneusement ses mots. Lorsqu'elle releva la tête, une lueur farouche illuminait son regard.

— Mon père n'acceptera jamais l'un ou l'autre officiellement, monsieur Jackson. C'est un descendant direct du roi Triton. De ce fait, il se retrouve en plein dilemme. Il ne peut ni se résoudre à tuer sa propre fille en l'envoyant au Kraken, ni la punir de s'être enfuie pour échapper à son triste sort… car je suis certainement accusée de haute trahison, désormais. Et s'il acceptait de prendre une position claire, il sait pertinemment qu'il me condamnerait. J'imagine que sa politique actuelle est le statu quo. Comme j'appartiens dorénavant au Kraken, il revient à ce dernier de me ramener au « bercail ». S'il échoue dans cette tâche, je suis officieusement libre de rester dans le premier monde.

Cameron prit le temps d'assimiler ces informations.

— Donc, nous n'aurons pas d'ennuis avec votre père, c'est bien ça ? lui demanda-t-il, l'air soucieux.

Faith secoua la tête.

— Mon père ne vous attaquera pas. Si ça avait été dans ses intentions, il l'aurait déjà fait depuis longtemps. Il n'est pas connu pour sa patience. Haclas est un souverain énergique qui n'attend pas des semaines avant de punir ceux qui doivent l'être.

— Et les dauphins morts ? C'était à cause de vous ?

Un éclair douloureux traversa l'expression calme de Faith.

— Indirectement, oui, avoua-t-elle. C'est l'œuvre d'un certain Kyll Whiteshark, autrement dit l'un des sbires du Kraken. Ce crime n'avait pas d'autre but que de me faire savoir qu'il m'a retrouvée. Kyll est un requin qui possède une capacité similaire à la vôtre.

— Comment ça ? s'inquiéta Cameron.

— Il peut se transformer en humain, intervins-je. Nous n'en savons pas plus sur sa mutation. S'il doit être en contact avec l'eau comme Faith, ou bien s'il doit attendre la pleine lune, comme moi.

— Sachez que ce n'est pas un Faë, mais bien un métamorphe, précisa-t-elle. Ses pouvoirs sont extrêmement réduits dans le premier monde. Ici, il est juste un humain doté de capacités sensorielles surdéveloppées. Kyll n'est un réel danger que sous sa forme animale et dans l'eau.

Un vague intérêt éclaira le regard du chef de meute.

— Et vos pouvoirs, à vous, quels sont-ils ?

Faith ouvrit la bouche puis la referma avant de baisser piteusement la tête.

— Ils sont latents. Je ne sais pas encore de quoi je suis réellement capable… désolée.

Je savais très bien comment fonctionnait la caboche du vieux ; dans quel camp se trouvaient ses intérêts ? Ma mâchoire se contracta et mes poings se serrèrent.

— Ce type, le requin… c'est lui l'ennemi à abattre, grognai-je.

Cameron se cala contre son dossier puis se caressa pensivement la barbe qui lui mangeait la moitié du visage.

— Fiston, comprends ma position. En tant qu'Alpha de la meute de la Forêt de Mar, mon devoir est avant tout de protéger les miens. Si nous acceptons la présence de cette néréide, si nous la soutenons, si nous combattons à ses côtés, nous nous dessinons une cible sur le dos. Il est hors de question que je mette en danger femmes et enfants pour défendre une étrangère.

Je me levai brusquement.

— Tu l'as bien fait pour moi ! arguai-je. L'as-tu regretté ?

Le père de Dower ancra ses yeux aux miens.

— Même enfant, tu étais déjà un avantage pour la meute. C'est la principale raison qui m'a incité à t'accepter. Et cette raison est toujours d'actualité. Nous t'avons nourri, nous t'avons protégé, nous t'avons transmis nos connaissances parce que nous savions qu'un jour, tu nous serais utile.

J'émis un bref ricanement.

— Trop d'amour tue l'amour. J'étais donc juste ça ? Un « investissement » ?

— Il n'y a rien de répréhensible là-dedans, fiston. Toute créature vivante possède un instinct de survie et agit en ce sens. Même ta néréide.

Le corps penché en avant, je poussai un rugissement féroce. Dower nous rejoignit d'un bond pour se placer entre son père et moi. Cameron n'avait pas bougé d'un pouce, mais je voyais bien qu'il manquait subitement d'assurance. Howley voulait s'engouffrer dans la brèche. Au moindre signe de faiblesse, je savais qu'il ne montrerait aucune pitié envers Cameron.

— Tu te défiles ! rageai-je.

J'avais tellement envie de lui arracher les membres en cet instant. Cameron se dressa à son tour pour m'affronter.

— Je ne me défile pas. Je protège ceux avec qui tu as grandi ! tonna-t-il, les yeux injectés de sang.

J'éclatai d'un rire mauvais.

— Comme c'est facile de brandir ses pseudos responsabilités pour dissimuler sa lâcheté !

— Qu'est-ce que tu insinues ? gronda-t-il en me montrant les dents.

Ma mâchoire claqua dans l'air.

— Je n'insinue rien. Tu l'as dit toi-même !

— Daley !

C'était Faith. Je me tournai dans sa direction.

— Monsieur Jackson a raison, dit-elle ensuite, plus doucement.

Grâce à la tonalité apaisante de sa voix, ma fureur descendit d'un cran. Mon regard glissa sur Carry puis Melvin, qui étaient restés silencieux jusque-là. Tous deux acquiescèrent.

— Tu ne peux pas exiger du chef de mettre en péril les siens, ou de se battre pour une Faë qu'ils ne connaissent même pas, approuva Melvin.

Mais de quel côté était-il, celui-là ?!

— C'est quoi, alors le but de cette conversation ? lançai-je avec hargne.

— Savoir si oui ou non, je représente un danger pour les habitants de Berxley, me répondit Faith.

Comment s'y prenait-elle pour rester aussi calme ? Personnellement, j'avais envie de tout ravager dans cette roulotte. Cameron venait de dire, en d'autres termes, qu'il se contenterait de la regarder mourir sans lever le petit doigt.

— Bien. Tu n'as pas besoin de la meute pour te défendre. Je suis là.

Un lourd silence suivit ma déclaration. Après tout, c'était la vérité. Je n'avais qu'à trouver ce « Kyll » et le buter. Problème réglé.

— C'est le type de ce matin ? me demanda Dower.

Je baissai les yeux sur lui. Il remarqua mon regard insistant sur ses mains contre mon torse. Geste censé – en théorie – m'empêcher de sauter à la gorge de son père. Il m'adressa une grimace d'excuse et les retira illico.

— Ouais, lui confirmai-je.

Dower hocha de la tête.

— Chichi le file depuis cet après-midi. Il me fera son rapport tout à l'heure, en rentrant. Une fois que nous saurons où il crèche, toi et moi, nous irons lui rendre une petite visite de courtoisie, mon pote. T'es OK ?

— Dower ! gronda son père.

Mais son fils leva une main pour le couper dans son élan.

—Je ne suis peut-être pas une lumière, mais voilà comment j'analyse la situation : la néréide est déjà là, le squale aussi. D'une façon ou d'une autre, il sait que Daley est lié à elle. Peut-être qu'il a senti son odeur sur lui, ou alors c'était lui qu'a combattu Howley la nuit dernière, j'en sais foutre rien… mais je parie que sa présence au garage n'était pas juste une coïncidence. Il est possible qu'il soit au courant que Daley fait partie de notre meute. N'importe qui à Berxley sait que nous sommes sa famille d'adoption, cinq minutes d'enquête suffisent pour avoir l'info. (Il marqua une pause.) Rien ne nous oblige à attendre gentiment qu'il agisse avant d'essuyer les pertes quand il le fera – et il le fera –, nous n'avons qu'à l'éliminer les premiers.

—L'éliminer ? Fils, je doute que le Kraken s'en tienne là. Vous tuez ce Kyll, il en enverra certainement d'autres faire le sale boulot. On risque de très vite se retrouver avec une guerre inter-espèces sur les bras. Nous sommes juste une petite meute de métamorphes, et il s'agit d'un « ancien », je te le rappelle.

Dower me désigna d'un geste de la main.

—Nous avons aussi un ancien, papa. Que ce gros poulpe se ramène… il est peut-être fort dans la flotte, n'empêche que le plus costaud sur la terre ferme, c'est Daley !

Mon ami marquait un point. Même le Kraken en personne, ça restait jouable. La preuve, je m'en étais sorti sans aucune égratignure, la nuit dernière.

—J'aimerais vraiment être sûr.

—Sûr de quoi ? me demanda Dower.

—Si c'est Kyll ou son maître à tentacules avec qui Howley s'est fritté, précisai-je.

—Bah il arrive demain, tu n'as qu'à lui poser la question, suggéra Melvin en haussant un sourcil.

—Tu sais très bien que si *lui* peut mettre son grain de sel en dehors des nuits de pleines lunes, l'inverse n'est pas vrai. Je… (Je m'humectai les lèvres.) Je disparais quand c'est son heure. Howley m'envoie direct dans les cordes.

Au sourire que Dower affichait, il avait sûrement une solution à suggérer.

—Il faudrait que quelqu'un lui pose la question, dit-il.

J'éclatai d'un rire nerveux.

—Bah oui. Le connaissant, il serait plus que content de tailler un bout de gras avec une proie, juste avant de la bouffer.

—Il existe pourtant une personne qui a discuté avec lui et s'en est sortie indemne, contra Carry.

Je me tournai aussitôt vers elle.

—Tu veux dire qu'il lui reste de quoi s'en vanter? susurrai-je. Genre une tête, une langue… des organes vitaux?

Carry roula des yeux exaspérés.

—Eh bien, elle est juste à côté de toi, me signala Faith en esquissant un sourire malhabile.

C'était la vérité. Faith était la seule à pouvoir affirmer haut et fort avoir survécu à une conversation, aussi minime soit-elle, avec Howley. Mais ce n'était pas tout, il l'avait défendue ET protégée contre un ennemi. N'empêche que…

—Nope. Trop dangereux. Il était peut-être juste de bonne humeur cette fois-là, refusai-je.

Sans compter qu'elle allait devoir mettre sa vie en jeu, ça impliquait aussi pour elle de le regarder, lui parler… après une telle expérience, il y avait peu de chances qu'elle veuille encore m'embrasser.

J'eus brièvement honte de cette dernière pensée. Oh, pas longtemps, mais assez pour me sentir coupable durant une pleine seconde.

—Monsieur Jackson, commença-t-elle. J'ai conscience que ma présence met en danger la meute de la Forêt de Mar et j'en suis vraiment désolée. Mon frère et moi-même avons agi égoïstement sans penser aux répercussions que notre décision aurait sur les habitants. Nous n'avons pas vu plus loin que notre propre intérêt. Je vous prie de bien vouloir accepter mes excuses. Tout ce que je peux vous promettre, c'est de faire tout ce qui est en mon pouvoir pour que personne n'en ressorte blessé.

Cameron ne répondit pas immédiatement, mais lorsqu'il le fit, il accompagna ses paroles d'une main tendue dans sa direction:

— D'accord. Pour l'instant, nous restons neutres et attendons de voir de quelle manière va évoluer cette histoire. Je laisse Dower mener sa petite campagne tant qu'elle n'engage que lui. Après tout, c'est désormais un adulte et si je veux qu'il soit un jour apte à prendre la tête de la meute, il doit faire ses preuves en tant que futur chef. En revanche, au moindre petit problème avec ce Kyll, ou le Kraken, je serai intraitable : je vous demanderai de partir d'ici.

Faith opina puis accepta de lui serrer la main.

— Merci, monsieur Jackson. C'est entendu.

Le vieux sourit.

— Appelez-moi Cameron, ma p'tite.

— Monsieur Jackson, c'est très bien, marmonnai-je en le regardant de travers.

Mais il m'ignora. Mort de rire, Dower me donna un coup de coude dans les côtes. Je poussai un grognement mécontent.

Nous sortîmes tous de la roulotte et j'avais à peine fait quelques pas qu'une voix féminine cria mon prénom avant de se jeter sur moi. Candice Jackson. Je jetai aussitôt un rapide coup d'œil en direction de Faith.

— Mon chéri ! roucoula-t-elle en me faisant les yeux doux.

— Je ne suis pas ton chéri, bordel ! m'écriai-je assez fort pour que ma sirène aux mirettes dorées l'entende.

— Oh, ne fais pas ton timide. Tu me dois une baise, après tout !

Putain, je suis mort. Je paniquai, me débattant comme un beau diable mais sans la brutaliser.

— T'es mort, rit Melvin en me passant à côté.

Comme si j'avais besoin qu'on me le confirme !

— Tu ne concluras jamais avec Faith, *now*, ajouta Carry en me dépassant également.

Mon angoisse grimpa de plusieurs niveaux, et Candice qui restait toujours pendue à mon cou… !

— Bonsoir, la salua Faith tout en nous scrutant.

Je me sentais changer de couleur. De teint hâlé, j'étais sûrement devenu aussi blanc qu'un cachet d'aspirine.

— C'est pas ce que tu crois, balançai-je très vite.

Elle haussa un sourcil. Je secouai la tête.

— Vraiment pas ce que tu crois, insistai-je.

— Et qu'est-ce que je crois ?

— Ce que tu es en train de croire, c'est évident !

Le regard de Candice dévia plusieurs fois d'elle à moi, puis elle plissa les yeux, soupçonneuse.

— C'est qui cette greluche ? demanda-t-elle d'un ton agressif.

— C'est pas une greluche ! C'est…

Faith attendait les bras croisés sous ses adorables petits seins et son expression fermée parlait pour elle. *Une idée, vite ! N'importe quoi ! Trouve un truc, Daley !*

— … ma fiancée. Ma femelle. Ouste, lâche-moi, maintenant, débitai-je très vite avant de lui échapper pour de bon d'un mouvement habile.

— Quoi ! hurla Candice d'une voix aiguë.

Je me plaçai aussitôt aux côtés de Faith, puis lui entourai les épaules d'un bras.

— Candice ? Je te présente Faith Williams, future madame Smith. C'était super de te revoir, mais là, on a un truc hyper urgent à régler. Bye.

Sur ce, j'entraînai mon petit pioupiou loin de cette furie.

— Fiancés, hein ? Je n'ai pourtant aucun souvenir d'une cérémonie nous unissant toi et moi, articula Faith.

— Chut, lui intimai-je à voix basse tout en accélérant l'allure. C'est une métamorphe chien, elle a l'ouïe fine.

— DALEY ! beugla Candice, toujours plantée près de la roulotte de son oncle.

— Et elle court vite, griffe et mord aussi, ajoutai-je avant d'ouvrir la portière de la voiture. Dépêche-toi d'entrer dans la bagnole.

Faith me lança un regard irrité.

— Je ne veux pas savoir à quel moment cette personne t'a griffé et mordu.

Elle referma elle-même la portière, et plutôt violemment. Moi ? Je souriais comme un idiot. Visiblement Faith était jalouse. Jalouse d'une autre fille. Mon cerveau restait bloqué là-dessus.

Lorsqu'une bouteille de bière apparut subitement devant mes yeux, je crus sincèrement que Dieu m'envoyait un signe. Ou une récompense divine.

— Tu l'as bien méritée. Tiens.

— Merci.

Je bus une longue gorgée puis exprimai bruyamment mon contentement. Melvin s'installa face à moi, sur l'un des fauteuils.

— Et en quoi je l'ai mérité ? m'enquis-je avant d'à nouveau porter le goulot à mes lèvres.

— Tu n'as pas tué Cameron et tu n'as rien cassé, sourit Melvin.

Aujourd'hui, il portait ses lunettes d'intello. Je levai ma bière à sa santé.

— C'est vrai ! Ce n'était pas l'envie qui me manquait, mais je sais me montrer raisonnable, parfois.

Melvin sourit, cependant, il y avait une sorte de tristesse dans son regard.

— Quoi ? Qu'est-ce qu'il y a ?

Il secoua la tête.

— Rien. Je me suis juste rendu compte qu'on se sert tous de toi pour la même raison.

Ah. Je baissai les yeux sur ma bouteille presque vide.

— Ça ne me dérange pas au fond, tu sais. Si la meute ne m'avait pas recueilli, j'aurais pu très mal finir. Howley aurait pris complètement possession de moi et aurait tué des milliers de personnes. Je leur suis reconnaissant, Melvin. Tu as aussi ma gratitude, mec. Si je peux mener une vie à peu près normale, c'est également grâce à toi, alors… alors vous avez le droit de vous servir de moi de la façon dont ça vous chante. Ce que j'ai dit à Cameron était dicté par la colère, parce qu'en vrai, je me sacrifierais sans hésiter pour les sauver.

Sur ce, je terminai le fond de ma bouteille en une seule gorgée.

— Où sont les filles ? lui demandai-je ensuite, pour changer de sujet.

Melvin haussa les épaules.

— Je crois qu'elles sont dans la salle de bains. Apparemment, Faith rencontrait un souci pour lequel elle avait besoin de l'aide de Carry. Je n'en sais pas plus.

Je lui jetai un regard surpris.

— Quel genre de…

Soudain, je sentis mes pupilles se dilater et ma respiration s'accélérer. *Cette odeur…* Je fixai l'escalier sans même cligner de l'œil. Melvin nota mon changement d'attitude et s'en inquiéta :

— Qu'est-ce que tu as ? s'enquit-il avant de poser sa bière à peine entamée sur la table basse du salon.

Moi, j'étais complètement pétrifié. Je n'avais pas du tout anticipé ce problème.

— Daley. (Il marqua une pause.) Daley, tu grognes et c'est pas du tout le même genre que lorsque t'es vénère. Ho !

Carry descendit la première, suivie de Faith. Mes yeux s'accrochèrent aussitôt à elle, suivant minutieusement chacun de ses gestes.

— Bon alors, on fait le point sur la situation, ou… mais qu'est-ce qu'il a notre gros loup ? On dirait qu'il a vu un fantôme, releva Carry en entrant dans la pièce.

— Pas la moindre idée. On discutait, et puis il s'est figé et s'est mis à gronder comme ça, en sourdine, lui expliqua Melvin.

Je ne lâchais pas Faith du regard. Cette dernière était perplexe et un peu nerveuse. Quant à moi, je luttais d'arrache-pied pour ne pas lui sauter dessus.

— Oh, merde ! s'exclama soudain Carry. Je crois que j'ai compris.

Elle se tourna aussitôt vers Faith :

— Tu devrais aller dans ta chambre.

— Pourquoi ? s'angoissa-t-elle.

— Parce que tu as tes règles et le flair de Daley vient de le mettre au parfum !

—Jolie façon de le dire, marmonna Melvin. Pourtant, tu les as aussi tous les mois et ça ne le met pas en transe, que je sache.

Carry leva les bras au ciel.

—D'une, je ne suis pas une Faë dont l'odeur le rend complètement dingue, de deux, Howley n'a jamais eu d'inclinaison romantique pour moi. De trois, c'est la pleine lune dans quelques heures. Ça te suffit ?

—OK, OK ! C'est bon ! Faith, tu devrais... non ! Ne cours pas !

Trop tard. Melvin et Carry ne parvinrent pas à me faire barrage à temps. J'étais déjà parti en chasse.

Chapitre 10

Faith

Le cœur au bord des lèvres, j'entrai en trombe dans ma chambre et refermai aussitôt derrière moi. Les mains appuyées contre la porte, j'essayai de percevoir le moindre bruit provenant de l'autre côté.

De retour à la maison, j'avais été prise de terribles maux de ventre. Dans un premier temps, j'avais pensé que c'était à cause du repas plutôt lourd à digérer associé au stress, mais après m'être rendue aux toilettes, j'avais vite compris que la cause était tout autre… Carry m'avait rassurée sur ce point. C'était normal de saigner de cet endroit-là et ce, une fois par mois, seulement durant quelques jours.

Nerveuse, je reculai lentement sans quitter le pan de bois des yeux. Daley restait un loup-garou et le sang devait forcément attiser ce côté de lui. Quand la poignée bougea, je retins mon souffle. Je savais pertinemment que le verrou ne l'arrêterait pas. Les voix de Melvin et Carry me parvinrent. Ils tentaient de raisonner leur ami.

—Daley ! Tu ne vois pas que tu lui fais peur ? s'énerva Carry.

Il y eut un gros « boum », comme si quelqu'un avait jeté un meuble contre le mur. Je sursautai. Un grognement terrifiant se répercuta jusque dans la pièce où je me trouvais.

—Je ne vais pas lui faire de mal !

C'était Daley. Il avait encore sa voix d'humain. Quelque part, ce détail me soulagea.

— Bien, alors laisse-la tranquille, approuva Melvin.

Soudain, il y eut un drôle de bruit, comme si on grattait à la porte.

— Donne-lui à picoler, Melvin. On est en train de le perdre, là.

— Oh ! Voilà une proposition diablement intelligente ! Saouler un loup-garou en rut. T'en as d'autres des comme ça ? Non, ne réponds pas, c'était rhétorique, Carry.

— Faith ? m'appela Daley. Je te promets, je ne vais pas te faire de mal.

— C'est exactement ce que disent les tueurs psychopathes quand ils essaient de faire sortir leurs futures victimes de leur cachette, ironisa Carry.

— Tu nous aides, là, c'est fou ! lança Melvin d'un ton hargneux. Daley, tu la verras demain, OK ?

— Demain, je ne peux pas ! s'écria-t-il. Bordel, je veux juste… ! Je ne vais pas la blesser, d'accord ? Alors, lâchez-moi les baskets, ajouta-t-il d'un ton plus calme.

Je m'approchai prudemment du battant.

— Qu'est-ce que tu veux ? lui demandai-je d'une voix que j'espérais sûre.

Il ne répondit pas tout de suite.

— T'expliquer et… et te voir, c'est tout. On laissera ouvert. Carry et Melvin restent là, dans le couloir.

J'hésitai durant d'interminables secondes, puis finalement déverrouillai la porte et l'ouvris. Daley apparut dans l'embrasure, il semblait encore plus grand que d'habitude. Je levai les yeux vers son visage. C'était toujours lui et non le terrifiant monstre qui l'habitait.

— M'expliquer quoi ?

Il prit une profonde inspiration. *Il me hume*, songeai-je, gênée.

— Tu me laisses entrer ?

Je voyais bien qu'il faisait de gros efforts pour ne pas m'effrayer davantage. Je m'effaçai doucement afin qu'il puisse franchir le seuil sans avoir à me bousculer. Il suffisait que Daley soit dans cette chambre pour qu'elle devienne subitement trop petite.

— Tu sais, ce soir, tu m'as impressionné, Faith. Face au vieux. Tu as su garder ton calme et discuter avec lui sans sourciller, j'étais juste… waouh. Et puis félicitations pour ton job. Carry m'a dit pour ça et encore une fois, tu te débrouilles comme une reine.

Je devinais qu'il parlait de tout et de rien pour me détendre ; un flot continu de paroles. Le pire c'est que ça fonctionnait. J'étais moins terrifiée. Les mains dans les poches, il ne cessait de marcher de long en large dans la pièce, évitant soigneusement de me regarder trop longtemps. Puis il stoppa brusquement.

— Je ne veux pas que tu aies peur de moi, m'avoua-t-il. C'est normal, de me craindre, je veux dire, j'ai conscience de qui je suis et de quoi je suis capable, mais, toi… je ne veux pas que tu me voies de cette façon, alors raison de plus pour que demain, tu ne cherches pas à interroger Howley sur l'identité de son adversaire de la nuit dernière. OK ?

Son regard brillait anormalement dans la pénombre. Même s'il essayait de le camoufler du mieux qu'il le pouvait, le Daley qui se trouvait face à moi en cet instant n'était plus tout à fait humain.

— Tu m'as fait peur parce que j'ai cru que tu allais me manger.

Cette phrase était sortie toute seule. Daley éclata de rire.

— C'est pas faux !

J'eu un mouvement de recul. Il tendit une main vers moi.

— Non ! Pas… dans ce sens-là, ajouta-t-il précipitamment.

— Il n'y a pas plusieurs définitions au verbe « manger », Daley.

— Bien sûr que si. Il y a même une sacrée différence entre, par exemple, un steak-frites et toi.

— Laquelle ?

Il ne répondit pas tout de suite.

— J'ai pas envie d'embrasser mon steak.

Mon cœur bondit dans ma poitrine.

— Tu as envie de m'embrasser ?

— Oui.

— Quand ?

— Tout le temps.

Cette fois-ci, c'était moi qui cherchais à mettre de l'ordre dans mes émotions chaotiques.

— Tu as en envie, maintenant ?

— Surtout maintenant.

Un lourd silence s'abattit sur nous. Il était pétri de cette tension que j'avais appris à identifier, surtout parce qu'elle était récurrente lorsque Daley et moi étions seuls ou trop proches l'un de l'autre.

— C'est parce que..., commençai-je avant de m'humecter les lèvres.

Daley se tenait parfaitement immobile, à moins d'un mètre de mon lit.

— ... j'ai, enfin, j'ai mes...

— Non. Oui. Là, tout de suite, ça m'influence *beaucoup*, c'est clair. (Il prit une longue inspiration.) Mon loup-garou reste un loup, un animal aux instincts... comment dire ?

— Primitifs, suggéra Carry d'une voix forte, depuis le couloir.

Daley émit un bref grognement.

— Ouais, c'est ça. Howley sait très bien ce que ça implique lorsqu'une femelle... une femme est dans cette période, et... et... bordel, acheva-t-il dans un souffle avant de s'accroupir et prendre sa tête entre ses mains.

— Carry m'en a parlé. Je vais être fécondable sous ma forme humaine d'ici deux semaines.

Daley expulsa un long gémissement plaintif.

— J'ai honte, Faith. Je suis vraiment désolé. Ma réaction t'a fait flipper et en plus, tu dois t'imaginer que je suis un pervers.

J'hésitai puis m'approchai doucement de lui afin de glisser ma main dans ses cheveux. Il tressaillit, mais se laissa faire.

— Je n'ai jamais eu à souffrir de ça. La manière de nous reproduire sous notre forme de tritons et de néréides est différente de celle des créatures des premier et deuxième mondes. Il y a de la magie et peu de contacts physiques. Je n'ai pas très bien réagi quand Carry m'a ordonné d'aller dans ma chambre. J'ai vraiment cru être en danger.

— La seule chose que tu risques vraiment, c'est que je te file le train comme ton ombre durant les trois semaines à venir, maugréa Daley.

Alors que j'allais retirer ma main de sa tête, il me la saisit vivement du bout des doigts. Nous restâmes ainsi un long moment. Ce simple contact m'électrisait. D'un certain côté, ça m'émerveillait d'être aussi réactive lorsqu'il me touchait.

— Faith…

— Oui ?

Il leva légèrement son visage vers moi.

— Je peux dormir avec toi, ce soir ?

Ma bouche s'assécha sur-le-champ.

— Demain, je vais sûrement devoir m'enfermer toute la journée et toute la nuit, continua-t-il. Je sens bien que Howley va être obsédé par une seule chose : toi. Surtout, si tu as… enfin, tu vois. Je dois te protéger avant tout. Même de moi.

Mon cœur se mit à pulser très fort dans ma poitrine, mais cette fois-ci ce n'était pas à cause de ma peur. J'avais très envie de le serrer dans mes bras. J'étais une Faë. Une néréide. Il était un malfaisant. Pourtant, en cette seconde précise, ça n'avait aucune espèce d'importance à mes yeux.

— Mon lit est trop petit pour nous deux, objectai-je.

— Pas le mien.

Il jouait avec main ; mêlant et démêlant sans cesse nos doigts.

— Tout va bien, on peut aller se coucher. J'en ai marre de les entendre roucouler, grommela Melvin.

Carry éclata de rire.

— Bonne nuit les tourtereaux, lança-t-elle ensuite.

Nous les écoutâmes descendre les marches de l'escalier tout en discutant à voix basse. Daley, lui, attendait ma réponse. Qu'allait-il se passer si j'acceptais de dormir dans sa tanière ?

— Et la fille de tout à l'heure ?

Il baissa à nouveau la tête.

—Je te l'ai dit. C'est pas ce que tu crois. Il n'y a jamais rien eu de sérieux avec Candice. Juste une sorte d'accord.

—Parce que ça l'est entre nous deux ? lui demandai-je.

Daley frémit.

—Je ne sais pas, Faith. Je n'arrive même pas à définir notre relation, à lui coller une étiquette et puis, tout est grave compliqué autour de nous, mais…

—Mais ?

Il se redressa lentement.

—Je suis bien quand je suis avec toi, tu comprends ? Sans parler que j'ai tout le temps envie de te toucher… tu m'attires, c'est un truc de fou. J'aime aussi l'idée que tu aies besoin de moi.

Cette dernière phrase, Daley l'avait prononcée dans un murmure, s'adressant certainement plus à lui-même qu'à moi.

—D'accord, dis-je simplement.

Ses yeux se mirent davantage à luire. *Ah. Il est vraiment effrayant.* Mais le pire était qu'en vérité, il m'envoûtait.

Quelques minutes plus tard, je frappai timidement à sa porte. Je portais un simple pyjama rose clair constitué d'un t-shirt et d'un short en coton. Quant à mes cheveux, ils étaient noués en une tresse lâche sur le côté. Daley m'invita à entrer d'une voix forte. J'ouvris nerveusement pour le découvrir torse nu, juste vêtu d'un jean dont il avait défait la boucle de ceinture.

—J'ai reçu un message de Dower, m'expliqua-t-il, les sourcils froncés et le regard toujours rivé à l'écran. Chichi a suivi notre lascar et il est au Grand Hôtel, près du lac Sohaw.

—Un lac ? répétai-je. Ce n'est pas un choix anodin de sa part. Est-il assez profond pour accueillir un grand blanc de plus de dix mètres ?

—Dix mètres ?! Je croyais que la taille moyenne de ces gros poissons était de l'ordre des six-sept mètres…

Daley paraissait vraiment étonné. Je m'approchai de lui.

—Kyll n'est pas un squale ordinaire. C'est une sorte de métamorphe, sans compter que pour qu'il ait pu perpétrer la tuerie de la plage et s'en sortir indemne, c'est que son envergure dépasse sûrement celle des requins normaux. Et puis, j'imagine que si je dois régulièrement prendre des bains pour ne pas me déshydrater, il a sûrement des contraintes identiques, ce qui expliquerait son choix d'hôtel.

Il hocha la tête.

— Tu as raison. On doit continuer à le surveiller. (Daley marqua une pause.) Comme demain j'atteindrai ma puissance maximale grâce à la pleine lune, je pourrais simplement me rendre au Grand Hôtel et me débarrasser de lui.

Bizarrement, cette idée m'effraya. Je posai aussitôt une main sur son bras.

— C'est trop tôt.

— Il n'est jamais assez tôt pour éliminer un ennemi, Faith, répliqua-t-il d'une voix neutre. On ne peut pas juste attendre qu'il agisse.

J'hésitai.

— Je ne sais pas…, murmurai-je.

Daley me sourit.

— Tu t'inquiètes pour moi ?

Je plongeai mon regard dans le sien.

— Je n'ai pas le droit ?

Il pencha la tête sur le côté pour m'observer entre ses cils bruns.

— Répondre à une question par une autre question, je n'appelle pas ça une réponse.

Je rougis légèrement puis détournai les yeux, gênée.

— C'était pourtant une vraie question, Daley.

— Je me doute. T'es beaucoup de choses, Faith Williams, mais pas une manipulatrice, c'est sûr. Et ouais, t'as le droit de t'inquiéter. J'adore ça, en vrai. J'aime vachement l'idée que tu tiennes suffisamment à ma carcasse pour te soucier d'elle et de ce qu'il pourrait lui arriver.

Sur ce, il s'inclina afin de poser son téléphone sur ce qui lui servait de bureau et m'enlaça. Je faillis soupirer d'aise. Sa chaleur corporelle était quelque chose de merveilleux. Impossible de le repousser sans me sentir hypocrite. Ma peau aspira cette chaleur offerte avec gourmandise. Je fermai les yeux puis me laissai aller au bien-être que j'éprouvais.

La seconde suivante, je poussai un hoquet de surprise. Daley m'avait soulevée du sol pour me porter jusqu'au lit.

— Hop. On dort. J'en parlerai demain matin avec les autres, mais là, tout ce que je veux, c'est être avec toi.

— Daley !

À mon accent paniqué, son regard chercha le mien.

— Quoi ?

— Rien.

Il haussa les sourcils.

— Rien, genre rien du tout, ou rien, genre devine ce à quoi je pense ?

— Je ne vais pas faire l'amour avec toi.

— Ah. Je m'en doutais un peu, ajouta-t-il après une courte pause.

Je voyais bien ses lèvres frémir. Il luttait carrément pour ne pas éclater de rire.

— Pourquoi ? ne pus-je m'empêcher de lui demander.

Daley se lova tout contre moi, puis, coude plié et enfoncé dans le matelas, il appuya sa joue contre la paume de sa main. Pour finir, il fouilla mon regard du sien.

— En général, quand les nanas souffrent de, euh, ce qui se passe pour toi aujourd'hui, elles n'aiment pas des masses avoir des relations sexuelles, m'expliqua-t-il avec toujours ce demi-sourire amusé au coin de sa bouche.

— C'est déconseillé ?

Il était étonnant de constater que, visiblement, il en connaissait plus que moi sur le sujet. Je me sentais tellement ignorante !

— Pas vraiment. Ce que j'en sais, c'est qu'elles trouvent ça très souvent « sale », mais j'ai remarqué un truc… avec le temps.

— Quel truc ?

Son sourire s'élargit.

— Certaines femmes sont plus facilement excitées quand elles ont leurs règles.

J'écarquillai les yeux de surprise.

— Comment ça ?

Daley se racla la gorge et rompit un bref instant notre contact visuel.

— J'imagine qu'elles sont particulièrement sensibles durant cette période.

— Sensibles à quoi ?

Le visage désormais enfoncé dans son oreiller, il gémit longuement :

— Tu me tues avec tes questions, pioupiou !

— Désolée, finis-je par dire, après un court silence.

Néanmoins, j'attendais tout de même ma réponse. Mon frère ne m'avait pas appris grand-chose sur les relations sexuelles des êtres des premier et deuxième mondes. Ce n'était pas là sa priorité et je le concevais très bien, mais maintenant, je voulais savoir.

Daley tourna légèrement sa tête vers moi, m'offrant un œil à la teinte aussi sombre que les ténèbres pouvaient l'être.

— Tu veux un exercice pratique ? proposa-t-il d'une voix traînante.

Les battements de mon cœur s'accélérèrent immédiatement.

— Qu'est-ce que tu entends par là ?

— Je ne sais pas… l'expression de ton visage me dit que tu n'aurais rien contre et mes autres sens m'indiquent que ton corps pense la même chose.

J'avais chaud. J'avais froid. Cette sensation, je l'avais déjà ressentie avec Daley. Sans me quitter des yeux, il glissa lentement une jambe entre les miennes. Le contact râpeux de son jean contre ma peau nue m'électrisa.

— Est-ce que tu as mal au ventre ? Carry se plaint souvent que ça lui lance jusque dans les reins quand ça lui arrive.

Je secouai la tête.

— Elle m'a posé la même question. Parfois, mais pas tout le temps. Comme des vagues… Oh !

Il venait de presser le haut de sa cuisse contre mon intimité. Ce contact avait suffi pour que cette partie de mon corps réagisse et m'envoie une curieuse onde directement dans le bas-ventre. Je lui retournai un regard interrogateur légèrement troublé auquel il répondit par un sourire lascif.

— Tu m'autorises à te toucher, Faith ?

Sa voix était douce et grave, très… sensuelle. Je devais à Carry ce nouveau mot dont je comprenais mieux le sens, maintenant.

— Me toucher où ?

La mienne tremblotait imperceptiblement. Il approcha son visage. Son regard obscur était carrément hypnotique.

— Je ne te toucherai pas *là*… sans autorisation, chuchota-t-il.

De quelle manière devais-je le prendre ? Que si je lui accordais le droit de le faire, il en aurait envie ? Ça ne le gênerait pas ? Je n'osai pas l'interroger directement.

— Bi…bien.

Une part de moi avait envie d'expérimenter ce qu'il me proposait, tandis que l'autre désirait fuir le plus loin possible de cette tentation.

— Je peux ? s'enquit-il en frottant doucement son nez contre la peau sensible de mon cou.

Je hochai seulement la tête, incapable d'acquiescer à haute et intelligible voix. Daley se mit à m'embrasser doucement ; de petits baisers qui traçaient un chemin jusqu'à mon épaule, tandis qu'une de ses mains s'aventurait sur mon ventre pour le masser délicatement.

— Tu sens tellement bon, murmura-t-il.

Le frottement dont me faisait bénéficier sa paume chaude calmait les crampes inégales qui m'agitaient. Durant un moment, Daley se contenta de me mordiller l'épaule tout en formant des cercles sur mon abdomen. Mon corps se détendit progressivement ; il se laissait volontiers porter par ces nouvelles sensations. Puis, ses doigts se glissèrent sous mon vêtement pour remonter vers ma poitrine. Ma bouche expulsa un son inédit lorsque ses lèvres se refermèrent sur le lobe de mon oreille et que la chaleur de sa main engloba mon sein droit.

Je tournai aussitôt la tête dans sa direction. Daley en profita pour capturer ma bouche. C'était la première fois qu'on m'embrassait. Le contact de sa langue était surprenant mais agréable. Chaud, doux, soyeux. J'aimais la sentir s'enrouler à la mienne dans une sorte de danse. Je le laissai prendre les initiatives. Je n'avais aucune expérience en la matière et ce qu'il me faisait était enivrant.

Lentement, il s'éloigna pour venir se placer au-dessus de moi sans néanmoins peser de tout son poids. Il m'embrassa à nouveau. Seules nos respirations saccadées et le bruit de nos baisers brisaient le silence régnant dans sa chambre. Ses lèvres quittèrent les miennes pour s'aventurer plus bas, sur mon cou, puis sur mes clavicules avant de venir taquiner le bout de mes seins à travers le tissu de mon t-shirt. Je gémis sous la caresse. J'avais l'impression d'être dévastée par une fièvre qui rendait mon corps avide et dans l'attente. Une délicieuse pression dans le creux de mon intimité paraissait enfler à chacun de ses coups de langue sur l'extrémité érectile.

— Daley, murmurai-je.

Il remonta son visage jusqu'au mien et accrocha mon regard.

— Tu aimes ?

Je ne pus lui répondre que par un faible « oui » de la tête. Il m'adressa un sourire en coin avant de retourner à son exquise besogne. Cette fois-ci, il roula le bas de mon t-shirt afin de découvrir entièrement mes seins. En voyant ses lèvres s'approcher d'un des mamelons, je retins instinctivement ma respiration. Il l'aspira doucement, avec délicatesse, comme si c'était là la chose la plus fragile du monde avant de le lécher. Je brûlais de l'intérieur. C'était comme si mon être entier était devenu affamé et qu'il réclamait d'être repu. De quoi ? Bonne question. Quand Daley fit subir la même torture à mon autre sein, je m'arc-boutai ; mes hanches allaient naturellement à la rencontre des siennes.

— Attends… je vais te blesser avec ma ceinture.

Sa voix était enrouée et je la trouvais encore plus sensuelle que tout à l'heure. En quelques mouvements habiles, il s'était débarrassé de son jean. L'instant suivant, quelque chose de dur se pressait entre mes cuisses, là où palpitait mon envie de lui. Je chavirais. J'avais l'impression qu'on m'avait jetée dans un gouffre qui réduisait en cendres tout ce qui n'était pas son corps contre le mien. Découvrir ça m'effrayait autant que ça m'exaltait.

Daley alternait les baisers profonds et les caresses ; ses mains pétrissaient mes cuisses puis s'empressaient de frôler mes côtes. Elles paraissaient être partout en même temps pendant que sa langue ne cessait d'envahir ma bouche.

Lorsque son bassin se mit à imprimer de petits mouvements rotatifs, là, tout contre le point où culminait mon désir, mes gémissements s'amplifièrent pour aller se répercuter dans sa gorge. Mes doigts s'accrochèrent à ses cheveux, goûtant avec appétit leur texture douce et épaisse. Mes jambes s'enroulèrent naturellement autour de sa taille.

— J'ai tellement envie de toi, avoua-t-il d'un timbre éraillé.

— S'il te plaît, Daley…

Je le suppliais sans même savoir de quoi.

— Je sais, mon adorable sirène. Je sais.

Soudain, je sentis l'une de ses mains se faufiler sous l'élastique de mon short. Je me figeai.

— Qu'est-ce que tu fais ?

Il m'embrassa brièvement.

— Est-ce que tu as confiance en moi, Faith ? murmura-t-il dans le creux de mon oreille.

Avait-il oublié ce qui se passait à ce niveau-là de mon anatomie humaine ? Devais-je le lui rappeler ?

— Oui, mais j'ai…

— Ouais, mais ça ne me dérange vraiment pas. Est-ce que toi, ça te gêne ?

Il déposait à nouveau une vague de baisers près de ma mâchoire. Est-ce que ça me gênait ? Non. J'avais vraiment envie qu'il me touche là aussi.

— Je… non.

Daley m'embrassa.

— Bien, fit-il contre ma bouche.

— Pourquoi ?

— Ça fait partie de toi et ça porte ton odeur.

La seconde d'après, ses doigts s'aventuraient là où nul autre avant eux n'auraient pu aller quand je n'avais pas mes jambes humaines. La réaction de mon corps fut immédiate et explosive. Comment le savait-il ?

Il caressait avec douceur et application l'endroit exact, ce point où semblait converger chacune de mes terminaisons nerveuses.

— C'est bon ?

— Oui, oui, oui…, dis-je comme si ce mot en dissimulait un millier d'autres.

Mes bras encerclèrent son cou puis mes mains descendirent frôler son dos. Je ne voulais pas le laisser partir, ou bien je souhaitais le garder le plus près de moi possible. Un plaisir indicible enflait entre mes cuisses, juste avant de se répandre dans le reste de mon être. J'étais perdue et enivrée par son parfum, par la pression de son corps musclé contre le mien, par la texture de sa peau si différente de la mienne sous mes paumes moites.

— Ne t'arrête pas… s'il te plaît, le priai-je.

Il sourit. Je le sentis à ses lèvres sur les miennes.

— Je ne m'arrête pas, m'assura-t-il.

Puis je subis l'équivalent d'un raz-de-marée ; l'extase à l'état pur me dévasta de l'intérieur, annihilant toute forme de pensée cohérente sur son passage. Je criai son prénom. Il m'embrassa passionnément en retour. Je n'avais jamais rien vécu de pareil, ni même de comparable. Quand mes muscles se relâchèrent, Daley resta immobile un long moment, se contentant seulement de déposer de légers baisers sur ma bouche.

— Comment c'était ?

Il y avait de la tendresse dans sa voix.

— … Inattendu.

Il éclata de rire.

— Je décide de prendre ça pour un compliment. (Il marqua une pause.) Tu ne bouges pas, je reviens.

Je nageais dans un état de béatitude alanguie. Je repensais à mes amies du palais d'or. Elles avaient raison. L'amour physique chez les humains était quelque chose d'incroyable.

— Tu vas où ?

Daley quitta le lit.

— Dans la salle de bains.

En devinant la raison, mon visage devint brûlant de honte.

— Je suis désolée, balbutiai-je.

— Désolée de quoi ? Il n'y a rien dont tu doives t'excuser. Le sexe n'est pas sale, même quand la femme a ses règles, s'étonna-t-il avant de se tourner face à moi. J'ai aimé te faire jouir, Faith. Tu n'as pas idée à quel point.

Je cachai aussitôt mon visage derrière mes mains.

— Ce mot ! Je connais son sens ! m'exclamai-je d'une voix étouffée.

Daley rit à nouveau, bien plus fort, cette fois-ci.

— Chouette. Je compte bien le réutiliser dans les semaines à venir !

Sur ce, il sortit de la pièce. Je ne savais pas si c'était une menace, ou bien une promesse. Lorsqu'il revint – un long moment après – je pus enfin m'éclipser à mon tour. Daley tenta de m'en empêcher en affirmant qu'il se fichait de l'état dans lequel il allait retrouver ses draps, mais je préférais changer de protection – en piochant dans celles que m'avaient passées Carry.

— Pourquoi as-tu mis aussi longtemps ? lui demandai-je en me glissant à nouveau à ses côtés.

En vérité, je m'inquiétais de sa réaction. Je ne voulais pas qu'il me cache s'il avait été dégoûté ou quoi que ce soit d'autre. Désormais, je comprenais mieux ce qui poussait certaines humaines à refuser des relations intimes durant cette période du mois.

— Tu veux vraiment le savoir ?

Malgré la forte pénombre qui régnait dans sa chambre, je pouvais encore détecter son sourire à travers l'inflexion rieuse de sa voix.

— Oui.

Je le sentis se rapprocher de moi pour me chuchoter :

— J'étais tellement excité, mon p'tit pioupiou, que j'ai dû me soulager manuellement.

Je ne comprenais pas davantage.

— C'est-à-dire ?

Il étouffa un rire.

— Les mecs, chez toi, ils ne… ? Merde, alors ! s'étrangla-t-il ensuite. (Je l'entendis prendre une profonde inspiration) Écoute, pour faire simple : moi aussi j'avais très envie de jouir.

J'en avais le souffle coupé. Seigneur, qu'elle idiote je faisais !

— J'ai été très égoïste.

— Mais non ! s'esclaffa Daley avant de me prendre dans ses bras. J'ai éprouvé un plaisir différent du tien, mais c'était un plaisir tout aussi… important.

Je me laissai étreindre.

— Donc, si j'ai tout compris tu peux faire « ça » tout seul ?

Le corps de Daley trembla. Il riait encore.

— Bordel, tu me tues.

Je m'ébrouai et il m'enlaça un peu plus fort pour éviter que je lui échappe.

— Ne te moque pas ! Je suis sérieuse, Daley !

— Je sais bien, c'est pour ça que tu me tues ! Là ! C'est bon, je vais te répondre. Alors, oui, je peux faire ça tout seul comme un grand garçon et si tu veux tout savoir, tu peux également me le faire. Comme tu peux te donner du plaisir toute seule. C'est magique !

— Hein !

— Pioupiou, tu as aussi des doigts, tu sais.

— Daley !

J'étais choquée par ce qu'il suggérait. Et puis, je doutais sérieusement de le faire mieux que lui.

— Oui ?

— Tu te fiches encore de moi ?

— Nope. On appelle ça la masturbation, ma p'tite dame.

Il m'embrassa furtivement sur les lèvres.

— Cette conversation est surréaliste. Je kiffe !

Je gardai le silence un instant. Maintenant, j'étais curieuse et c'était sa faute.

— Je pourrais te le faire ? Te masturber ? lui demandai-je.

— …

— Daley ?

— Là, tout de suite tu veux dire ? Désolé, mais t'entendre dire ce mot m'a un poil perturbé.

Sa voix avait changé de tonalité. Il était réellement troublé.

— Ça prend trop de temps, peut-être ? Tu es fatigué ?

— C'est la question piège ? s'étrangla-t-il. Un mec est toujours frais et dispo pour du sexe, faut que tu le saches. Et puis, dans mon cas perso, c'est la veille de la pleine lune, alors je déborde grave d'énergie.

— Je dois prendre cette réponse pour un oui ? souris-je.

Il glissa brutalement une main sur ma nuque avant de m'embrasser. Sa bouche écrasa la mienne avant que sa langue ne m'explore sans aucune retenue.

— Ça, c'est un oui, rectifia-t-il d'un ton rauque.

Dans un gémissement sourd, il m'embrassa à nouveau.

— Je peux te toucher ?

— C'est même recommandé, approuva Daley.

— Partout ?

— Partout, partout…

Je laissai errer ma main sur lui. Sur ses pectoraux, son ventre aux abdominaux dessinés. Ces derniers se contractèrent sous la caresse. C'était tout simplement fascinant.

— Daley, tu veux bien me guider ?

— D'accord, donne-moi ta main.

Il la saisit doucement puis la glissa sous l'élastique de son caleçon. Mes doigts rencontrèrent rapidement ce qui faisait de lui un mâle à part entière.

— Il est… très dur, commentai-je.

C'était vraiment une sensation étrange que de le tenir dans le creux de ma main. La peau à cet endroit-là était à la fois douce, chaude et nervurée, presque palpitante.

— Ça signifie qu'il a très, très, envie qu'on s'occupe de lui.

Daley paraissait éprouver des difficultés à respirer. Sa voix hachait les mots qu'il prononçait. Je trouvais presque dommage d'être dans la pénombre, mais quelque part, ça m'obligeait à me concentrer sur ce que je ressentais. Lorsque je me mis à parcourir cette partie de lui, il me laissa faire, mais je percevais une sorte de tension qui émanait de son corps. À croire qu'il jouait les funambules au-dessus d'un gouffre.

— Montre-moi.

— Vos désirs sont des ordres, mademoiselle Williams, accepta-t-il.

Nos deux mains jointes empoignèrent son sexe juste avant d'imprimer de longs va-et-vient. Je compris rapidement ce qu'il attendait de moi.

— Je vais le faire seule.

Daley retira lentement ses doigts et je m'enhardis. Je me concentrai sur plusieurs choses. Sa respiration qui s'accélérait, les sons qu'il tentait d'étouffer ; un mélange de grognements et de plaintes. Mais surtout, les brefs petits mouvements de bassin qu'il effectuait parfois comme pour accompagner mon geste.

— Est-ce que je le fais bien ?

— Oh, oui ! Putain de merde ! s'exclama-t-il en serrant les dents. Va juste un peu plus vite… Là ! Comme ça oui ! Approche-toi, je veux t'embrasser.

Son baiser fut vorace, presque violent.

— Continue, m'encouragea-t-il avant de m'embrasser encore, et encore. Ne t'arrête pas !

Sa langue ne me laissait aucun répit.

— Est-ce que ça t'excite, Faith ? s'enquit-il ensuite, entre deux baisers.

— J'ai envie de toi, oui, lui avouai-je d'une toute petite voix.

Bizarrement, la question m'intimidait. Il sourit contre ma bouche.

— Viens par là.

J'obtempérai et je sentis que Daley se retenait à grand-peine de ne pas déchirer mon short afin d'accéder à nouveau à mon intimité pour m'offrir ses caresses habiles. J'atteignis la jouissance la première, mais il me suivit de près dans ce tourment des sens.

Je comprenais mieux désormais la fascination que ce plaisir exerçait sur les nôtres. Tard dans la nuit, nous recommençâmes et ma dernière pensée fut que plus j'obtenais cela de Daley, plus je voulais lui en donner en retour. Cette faim serait-elle un jour véritablement assouvie ? Je me le demandai sans être sûre d'obtenir la réponse.

Ce qui me réveilla furent les rayons du soleil qui traversaient les rideaux pourtant bien épais de la fenêtre. Je mis un petit moment à me remémorer l'endroit où je me trouvais, mais surtout pourquoi. Je rougis puis passai une main dans mes cheveux emmêlés.

Mon téléphone se mit à chanter sa mélodie pour m'annoncer un message. Ce fut à cet instant que je notai l'absence de Daley. Machinalement, je tournai la tête vers son côté du lit. Il y avait comme l'empreinte de son corps sur le matelas et celle de son visage sur l'oreiller. J'effleurai sa place du bout des doigts. Elle était froide. Il m'avait dit partir toute la journée et la nuit. Cette nuit… Howley allait revenir.

Mon regard erra dans la pièce. Apparemment, le rangement n'était pas l'activité favorite de Daley. Des vêtements jonchaient le sol ici et là, et des canettes de bière ; certaines étaient vides, et d'autres remplies de mégots de cigarettes jouaient les équilibristes sur le bord des meubles. Il y avait aussi plusieurs guitares accrochées aux murs. Trois électriques, une autre plus conventionnelle… comment l'avait appelée Hank, déjà ? Ah. Une guitare sèche. Voilà !

D'ailleurs, Daley m'avait félicitée pour mon nouveau travail. J'aimais l'idée qu'il soit fier de moi. Je l'étais aussi. Trouver du travail était quelque chose qui me tenait à cœur.

Je quittai le lit pour me diriger vers son bureau. Il y avait un amoncellement de papiers et en y regardant de plus près, je compris qu'il s'agissait de partitions de musique. J'en saisis une pour mieux la détailler.

Mon téléphone recommença à sonner, je soupirai puis me mis en quête de le trouver. Je ne savais plus où je l'avais posé et ce n'était pas le bazar qui régnait en maître absolu dans cette pièce qui allait m'aider.

— Ce n'est pas une chambre, mais un vortex indestructible ! marmonnai-je.

Tiens ? J'avais déjà entendu cette phrase quelque part… dans l'une des nombreuses séries télévisées que m'avait fait regarder Carry « pour m'éduquer », peut-être ? D'après elle, ça valait tous les cours de langues et sociologiques du monde : l'univers entier se trouvait concentré dans l'écran plat du salon, si on se donnait la peine de zapper d'une chaîne à l'autre.

— Trouvé ! m'exclamai-je.

Je fis défiler l'écran. C'était un texto de mon frère, Hector en réponse au mien. Je lui avais finalement écrit car je me sentais trop mal de lui cacher un fait de cette importance. « *Je viens de recevoir ton message ! C'est terrible, Faith ! IL sait où tu te caches, donc. Nous allons peut-être devoir te transférer ailleurs, dans une autre ville... je vais essayer de venir te voir le plus vite possible. Au palais, c'est la loi du silence. Père et mère ne parlent jamais de toi, alors c'est difficile de deviner leurs plans. Sois forte. Je t'embrasse, ton frère qui t'aime.* »

Je n'étais guère étonnée de la réaction de mes parents. C'était la conduite la plus prudente à tenir dans une telle situation. Je répondis à mon frère que je le tiendrais au courant si jamais il se passait quelque chose de mon côté.

Avant de sortir, je jetai un coup d'œil au drap housse couvrant le matelas du lit de Daley. Je fus soulagée de n'y découvrir aucune tache suspecte et me précipitai dans la salle de bains pour faire ma toilette.

Dans la cuisine, je tombai sur une Carry à peine réveillée et les cheveux en bataille. Ses yeux gonflés de sommeil me fixèrent sans aménité.

— Bonjour ! la saluai-je joyeusement avant de me servir une tasse de café. Melvin dort encore ?

— Non. Il est allé accompagner Daley au lac Sohaw.

Je me figeai un bref instant. Il était vraiment parti à la recherche de Kyll. Avais-je raison de m'inquiéter ?

— D'accord. Café ?

— Grrrggn. Non.

Bien, mon amie n'était pas de bonne humeur, ce matin.

— Quelque chose ne va pas ? m'enquis-je en m'asseyant en face d'elle, à la table de cuisine.

— Hormis le fait que je vous ai entendus toute la nuit gémir et crier vos prénoms respectifs ? Et que ça m'a empêchée de dormir alors que ce soir, je bosse ?

Je rougis violemment.

— Désolée.

— Ne le sois pas. On se doutait bien que ça allait finir par arriver, mais je ne m'imaginais pas que… bref. Comment c'était ?

Je pris le temps de réfléchir et de sucrer mon café.

— Je me demande si je suis toujours vierge.

Carry recracha sa gorgée en spray. Je lui tendis le sopalin en souriant.

— Parce que t'en doutes ? s'enquit-elle après avoir essuyé sa bouche et épongé la table.

— J'avoue que l'anatomie humaine n'est pas ce que je maîtrise le mieux.

Elle me lança un regard plissé par-dessus sa tasse.

— J'aurais pourtant juré le contraire, cette nuit.

— Est-ce qu'il faut obligatoirement… comment appelle-t-on ça ?

— Un coïtus-rapidus ?

— Coïtus… ? « Coït », tu veux dire ?

— C'est ce que je veux dire, opina Carry avant de terminer le fond de son mug. Pour perdre ta virginité au sens un peu archaïque du terme, il faut qu'il y ait pénétration, ma chérie, et ses doigts peuvent suffire. En tout cas, si tu me dis que Daley et toi avez fait tout ce boucan sans même un petit coïtus-rapidus, il va remonter dans mon estime.

Je rougis de plus belle et elle prit ça pour un oui.

— Eh bien, eh bien…, murmura mon amie.

Le nez plongé dans ma tasse, je tentais d'échapper à son regard rieur.

— Même si je trouve ça fascinant d'avoir eu autant d'orgasmes en vous contentant de ce que beaucoup ne considèrent que comme des préliminaires, je dois te rappeler que nous devons nous rendre au *Storm* pour rapporter ton contrat et tes papiers. Alors, hop, hop, hop, branche ton esprit sur autre chose que les organes génitaux de ton loup-gaga.

— Mon… loup-gaga ? répétai-je, perplexe.

Carry opina sans cesser de sourire.

— Après Lady Gaga et sa *Bad Romance*, nous avons droit au chant d'amour du loup gaga de sa nana, s'esclaffa bruyamment mon amie.

Ne comprenant pas la blague, je me contentai de terminer mon café en l'écoutant rire à gorge déployée.

Quelque chose clochait. Il y avait trop de voitures autour de nous et dans l'air flottait une étrange tension quasi palpable.

— C'est fou, ça ! Pourtant, ce n'est pas la période des soldes ! grommela Carry tout en tapotant le cuir du volant de la voiture de Melvin.

Ce dernier était parti en covoiturage, ce matin. C'était une nouvelle directive écologique prise par l'administration de la banque où il travaillait. Les employés, tous sans exception, devaient s'y plier, et du coup, un jour par semaine, Carry avait le droit de se servir de son véhicule.

— Un de ces quatre, je compte bien m'acheter une caisse à faire pâlir d'envie Daley ! m'avait-elle affirmé juste avant de s'installer sur le fauteuil du conducteur. Je m'imagine bien avec une Mustang ! Une cabriolet de 1966 !

Je n'avais pas la moindre idée d'à quoi ça ressemblait, ça, une Mustang cabriolet. Carry me fit sursauter en appuyant subitement sur le klaxon.

— Mais avance, espèce d'abruti ! Tu veux que je te refasse le pare-chocs arrière, ou quoi ? s'énerva-t-elle.

Elle se pencha légèrement en avant pour tenter de mieux distinguer ce qui bloquait l'avenue où nous nous rendions.

— Tu vois quelque chose, Faith ? me demanda-t-elle en plissant les yeux.

J'observai à mon tour le rassemblement de voitures mal garées et les personnes qui se ruaient hors de leurs véhicules en s'agitant, tous le regard rivé vers le même point.

— Absolument rien.

Après avoir grommelé, Carry décida de déboucler sa ceinture.

— Eh bien, le mieux est d'aller vérifier par soi-même.

Je ne savais pas si elle avait dit ça seulement pour elle, ou bien si je devais la suivre. Dans le doute – et un peu curieuse, aussi – je l'accompagnai à l'extérieur. Tous les gens présents semblaient ne pas pouvoir avancer plus loin et avec Carry, nous en comprîmes rapidement la raison : des policiers faisaient barrage et priaient les badauds de circuler, mais ces derniers ignoraient l'ordre, préférant chuchoter entre eux, un air horrifié sur le visage.

Carry poussa soudain un cri effroyable. Je me tournai aussitôt vers elle. Son visage était très pâle et ses yeux grand ouverts fixaient un point précis qui ne m'était pas visuellement accessible. Je luttai un peu pour accéder à un meilleur endroit, et enfin je le vis. La nausée me vrilla aussitôt l'estomac. Le *Storm*. Il y avait du sang sur la devanture. Beaucoup de sang et des lettres écrites maladroitement avec. Le pire arriva quand je parvins à les décrypter : FAE et plus loin « IT ». Faith ? Quelqu'un avait essayé d'écrire mon prénom ? Soit il s'était volontairement trompé pour faire un jeu de mots douteux, soit… c'était un individu qui n'avait pas pour habitude d'écrire la langue des humains. Un long frisson se répandit le long de mon épine dorsale.

Mes pensées se focalisèrent immédiatement sur le dénommé Kyll Whiteshark. J'avais beau espérer qu'il ne soit rien arrivé de grave à l'ami de Carry, Hank, je savais déjà que ce n'était pas le cas. Je le sentais dans chaque atome de mon être, tout comme j'étais persuadé que le requin y était pour quelque chose.

—Laissez-moi passer ! Je connais le propriétaire ! s'époumona Carry.

—Madame, veuillez reculer, s'il vous plaît, rétorqua calmement le policier, une main sur la crosse de son arme à sa ceinture, tandis que l'autre faisait barrière entre lui et mon amie.

Mais Carry ne l'entendait pas de cette oreille et lui octroya une méchante bourrade sans tenir compte de l'injonction. De mon côté, je tentai de la rejoindre malgré la mauvaise volonté des personnes groupées autour d'elle. Une masse compacte d'humains pressés les uns contre les autres qui s'immisçait entre nous deux.

—Carry ! l'interpellai-je d'une voix forte, faute de pouvoir l'atteindre physiquement.

J'avais employé une inflexion particulière dotée d'un soupçon de magie. Carry stoppa net, puis se tourna et ses yeux emplis de larmes contenues me bouleversèrent. Je compris que mes craintes étaient fondées. Le fameux Hank n'était plus de ce monde et son corps gisait sur le trottoir à la vue de tous.

Chapitre 11

Daley

— On était obligés de se pointer à cet hôtel pourri avant ce soir ? râla Dower. J'ai des épines de pins imprimées sur les fesses à force d'être assis ici !

— Tant qu'elles ne sont pas réellement plantées dans ton cul, tu n'as pas de vraies raisons de te plaindre, rétorquai-je tout en continuant d'observer la surface du lac Sohaw à travers les verres d'une paire de jumelles.

Je sentis plus que je ne vis le regard noir que me lança mon pote, et souris.

— Mec, y'a pas d'compassion dans le tas de viande qui te sert de corps, marmonna-t-il encore. On peut savoir pourquoi t'as absolument tenu à venir là en début de journée ? J'te rappelle que ça fait des heures qu'on mate les alentours sans que rien ne se passe, et je commence sérieusement à avoir la dalle !

— Je voulais mieux repérer les lieux… enfin, je voulais que Howley les connaisse plus. Et puis, je ne me suis jamais battu contre un requin. S'il parvient à m'entraîner dans l'eau, je ne suis pas sûr de pouvoir m'en sortir sans ton aide, ajoutai-je après une brève pause.

Dower ne répondit pas tout de suite.

— Pour garder l'avantage, tu dois l'obliger à rester sur la terre ferme.

J'émis un grognement.

— Facile à dire.

— Je peux appeler quelques frères de la meute, suggéra Dower.

J'hésitai. Dower se tourna un peu plus, puis me saisit le bras. J'abaissai lentement les jumelles avant de plonger mon regard dans le sien.

— On pourrait le déloger et l'encercler. L'empêcher de fuir. Ou de plonger dans l'eau du lac, insista-t-il, sérieux.

Ça ressemblait à un bon plan. Un plan intelligent et sage. *Mais...* La tête de mon ami fit un curieux mouvement de recul.

— Quoi ? fit-il face à mon silence.

— Je n'aime déjà pas bien l'idée de t'impliquer là-dedans, et te faire risquer ta vie, alors risquer celles des autres...

Dower ferma brièvement les yeux, puis soupira.

— Tu n'as pas à te sentir responsable. C'était, non, c'est MA décision. Je l'ai dit très clairement à mon vieux, d'ailleurs.

— Je sais, je sais, mais ça n'empêche pas que...

Soudain, un bruit de voiture m'interrompit en attirant mon attention. Je collai aussitôt mon nez aux jumelles. J'avais une excellente vue, encore plus si c'était le jour de la pleine lune, mais nous étions tout de même postés à des centaines de mètres de l'endroit que nous surveillions, Dower et moi. Mes super sens avaient leurs limites.

— C'est lui, murmurai-je.

— Qui « lui » ?

— Le type albinos du garage. Le méchant.

— Attends... le mec qui a opté pour la Range Rover noire ?

J'acquiesçai. Dower me fit signe de lui passer les jumelles et j'obtempérai sans quitter des yeux notre cible.

— Alors, si j'ai bien suivi l'histoire, ce gars... c'est en réalité un requin blanc qui bosse pour un gros poulpe ?

— Le Kraken. Pas juste un poulpe, rectifiai-je.

— Il m'a pas l'air bien costaud, ni dangereux, commenta simplement Dower en observant notre ennemi, avant de me rendre les jumelles.

— Depuis le temps, tu ne sais pas qu'il ne faut surtout pas se fier aux apparences ?

Je repris ma surveillance. Ce « Kyll Whiteshark » était assez grand, voire élancé, et sa peau blanche accentuait la pâleur de ses cheveux plus gris pastel que véritablement blancs. Ces derniers frôlaient gracieusement ses épaules à chacun de ses mouvements. Il était quasiment mon antithèse.

Dower avait raison. Nous n'avions pas affaire à un type aux pectoraux de lutteur, mais à un dandy en costume de lin et au borsalino au look *old school*. À la limite un businessman capable d'affronter la chaleur étouffante d'un été au Brésil, mais pas un sbire envoyé par un « Ancien » tapi aux fonds des mers.

— Attendons qu'il entre dans l'hôtel, ensuite, nous nous transformerons et le traquerons ensemble, annonçai-je pour ensuite ranger les jumelles dans mon sac.

Mon ami lâcha un grognement.

— Tant que Howley a la gentillesse de se rappeler que je fais partie de son équipe. J'aimerais vraiment rentrer vivant de cette mission. Avec toutes mes pattes de préférence.

Je souris.

— T'inquiète. Je sais que Howley t'aime bien. Il ne te fera pas de mal.

Dower ricana.

— J'empeste la soumission lorsqu'il est dans les parages. Genre sur le dos, la queue entre les jambes et les oreilles aplaties en guise de serre-tête. Tu m'étonnes qu'il m'aime bien.

Je ris silencieusement. Sur ce, nous descendîmes ensemble de notre poste d'observation qui se situait en hauteur par rapport au Grand Hôtel.

— C'est pas encore la haute saison. On ne devrait pas être trop emmerdés par les touristes, releva Dower en chuchotant.

J'approuvai d'un hochement de tête.

— Y'a quand même trois pelés et un tondu. Sans parler des employés.

— Mouais, grimaça-t-il.

Alors que nous allions atteindre l'arrière-cour, une odeur iodée m'emplit les narines et me fit stopper net. D'un bras en travers du torse de

Dower, je l'incitai à m'imiter. Il me lança un regard à la fois interrogateur et surpris, puis lut dans mes yeux la réponse à la question muette qu'il se posait.

— Vous pensiez peut-être être discrets ? s'esclaffa une voix grave bizarrement mélodieuse.

Du moins, sa façon de prononcer certains mots me rappelait celle de Faith, à son arrivée. Même si nous ne le voyions pas encore, je savais qu'il se trouvait sur notre gauche, derrière l'un des arbres appartenant au bois jouxtant le Grand Hôtel.

— Seigneur, vous n'êtes que des enfants, exhala ladite voix, mais sur ma nuque.

Un souffle à peine tiède venait de me chatouiller les fins cheveux qui s'y trouvaient. Je tressaillis. *Comment… ? Comment peut-il se déplacer aussi silencieusement sans que je le repère ?*

Je pivotai brutalement en grondant. Il était impossible de me surprendre, ou de surprendre Howley, encore plus le soir de la pleine lune, alors, COMMENT ?

— Kyll Whiteshark, grognai-je, la lèvre supérieure légèrement retroussée.

Noirs. Ses yeux étaient noirs d'encre. On aurait pu s'attendre à ce qu'ils soient bleus vu son teint presque translucide, mais non, ils étaient aussi ténébreux qu'une nuit sans étoiles. Il sourit largement puis enfonça l'une de ses mains dans la poche de son pantalon crème.

— Ah ! Ce n'est pas juste. Vous connaissez mon prénom, mais pas moi.

Il se mit ensuite à tapoter ses lèvres pâles d'un doigt blanchâtre. Un peu comme s'il réfléchissait intensément à quelque chose de précis.

— Je ne pense pas que ce soit au garage puisque je n'ai pas donné ce nom-là au vendeur, alors… (Son sourire s'élargit de façon sinistre.) …j'imagine que c'est notre princesse à écailles qui a fait fuiter l'info.

Il pencha la tête sur le côté.

— J'ai raison, n'est-ce pas ? insista-t-il. Mais rassurez-vous, je me doutais que vous étiez proches d'elle. Surtout…

Là, il planta son regard obscur dans le mien.

— … toi, acheva-t-il d'un drôle de ton.

À croire que sa voix s'était subitement déshumanisée. Il se pencha comme pour nous révéler davantage ses traits à la lumière d'un des rares lampadaires présents.

— C'est écrit sur ton visage. Tes émotions te trahissent.

Kyll Whiteshark éclata d'un rire bruyant, tête renversée en arrière. Dower et moi, nous nous contentâmes de l'observer faire, décontenancés par la situation. Ce n'était pas censé se dérouler de cette façon. Nous devions le surprendre et l'acculer, pas l'inverse. J'émis un grognement sourd. Ce son effaça illico toute trace d'humeur badine chez le requin.

— Voyez-vous ça…, murmura-t-il, plus pour lui-même qu'à notre intention. Désolé, grosse bébête à poils. Il semblerait que je me sois trompé sur ton compte. Tu sembles plus âgé que ton copain. Pour ma défense, mon odorat n'est pas très développé sur Terre, acheva-t-il dans un sourire acide. Une conséquence fâcheuse de ma transformation.

Puis il leva brusquement la main droite. Son expression était celle d'un tueur psychopathe qui s'apprête à jouer avec ses proies. Une gerbe d'eau provenant du lac nous prit par surprise, et saisit Dower entre ses doigts aqueux. L'eau imitait les mouvements de notre ennemi ! Le requin ferma son poing, alors l'eau en fit de même autour du corps de mon ami. La stupéfaction altérait les traits de son visage et la seconde suivante, Dower disparut dans les profondeurs noires du lac. Je poussai un cri effroyable ; un hurlement d'horreur mêlé de rage.

Je me retournai vers Kyll. Ce dernier n'était plus à sa place, mais sur un vieux ponton au bois détruit par l'eau. Le requin pencha la tête sur le côté tandis qu'un sourire satisfait flottait sur ses lèvres.

— J'imagine que tu pensais m'attaquer loin de mon élément ? Question d'avoir une chance de m'éliminer sans trop de bobos ? C'est ballot… enfin, je veux dire que si tu veux réussir à sauver ton copain, tu vas devoir faire trempette, mon gros loup.

Sur ce, il éclata encore de ce rire énervant à mes oreilles. Howley poussa un grognement féroce depuis mes entrailles. Il mourait d'envie d'en découdre avec cet être né dans les abysses. Kyll fit semblant d'avoir peur en écarquillant les yeux, puis m'adressa un signe de la main en guise d'au-revoir avant de plonger dans le lac.

En courant davantage comme un animal que comme un être humain, j'atteignis le fameux ponton. Je tournai quelques instants en rond sur son extrémité. Howley, malgré sa fureur, hésitait à le suivre dans l'eau. Mes vêtements finirent par tomber en lambeaux ; une neige de coton coloré sur la surface à peine agitée du lac. Mon loup-garou prenait un malin plaisir à évacuer sa frustration sur eux. Il recula de plusieurs mètres et je le sentis prendre son élan, pour, dans un saut puissant, se transformer en une fraction de seconde, là, suspendu dans les airs pendant une éternité.

Je n'étais plus. J'étais Howley et il n'était pas content.

Howley

Je détestais l'eau. Je n'étais pas une créature faite pour évoluer dans cet élément. Je ne nageais ni avec grâce, ni rapidité… et me battre dans ces mètres cubes de liquide à la saveur d'algues relevait de l'exploit. *Stupide Daley. Stupide cabot.* C'était par leur faute que je me retrouvais dans cette situation ! Je tentai de lacérer l'eau de mes griffes en une piètre tentative pour avancer tout en battant énergiquement des jambes. Mon regard furieux partit à la recherche de ce satané poisson à la peau blafarde. Je n'allais pas y arriver. Je ne pouvais pas lutter contre mon besoin viscéral de respirer.

Même si je ne distinguais pas l'ombre d'une nageoire dorsale dans la purée de pois m'entourant, je parvenais néanmoins à percevoir sa présence. Le squale était proche. Il me guettait. Attendant probablement le bon moment pour lancer sa fulgurante attaque, de celles qui faisaient la réputation de cet animal surnommé « la mort blanche ».

C'était le genre d'ennemi que je rencontrais rarement… et pour cause, nous ne vivions absolument pas sur le même type de territoire.

Tout se joua en un instant. Un contact dur, brutal, je me tournai la gueule ouverte, prêt à planter mes crocs acérés dans le cuir de sa peau. Dans la foulée, j'évitai de justesse ses dents triangulaires aussi aiguisées que des couteaux. *Ses branchies*… le requin à la solde du Kraken était si énorme que les trouver était bien plus difficile que prévu. Il manqua de peu de m'arracher le bras. L'absence d'air menaçait de m'asphyxier à tout instant. Je reçus un violent coup de nageoire pectorale dans l'estomac, ce qui m'obligea à libérer le peu d'air que j'avais encore. Je m'agrippai furieusement à ladite nageoire, y plantant sans vergogne mes griffes de loup jusqu'à atteindre l'os. Le dénommé Kyll se débattit tandis que je l'escaladais littéralement sous l'eau pour atteindre son point faible.

J'y étais presque… vraiment, il n'en fallait pas beaucoup pour déchirer les précieux organes de mes griffes, mais mon regard fut attiré par quelque chose flottant non loin de moi. Ce qui dérivait dans les eaux du lac, c'était le cabot préféré de Daley. J'hésitai. Deux choix s'ouvraient à moi : choix numéro un, je le laissais se noyer, ou, choix numéro deux, je tuais le requin. Réaliser les deux était impossible vu mon cruel manque d'oxygène, alors c'était soit l'un, soit l'autre. Dans un grognement qui se termina par un curieux gargouillis, je blessai sérieusement mon ennemi d'un gros coup de griffes pour qu'il me laisse tranquille, puis je m'aidai de sa nageoire pectorale afin de m'élancer vers le cabot inconscient qui commençait à couler à pic. Ma gueule se referma sur son bras et, sans un regard en arrière, je rejoignis la surface le plus rapidement que je pus.

En quelques brasses chaotiques, nous atteignîmes le bord caillouteux du lac. Après l'avoir traîné sur plusieurs mètres, je m'ébrouai vivement pour chasser l'eau de ma fourrure. Le cabot était-il vivant ?

J'approchai doucement ma gueule de son visage et ne détectai pas de souffle. Un autre grognement irrité vrombit depuis mon torse. D'un coup de patte sur son plexus, je l'obligeai à cracher l'eau de ses poumons. Il toussa longuement, puis couina tel un petit chiot à l'agonie. J'y répondis par un autre grognement agacé, mais plus fort que le précédent, cette fois-ci.

Il était en vie, c'était le principal. Si j'avais décidé de privilégier la mort du squale, Daley m'en aurait voulu et ça aurait certainement compliqué nos futures transformations. Il rechignait déjà assez depuis sa rencontre avec la Faë, inutile de se rajouter des obstacles, du moins, plus qu'il n'en existait déjà.

J'étais en colère, fatigué… frustré par un tel dénouement. Un combat vide de sens, dépourvu de sang et de chair. Laisser mon ennemi en vie me répugnait. Je n'étais pas un Dieu clément. J'étais une entité guerrière affamée, prête à arracher les âmes de leurs corps quitte à les déchiqueter en un millier de morceaux. Un long hurlement, de ceux qui m'avaient valu mon nom, *Howl*[1], se brisa dans l'écrin dans cette nuit de pleine lune. Je savais où je devais aller, qui voir pour apaiser un peu de cette colère qui mugissait en moi.

Je connaissais le chemin. Mon instinct était peut-être primaire, mais restait rudement utile lorsqu'il s'agissait de pister une proie. Personne n'en avait un d'aussi puissant.

D'un côté, la friandise me contrariait. Son parfum m'agitait tout comme il agitait ce pauvre Daley. *La lumière plaît toujours aux ténèbres.* Les deux flirtaient souvent avec indécence. Je souris intérieurement. *Je devrais peut-être la marquer ?* Ainsi, Daley n'aurait plus à craindre qu'un rival ne lui chaparde cette femelle du troisième monde. Il pourrait copuler avec elle en toute tranquillité…

Ah. L'odeur du vent et de la Terre. Que c'est agréable ! Je n'étais qu'une ombre parmi l'obscurité omniprésente dans la forêt ; forêt dont j'avais emprunté le sentier afin d'atteindre plus vite mon objectif. Ma foulée était rapide, efficace. Sûre.

J'y étais presque. Plus que quelques misérables mètres à parcourir. La volonté de Daley me transperçait de part en part. Il n'existait plus puisque j'étais là, malgré tout je ressentais son désir de la retrouver, de humer son essence et d'écouter son pouls. La chaleur de son corps lové contre le sien, le doux chant de sa respiration régulière qui apaisait son amertume, sa rancune envers la vie elle-même. Tout cela, c'était comme

1. Howl signifie « hurler » en anglais et désigne plus précisément le loup en train de hurler. (*NdA*)

si je l'éprouvais par procuration, un ersatz d'émotion, un souvenir des sens, la mémoire des sentiments. Comment le définir avec exactitude ?

Moi, la créature aussi ancienne que l'univers qui talonnait le mal depuis qu'il malaxait la Terre de sa main d'ébène, je me trouvais soudainement confronté à une situation inédite jusqu'alors. Il fallait que j'en aie le cœur net. Que je sache la vérité : est-ce que je m'imprégnais de la Faë autant que cet idiot de Daley ? Ou bien était-ce seulement un dommage collatéral de ses sentiments à lui ? Une sorte d'écho qui m'atteignait sans que je puisse l'éviter ?

J'étais désormais près de la maison. Tant, d'ailleurs, que je pouvais distinctement entendre les voix des personnes qui étaient à l'intérieur. Je perçus même les pleurs de celle se situant à l'étage. À l'odeur, c'était la sorcière. En deux-trois sauts habiles, j'atterris sur le toit, faisant attention à ne briser aucune tuile d'ardoise à cause de mon poids.

La friandise parlait avec le gnome. Je m'accroupis puis décidai d'écouter leur conversation :

— C'était vraiment horrible. Il y avait du sang partout. Je n'ai pas réussi à aider Carry, acheva-t-elle d'une voix tremblante.

Je baissai aussitôt davantage la tête dans l'espoir de humer sa tristesse. Impossible de là où j'étais. Frustration.

— Tu n'y es pour rien. C'est ce... Kyll Whiteshark qui est responsable de la mort de Hank !

L'intonation du gnome transpirait la colère et l'impuissance.

— Mais où est Daley, bon sang ! s'exclama-t-il avant de faire une brève pause silencieuse. Peut-être que c'est Howley qui est aux commandes, maintenant... Je devrais fermer la porte à clé. Faith, fais-en autant et va vérifier les volets de ta chambre !

Je souris intérieurement. Comme si une porte, ou des volets, suffisaient à m'arrêter. J'étais le Seigneur des Ombres. Sans plus attendre, je me dirigeai vers la pièce où vivait la friandise. Je n'étais plus que la volonté des ronces qui, depuis moi, descendaient du toit en créant un chemin d'épines sur la façade de bois blanc. Il ne me fallut que quelques secondes pour me faufiler par la fenêtre légèrement entrouverte de la chambre appartenant à la Faë.

Lorsqu'elle ouvrit la porte, j'étais juste derrière celle-ci, me fondant dans les ténèbres grâce à ma vieille magie. C'était coûteux en mana. En règle générale, je préférais m'abstenir de l'utiliser. La force brute de mon corps était amplement satisfaisante.

Quand la friandise atteignit la fenêtre, sans la quitter des yeux, je poussai silencieusement la porte d'un geste lent. Elle ne se rendit pas immédiatement compte de ma présence, mais lorsque ce fut le cas, j'eus tout le loisir de humer la fragrance de sa peur. Elle pivota doucement sur elle-même, sans mouvement brusque. Il était facile de distinguer son regard agrandi par la terreur. La pénombre qui régnait dans la pièce n'était pas dérangeante. En bonne créature de la nuit, j'y voyais comme en plein jour.

— Da… Daley ? fit-elle d'une voix craintive.

Pour la punir de me craindre – je ne savais pas pour quelle raison précise cet état de fait m'agaçait au lieu de me réjouir – je lui lançai aussitôt une salve de ronces aussi noires que l'obscurité. Elles ne s'arrêtèrent qu'à quelques millimètres de son visage brusquement pâle.

— Pas… Daley… Howley, grondai-je.

Les battements rapides de son cœur étaient assourdissants. Un long silence alourdit l'ambiance déjà passablement pesante.

— Daley…, commença la friandise avec hésitation.

J'attendis qu'elle aille au bout de ses mots, et, pendant ce temps-là, je laissai mes fils de ronces s'agiter autour d'elle. Elles naissaient depuis mes ténèbres, entrelacs d'ombres aux épines bien réelles. Aucune de mes ronces ne la blessa, mais leur danse frénétique avait quelque chose d'effrayant, je le savais pertinemment. La Faë prit une profonde inspiration, comme pour se donner du courage. Je souris. Dans mon esprit car ma gueule n'était en rien faite pour ce genre d'exercice.

— Daley est parti ce matin pour tuer le requin…

Me demandait-elle si cet idiot y était parvenu ? Je me laissai tomber sur mes quatre pattes. Faith eut un mouvement de recul, une main sur le cœur.

— Faith ?

C'était le gnome. Il était derrière la porte et s'apprêtait à entrer. Une vague de panique fit frémir mon sens olfactif. La friandise craignait que je m'en prenne à lui. *Si j'avais dû le faire, je l'aurais fait il y a longtemps*, songeai-je avec irritation. Mais je n'avais pas pour autant envie qu'on interrompe notre tête à tête, alors qu'elle pense ainsi n'était pas une si mauvaise chose. Mes ronces s'agitèrent avec plus de véhémence et Faith prit ça pour une semonce avant une attaque imminente. Je faillis en rire.

— Je vais bien ! s'écria-t-elle avec une assurance feinte qui m'étonna.

Parce qu'il était clair qu'elle tremblait de peur.

— Je vais me coucher. La journée a été rude et je suis épuisée, poursuivit-elle en me jetant des regards anxieux.

Pour ma part, je me contentai de l'observer avec curiosité. Melvin soupira.

— Très bien. S'il y a quoi que ce soit d'étrange, tu n'hésites pas à m'appeler, OK ?

Les yeux de Faith accrochèrent les miens et elle mit du temps à répondre. Il y avait un je-ne-sais-quoi qui venait de changer en elle.

— D'accord. Merci à toi, Melvin.

Le ton de sa voix était bizarrement posé et j'avais beau renifler dans sa direction, je ne détectais plus d'angoisse. Ma curiosité grimpa d'un niveau. Les pas du gnome s'éloignèrent dans le couloir et ni la Faë, ni moi, ne bougeâmes d'un pouce.

Le silence reprit ses aises dans la pièce sombre à peine éclairée par les lueurs de la lune.

— Est-ce que… Daley a tué le requin qui était à ma poursuite ? me redemanda-t-elle.

Je me tâtai. D'un côté, je n'avais pas envie de la rassurer, mais de l'autre… j'émis un grognement contrarié.

— Pas mort… blessé. Très blessé, insistai-je de ma voix lugubre.

Sans les organes adéquats, parler était un exercice frustrant et pas très agréable à l'oreille. Restait-elle muette à cause de sa peur du requin ? Il n'allait pas s'en prendre à elle de sitôt.

— Pas… avoir… peur… je… suis… là, articulai-je du mieux que je pus.

Mes babines se retroussèrent. Simple réflexe dû à la colère que j'éprouvais surtout envers moi-même, toutefois, Faith le prit pour elle et recula d'un pas.

Soudain, un bruit gênant attira mon attention. C'était un « ploc » persistant qui était là depuis le début de notre conversation et qui, désormais, me tapait sérieusement sur les nerfs. Je baissai la gueule. *AH…* je découvris que c'était le son de mon propre sang tombant sur le plancher. Une plaie méchamment ouverte qui suintait depuis mon bras.

— Tu es blessé ? s'enquit subitement Faith.

Elle paraissait l'avoir réalisé en même temps que moi. Je levai brutalement le museau dans sa direction. Oubliant ses craintes à mon égard, elle se précipita vers son armoire pour en sortir une boîte en carton. Intrigué, je suivis des yeux chacun de ses gestes. La friandise farfouilla quelques secondes à l'intérieur pour en sortir divers objets.

Une méfiance animale m'incita à bander légèrement mes muscles. Quand elle s'approcha de moi, je me redressai aussitôt sur mes pattes arrière, prêt à la repousser au moindre geste suspect.

— Je ne vais pas te faire de mal, m'assura-t-elle en s'avançant sans trembler dans ses chaussures.

Un véritable exploit en soi étant donné la créature lui faisant face. Faith avait levé les mains en l'air, tenant les objets de la boîte en évidence comme pour me prouver qu'ils n'étaient pas dangereux. Je ne m'étais jamais lié d'une quelconque façon avec une autre créature, qu'elle soit issue du premier, du deuxième ou du troisième monde. J'étais un monstre solitaire qui, pendant des siècles et des siècles, pour continuer d'exister, avait été obligé d'occuper le corps d'êtres humains n'ayant pour eux que la formidable capacité à supporter une transformation lors des pleines lunes. Jusqu'à la friandise, jamais je n'avais éprouvé l'envie, encore moins le besoin, de m'impliquer dans les histoires romantiques de mes hôtes.

Mais avec Daley, c'était déjà différent. Je ne sais comment il était parvenu à réaliser la prouesse de m'attacher à lui autrement que par un douloureux contrat qui habituellement, ne m'attirait jamais la sympathie de mes incarnations humaines.

Une fois qu'elle estima être assez près, Faith déroula en partie une bande de tissu. Que comptait-elle faire ? M'attraper avec ce truc ridicule ?

Comme si elle avait deviné mes pensées, elle s'expliqua :

— C'est pour te soigner. (Elle désigna du doigt ma blessure au bras.) Je vais te faire un bandage.

Un bandage ? Par automatisme, je jetai un rapide coup d'œil à la plaie d'où s'échappait toujours du sang noir d'encre, avant de refixer mon attention sur elle. C'était quoi, ça, un bandage ? Et puis… me soigner ? Voilà une première ! La friandise était bien née dans le troisième monde, tiens ! Il n'y avait que ceux baignés de Lumière pour avoir envie de secourir leur pire ennemi, une engeance du Mal. Quelle situation grotesque ! Si mon larynx me l'avait permis, j'en aurais ri à gorge déployée !

Je la laissai donc s'approcher de moi aussi près qu'elle le désirait… pour ensuite inhaler avec une espèce de plaisir masochiste son parfum entêtant. Il avait une saveur sucrée addictive. Aussitôt, mes ronces nous firent un cocon d'épines dans lequel aucune once de clarté ne parvint à filtrer. Il n'y avait qu'elle et moi dans une bulle opaque où flottait une odeur de Terre.

Faith se figea.

— Si tu fais ça, Howley… je ne vais rien y voir.

J'émis un grognement, puis écartai lentement les griffes de ma patte valide. C'était presque une main humaine dans sa forme, mais la peau qui en recouvrait l'intérieur tenait plus du cuir que de l'épiderme fragile. Faith retint son souffle quand une flamme bleue apparut dans le creux de ma paume.

— Merci, murmura-t-elle avant que son regard se lie au mien.

Nous nous observâmes l'un l'autre durant un long moment, puis elle se mit à m'entourer le bras d'une bande de tissu. Que voyait-elle en moi ? Un loup-garou monstrueux assoiffé de sang et de mort, ou bien un ancien Dieu oublié qui tentait de survivre à travers le cœur noir des Hommes ? Rien de tout cela ? Peut-être que finalement, elle ne percevait que Daley ?

Un sentiment irrationnel de jalousie me poignarda et, dans un accès de colère, je saisis Faith pour la plaquer d'un seul bond sur le lit. Les ronces s'étaient repliées sur elles-mêmes et avaient disparu en un clin d'œil. La friandise n'eut pas le temps de pousser un cri de surprise, mais à ses yeux agrandis d'effroi, il était clair qu'elle était à deux doigts de hurler. Tandis que je me tenais au-dessus d'elle, ma gueule s'entrouvrit légèrement près de son visage pour lui dévoiler mes gigantesques crocs acérés.

— Je-je t'ai fait mal, c'est ça ? bégaya-t-elle.

Un grondement féroce vrombit depuis mon torse couvert d'une fine couche de fourrure. *Toi ? Me faire mal ?* avais-je envie de ricaner.

— Ce n'était pas mon intention, continua-t-elle. Vraiment pas, Howley.

Mes ronces surgirent à nouveau pour se planter dans les draps, voire le matelas de son lit. Elles tissèrent une tanière autour de nous, répondant ainsi à un besoin que j'essayais d'ignorer.

Je voyais bien dans ses yeux à la couleur hypnotique qu'elle cherchait une réponse à une question dont elle seule connaissait la teneur. Puis, lorsque je sentis ses mains sur mon dos, je me pétrifiai d'effarement. Personne n'avait osé m'étreindre. Jamais. Et pour cause ! Je n'avais rien d'un animal qui inspirait de l'affection… alors pourquoi ? Que voulait la Faë ? Me réconforter ? Elle me prodiguait de la pitié, maintenant ? Quelle blague !

J'aurais voulu nier que je trouvais ce contact agréable, et pourtant, c'était le cas. Après une longue lutte vaine, je m'effondrai sur elle sans pour autant le faire de tout mon poids.

— Pose… ta… question, lui proposai-je avec mon terrible accent écorché.

— Quelle question ?

Je fermai doucement les yeux. Pour la première fois depuis longtemps, j'étais bien. Comme apaisé. Je sentis ses doigts qui caressaient mes poils et malgré leur hésitation, j'acceptai leur douce attention.

— Celle… que… tu… veux.

Plusieurs secondes s'écoulèrent au sablier du temps avant qu'elle décide de se lancer. Je savais ce que la friandise désirait savoir. Parfois, écouter par le biais de Daley assouvissait ma curiosité.

—Ah ! murmura Faith.

Elle commençait à se détendre sous moi. Elle pensait que je n'avais pas pour projet de la dévorer, après tout. Cette idée me dessina un sourire intérieur ironique.

—Était-ce le Kraken, l'autre soir, sur la plage ? Est-ce lui que tu as combattu ?

J'avais raison. C'était bien ça qui la taraudait.

—Oui, lâchai-je simplement.

D'une, parce qu'il m'était physiquement impossible d'exprimer une réponse plus élaborée, de deux, il n'y avait aucun intérêt à le faire de toute façon.

—Ah.

Il y avait tant de détresse dans ce mot à peine soufflé. Une détresse qui m'atteignit plus que je ne l'aurais souhaité. Je fermai doucement les yeux, bercé par le rythme de sa respiration de créature du troisième monde… un péché des plus tabous.

Chapitre 12

Faith

Aussi incroyable que ça pouvait l'être, je m'étais endormie ainsi. J'avais réussi à m'endormir avec un gigantesque loup-garou dans mon lit. Il ne me restait plus qu'à le croire puisque je venais d'ouvrir les yeux sur… un cocon d'épines. Pour se réveiller, ne faut-il pas s'être d'abord endormi ?

Un cocon d'épines. Encore un. Ce qui aurait pu déjà être sacrément bizarre si ça avait été la seule chose étrange que je découvris en essayant de me redresser tant bien que mal.

Non, il y avait bien plus insolite à mes côtés : la silhouette noire dénuée de détails, un peu comme une ombre chinoise et qui ressemblait à s'y méprendre à Howley, là, juste allongé près de moi. Largement moins imposant que dans sa forme initiale, il paraissait dormir, ou bien être en hibernation.

Des coups brutaux frappés à la porte me firent sursauter.

— Faith ? Tu es debout ? s'enquit Melvin d'un ton inquiet. Daley est avec toi ? Je le cherche partout depuis l'aube.

Mon regard glissa automatiquement vers la « chose » qui dormait en chien de fusil. Il n'y avait de perceptible que les contours noirs de sa silhouette et elle semblait prête à se disperser en un millier de particules au moindre contact physique. Que se passerait-il si j'essayais de la toucher du doigt ?

—Je suis réveillée, oui ! m'écriai-je sans quitter ladite silhouette des yeux. Je te dirais bien que Daley se trouve avec moi… j'imagine que d'une certaine façon, c'est le cas, ajoutai-je plus bas.

—Quoi ? Parle plus fort, je ne t'entends pas ! répondit-il. Attends, si tu me le permets, je vais entrer…

Sans attendre ma réponse, il tenta d'ouvrir la porte de ma chambre. Sauf que Howley, visiblement, estimait qu'il avait son mot à dire. Des ronces imprégnées de ténèbres surgirent brusquement de son corps d'ombre pour se planter dans le pan de bois. Melvin referma si vite que ça donna un accent comique à la scène.

—C'était quoi, ça ? fit-il d'une voix blanche.

—Howley… je crois. Son apparence est un peu curieuse, cependant.

—Que fiche Howley dans ta chambre ? poursuivit Melvin sur le même ton.

J'acquiesçai – plus pour moi qu'à son intention.

—C'est une excellente question à laquelle j'adorerais fournir une explication, enfin, si j'en avais une, évidemment. (Je poussai un bref soupir avant de me masser les tempes.) Il a débarqué cette nuit pour ne plus en repartir. Il ne semble plus être blessé, néanmoins, j'imagine que c'est déjà ça de gagné.

Probablement poussé par la curiosité, Melvin se risqua à une nouvelle tentative. Nouvelle tentative qui se solda par un cuisant échec. Même si Howley semblait plongé dans une sorte de sommeil léthargique, ses ronces faisaient leur office de gardiennes.

—Blessé ? Comment ça ? continua-t-il, irrité de ne pouvoir mettre un pied à l'intérieur sans manquer se faire transpercer par de redoutables épines.

—Howley s'est battu avec Kyll Whiteshark.

—Comment peux-tu en être sûre ?

Il y avait comme du doute dans l'intonation de sa voix.

—Il me l'a dit.

Un long silence accueillit ma déclaration.

—Howley ne parle pas. Jamais. À personne.

Je ne sais pas pour quelle obscure raison, mais le ton affirmatif de Melvin me tapa légèrement sur les nerfs.

— Je ne vois pas bien l'intérêt de te mentir, Melvin, rétorquai-je d'une voix sèche. Tout comme Howley m'a confirmé s'être battu avec le Kraken, l'autre fois, sur la plage. J'énonce les faits qu'il m'a lui-même rapportés. Ni plus, ni moins.

L'ami de mon frère resta à nouveau silencieux durant un certain temps.

— Je suis désolé, Faith. Je ne voulais pas me montrer... vraiment, c'est juste que c'est tellement incroyable de la part de Howley, que... comprends-moi.

Il paraissait sincèrement troublé. J'exhalai encore un soupir, plus long que le précédent.

— Je pense que...

Mon regard bifurqua à nouveau sur la silhouette opaque allongée à ma droite.

— Je pense qu'il m'aime bien, voilà tout.

— Il... quoi !

Melvin s'étrangla avec le reste de sa phrase. Je dus attendre patiemment qu'il se reprenne et poursuive :

— OK. Admettons que ça soit le cas.

Faute de pouvoir le faire ouvertement, et face à lui, je fusillai la porte des yeux à travers les interstices des ronces.

— Admettons que Howley t'apprécie assez pour te parler.

Sa manière de le dire... à croire qu'il me fait une fleur. Pour la peine, je m'abstins de tout commentaire en espérant qu'il capte le message et se sente mal à l'aise, voire honteux. Lorsqu'il se racla la gorge, je sus qu'il avait compris.

— Ça n'explique en rien le fait qu'il soit toujours ici alors que le soleil est haut dans le ciel. Encore moins le fait qu'il m'empêche d'entrer dans ta chambre ! (Il marqua une pause, comme s'il éprouvait soudain le besoin de bien choisir ses mots.) Faith, se pourrait-il que ça soit... tu sais, tes, euh, tes menstruations qui troublent Howley ?

Le rouge me monta brusquement aux joues.

— Ce n'est rien de tel ! Il n'en avait pas après moi de-de cette fa-façon, OK ?

— O-OK ! s'écria-t-il en bégayant également, là, de l'autre côté de la porte. Mais n'empêche que nous sommes dans une situation inédite. Si seulement Carry était là… mais elle a dû partir à l'aube pour voir la famille de Hank, acheva Melvin dans un souffle empreint de tristesse.

La mort. J'avais oublié à quel point elle était omniprésente dans le monde des humains. Ils commençaient déjà à dépérir le jour même de leur naissance. C'était peut-être la beauté éphémère de leur existence qui la sublimait et les rendait si fascinants.

— Écoute, essaie de discuter avec Howley, de lui faire entendre raison, de mon côté, je réfléchis à une solution.

— Je n'ai jamais essayé de faire entendre raison à un Dieu Ancien. Comment fait-on ça ? m'enquis-je très sérieusement.

— Je ne sais pas.

Dans un premier temps, je me contentai de l'observer. Qu'est-ce qui avait pu le mettre dans un tel état ? Au point de refuser la transformation à Daley au lever du jour ?

— Howley ? Est-ce que tu m'entends ? murmurai-je.

J'avais plié les genoux pour les entourer de mes bras.

— Je ne peux pas passer la journée dans cette chambre, avec toi. J'ai besoin de prendre des bains pour survivre, tu sais. Je sens que j'ai atteint ma limite.

L'ombre à mes côtés s'agita, s'étira puis commença à prendre forme humaine. Toutefois, elle demeurait étrange. Il ressemblait davantage à un dessin qui s'animait qu'à un être réellement vivant. Sa silhouette se rapprochait de Daley sans que ce soit vraiment lui. Il leva le visage vers moi et je découvris qu'il n'y avait aucun trait de visible, seulement ses grands yeux jaunâtres de loup. Sans cesser de me scruter attentivement, Howley-l'ombre finit par s'asseoir en tailleur. C'était un curieux phénomène à regarder, un peu comme si un dessin en noir et blanc prenait soudainement vie. Sa main s'approcha de ma joue pour l'effleurer. Son contact était glacial.

— Est-ce ma faute si tu es comme ça ? lui demandai-je.

Il ne me répondit pas. Il ne faisait rien d'autre que me scruter sans cligner de l'œil. Melvin m'avait encouragée à lui parler. D'accord, de toute manière, je ne pouvais pas faire grand-chose d'autre, là, tout de suite. Après un énième soupir, je me remémorai la soirée de la veille à la recherche du moindre indice qui aurait pu déclencher un tel changement chez le loup-garou de Daley. Une idée surgit dans mon esprit. Je tenais éventuellement le début d'une explication.

—J'imagine que lorsqu'on est un Dieu ancien, on oublie vite comment interagir avec les autres créatures, et que mon attitude d'hier soir t'a troublé. Peut-être que tu n'en avais jamais éprouvé le besoin auparavant. Je veux dire, de te rapprocher de quelqu'un. Peut-être que quelque part, Daley t'a changé, ou alors, tu étais simplement prêt à t'éloigner de cette solitude qui te rongeait depuis des millénaires. Est-ce que c'est ça ? C'est la raison de ton comportement d'aujourd'hui ? Tu es simplement déstabilisé par tes nouveaux sentiments ?

Il eut une espèce de grincement sinistre, un petit craquement, puis les ronces du cocon dans lequel nous étions enfermés, Howley et moi, se mirent à s'ouvrir. Les épines disparurent lentement, comme si elles faisaient attention à ne pas me blesser.

—Si tu veux…, commençai-je en souriant.

Mais je n'eus pas le loisir de terminer ma phrase. En une seconde, Howley-l'ombre se glissait déjà à travers l'entrebâillement de la fenêtre. Je quittai aussitôt mon lit et me précipitai vers les vitres. Là, les mains appuyées sur leur surface tiède, je le vis courir, forme à la fois humaine et animale, pour disparaître dans les bois à côté de notre maison.

Sans réfléchir davantage, j'ouvris la porte de ma chambre à la volée, manquant de peu de faire perdre l'équilibre à Melvin en le surprenant ainsi.

—Il s'est enfui ! m'écriai-je. Nous devons le retrouver !

—Qui ? Comment ? bafouilla-t-il.

—Howley ! lui répondis-je vivement tout en dévalant les marches de l'escalier.

—Mais… par où s'est-il enfui ?

—La fenêtre.

— Oh.

Melvin me suivit instinctivement.

— Que s'est-il passé ? me demanda-t-il d'une voix essoufflée.

Je courais à perdre haleine. Moi, alors que quelques mois en arrière, j'étais à peine capable de marcher sur mes deux jambes.

— Howley ! hurlai-je.

Sans cesser de courir au milieu du bois, je m'entêtai à crier son prénom. Il ne me répondrait sûrement pas, mais au moins, il saurait que nous le cherchions. Était-ce réellement un Dieu Ancien, ou bien un enfant ? *Un peu des deux, je suppose,* songeai-je. *Lorsqu'on est un Dieu qui n'interagit avec personne tout en vivant parmi les humains, jusqu'à occuper le corps de l'un d'entre eux, ça nous rend probablement puéril mais aussi fragile dans nos sentiments.*

À bout de souffle, je m'arrêtai un instant.

— Nous devrions nous séparer, suggéra Melvin.

Sa respiration était aussi chaotique que la mienne. J'acquiesçai. Autant couvrir un maximum de terrain, effectivement.

Après notre séparation, je décidai de chercher avec plus de minutie. *Est-ce qu'une ombre peut se fondre dans une autre ?* La question méritait d'être posée, car si c'était le cas, ça compliquait grandement les choses. Et puis soudain, je l'aperçus, là, près d'un grand chêne centenaire. Les rayons du soleil traversaient par certains endroits les épais feuillages des arbres alentour, ce qui donnait à ce coin sombre de la forêt une allure féérique un peu surréaliste. L'ambiance que dégageait ce lieu me rappelait mon chez-moi, d'une certaine façon… Howley se mit à gratter le sol, comme à la recherche de quelque chose de précis. De mon côté, j'hésitais entre me montrer pour le ramener à la maison, et assouvir ma curiosité quant à ce qu'il faisait et surtout, pourquoi…

Indécise, je continuais donc à l'observer durant plusieurs minutes, bien cachée derrière le large tronc d'un monstrueux épicéa. Jusqu'à ce que des mains glacées me couvrent brusquement la bouche. Mes yeux s'agrandirent instantanément de frayeur car c'était une odeur iodée persistante qui m'enveloppait, désormais. Nul besoin de vérifier l'identité de mon agresseur, je la connaissais. Kyll Whiteshark.

— Si j'ai un petit conseil à te donner, chère, chère sirène, me chuchota-t-il à l'oreille. C'est d'oublier jusqu'à l'existence du monstre qui est là-bas, en quête de son maître. Il y a tellement de créatures qui désirent te mettre la main dessus, alors, si je puis me permettre, prends mon avertissement en considération. Pense seulement à ta propre survie. De plus, rien de bon ne sortira de votre relation. Le mal et le bien sont condamnés à se battre, et non à s'aimer.

Lentement, il retira ses doigts froids de mes lèvres, y laissant une trace de sel qui me rendit aussitôt nostalgique.

Kyll était mal en point. Ses vêtements étaient sales, maculés de boue et de sang séché. D'ailleurs il avait plusieurs blessures et hématomes au visage. Une algue était même prise dans ses cheveux d'or pâle terni par la présence de sable mouillé. *A-t-il tenté de se régénérer dans la mer?* me demandai-je en le regardant.

— Tu vas essayer de m'amener au Kraken ?

Une surprise non feinte se peignit sur ses traits fatigués, puis mon ennemi éclata de rire ; rire qu'il étouffa d'une main pressée contre sa bouche. Je jetai illico un œil en direction de Howley. Je fus soulagée de constater qu'il ne nous avait pas repérés, sinon les deux se seraient sauté à la gorge sans aucune autre forme de procès.

— Au Kraken ? Vraiment ? Tu penses que c'est lui qui m'a mandaté ? murmura-t-il, visiblement diverti par cette idée.

Cette fois, j'étais perdue.

— Ce n'est pas ton maître ? insistai-je, le cœur battant la chamade.

Si ce n'était pas le cas, alors… qui était-ce ? Mais Kyll ne me répondit pas. Non, il se contenta de sourire. Un sourire malsain, jubilatoire, comme s'il était au fait d'un secret connu de lui seul et qu'il trouvait drôle.

— Tu es tellement naïve, princesse. Tu fais confiance aux mauvaises personnes.

Puis il se tourna vers Howley qui continuait de creuser furieusement le sol.

— Finalement, je me demande si…, commença-t-il.

Sans pour autant finir sa phrase, Kyll se figea brusquement, comme paralysé de l'intérieur. Son regard obscur de froide créature accrocha un instant le mien.

— Je dois m'en aller. J'ai raté pitoyablement ma mission, alors prie pour que nos chemins ne se recroisent jamais, *petite sirène.*

Je n'eus pas le temps de l'empêcher de partir pour essayer d'obtenir les réponses au millier de questions qui m'empoisonnait désormais l'esprit. Mon regard le suivit durant une pincée de secondes à peine avant qu'il ne disparaisse complètement, comme absorbé par la forêt elle-même. Lorsque mes yeux cherchèrent à nouveau Howley, il n'était plus là. Paniquée, je sortis de ma cachette.

— Howley ? l'appelai-je doucement.

Là où il avait creusé s'ouvrait désormais un tunnel assez large pour que je puisse y passer. *Est-il allé par là sous sa forme d'ombre ?* Le meilleur moyen de le savoir était de me faufiler à mon tour dans ce trou.

Je n'en avais pas envie, mais avais-je le choix ?

Non, pas vraiment. Quelque chose en moi me criait que je devais sauver Daley… en sauvant Howley. De quoi, exactement ? Très bonne question.

À force de me tortiller, je finis par m'introduire dans l'étroite cavité, qui débouchait sur une sorte de grotte étonnamment plus spacieuse. Vu le peu de distance me séparant du sol, je décidai de me laisser tomber sans toutefois prendre le risque de me rompre le cou.

En me redressant, j'époussetai machinalement mes vêtements afin d'ôter un peu de la terre humide. *Où suis-je ?* Mon regard tomba sur le tunnel droit devant moi ; il était éclairé par des flammes bleues – du même genre que celles que Howley avait créées la veille, dans le creux de sa main.

Kyll disait que le loup-garou de Daley était en quête de son maître… si c'était vrai, le maître de ce Dieu ancien n'était rien moins que le Seigneur Noir en personne. Un long frisson de dégoût me parcourut l'échine à l'idée de me retrouver face à un tel individu.

J'espérais ne pas me rendre au cœur même du quatrième monde par le biais de ce chemin obscur. Si c'était le cas, si c'était la destination finale de cette route sous terre, pour un être de lumière tel que moi, ça ne pouvait signifier qu'une chose… la mort. Le Seigneur n'aurait aucune indulgence à mon égard car je représentais tout ce qu'il haïssait le plus dans cet univers. Même les êtres du premier et du deuxième mondes trouvaient davantage grâce à ses yeux.

Tout en essayant de faire le moins de bruit possible je suivis le long tunnel aux murs suintants tapissés de reflets bleutés. Je terminai ma marche en débouchant sur une grande salle aux parois garnies de crânes de créatures en tous genres. Des milliers et des milliers d'ossements et, en son centre, un trône taillé dans de la lave refroidie, sur lequel était assis le Seigneur Noir – je supposais que c'était lui. Il aurait pu être hideux, posséder plusieurs bras, des crocs et des griffes… mais me retrouver face à ce jeune homme vêtu de noir de la tête aux pieds et à l'allure élancée me laissa sans voix. Ses longs cheveux ébène étaient noués en une queue-de-cheval agrémentée de tresses de métal… de l'argent pur ? Ses yeux avaient la teinte de l'étain liquide, et je remarquai une fine cicatrice qui traversait verticalement sa bouche, sur le côté droit. Si je l'avais croisé dans la rue, je lui aurais donné à peine seize ans. Derrière moi se trouvait un lac. Je savais que c'était un lac souterrain malgré sa surface cachée sous une épaisse couche de brume. Mon corps réclamait un bain et résister à ce besoin impérieux était difficile.

Le Seigneur Noir dardait sur moi un regard empli d'une haine féroce. J'eus un mouvement de recul. Se faisant, mon regard tomba sur la forme roulée en boule non loin de lui.

— Howley, murmurai-je, choquée de découvrir le Dieu Ancien, là, sagement couché sur le sol, aux pieds de son Maître.

J'imagine que le but de la manœuvre était de me provoquer, mais le Seigneur Noir lui caressa gentiment la tête, tout comme l'aurait fait un maître affectueux souhaitant câliner son animal de compagnie.

— Et tu oses te présenter devant moi après avoir corrompu mon cher Seigneur des Ombres et des Ronces, le Cruel Mangeur d'Hommes ?

Que pouvais-je bien répondre à ce genre d'accusation ridicule ? Depuis quand un être de Lumière « corrompait » ? Je levai aussitôt le menton en signe de défi.

— Je n'ai corrompu personne et surtout pas Howley. Et puis, à qui ai-je l'honneur ?

J'essayais de gagner du temps. Le Seigneur Noir haussa un sourcil, puis un lent sourire sardonique incurva le pli naturel de ses lèvres.

— Prétends-tu ignorer *qui je suis* ?

— Je n'ai aucune prétention.

Ce fut à cet instant que je remarquai que ce que j'avais pris pour des vêtements étaient en réalité une armure. De bout en bout, le Seigneur Noir était habillé de métal couleur onyx. Son nom lui seyait vraiment comme un gant.

— Dixit l'Incarnation de Thelxiépeia, *Celle qui méduse par son chant épique*. Car tu te nommes bien Thelxiépeia, n'est-ce pas ? Fille aînée d'Haclas, dernier descendant du roi Triton, lui-même fils de Poséidon, Dieu-Faë du troisième monde, ou peut-être devrais-je t'appeler par ton faux nom… Faith ?

Sur ce, il octroya une nouvelle caresse à Howley qui en ronronna de plaisir. J'éprouvai soudain l'envie de choper ce dernier par le cou pour le secouer jusqu'à ce que Daley reprenne le dessus.

— Comment savez-vous…, commençai-je avec colère avant qu'il m'interrompe.

— JE SAIS TOUT ! Je suis omniscient et omnipotent ! Aucun des mondes ne peut se cacher de moi ! hurla-t-il avec un emportement aux limites de l'hystérie.

Il avait quitté son trône d'os et de crâne sous l'impulsion de sa fureur.

— Crois-tu que tu sois ici par le plus pur hasard ? poursuivit-il d'une voix beaucoup plus calme. Tu es là parce que je l'ai voulu. Tu as corrompu mon meilleur limier qui en a même songé à se détacher de moi.

J'avançai d'un pas.

— Daley ne vous appartient pas !

Mon illustre interlocuteur fronça un instant les sourcils avant d'esquisser un sourire railleur.

— Peu m'importe son hôte humain, dit-il. Ce n'est pas lui qui est précieux. Ils sont tous remplaçables.

Il est vraiment ignoble, songeai-je, en colère.

— Pensais-tu sincèrement que tu pouvais t'attacher mon Cruel Mangeur d'Hommes et t'en sortir indemne ? Aurais-tu oublié à qui tu as affaire ?

— Comment oublier un individu aussi horrible que vous ? persiflai-je. Vous avez plus de massacres à votre actif qu'en dénombre l'histoire des quatre mondes !

Le Seigneur Noir sourit méchamment.

— La flatterie ne te mènera à rien, tu sais.

Je serrai les poings contre mes cuisses. C'était un fait incontestable : je n'avais ni la carrure adéquate, ni les armes pour vaincre un ennemi de sa trempe. Je n'étais pas une déesse et encore moins mon aïeul Poséidon, le seul qui aurait pu avoir une chance contre le mal absolu incarné dans le corps de cet adolescent.

— Je veux juste que vous me rendiez Daley. Il n'a jamais demandé à être à votre service, même si je doute que Howley le souhaite vraiment, lançai-je d'une voix que j'espérai suffisamment sûre.

Alors que je m'attendais à ce qu'il se mette une fois de plus en colère, mon ennemi demeura étrangement calme.

— Tu veux seulement l'hôte humain, répéta-t-il l'air songeur.

Puis son regard d'étain chercha longuement le mien. Deux minces fentes qui luisaient tant de cruauté que ma bouche s'assécha instantanément.

— Très bien. Si tu réussis à survivre à l'attaque de mon Cruel Mangeur d'Hommes, je t'autoriserai à repartir avec ce « Daley ».

Survivre à une attaque de Howley ? Il est fou !

Le Seigneur Noir se pencha légèrement en avant puis ordonna d'une voix douce à Howley, toujours allongé à ses pieds :

— Mon bel enfant de la nuit, je voudrais que tu tues cette créature de Lumière.

Les yeux de Howley s'ouvrirent brusquement sur deux abîmes au jaune intense. Un grondement sourd sortit de sa poitrine pour aussitôt se répercuter aux quatre coins de l'antre souterrain de son Maître. La suite se déroula à une telle vitesse que mon esprit eut du mal à suivre.

D'un bond, Howley fut sur moi. Le choc de ma chute me fit expulser le peu d'air contenu dans mes poumons et une violente douleur résonna dans mon crâne. La gueule du loup-garou n'était qu'à quelques misérables millimètres de mon visage tandis que d'infimes filets de bave gouttaient sur mes joues. Il grognait en continu et ce son me donnait la chair de poule.

Depuis qu'il se trouvait dans la tanière du Seigneur Noir, il émanait de Howley une aura complètement différente. C'était à croire que Daley n'avait jamais existé, ou bien que le Dieu Ancien ne se souvenait plus de sa nuit passée avec moi. Le mal à l'état pur, voilà ce qui me contemplait à travers son regard, désormais. Je grimaçai lorsque ses griffes s'enfoncèrent dans mes épaules. Sa gueule s'ouvrit un peu plus, comme prête à me dévorer.

— Tu n'es pas obligé de faire ça ! m'écriai-je. Howley !

Il grogna plus fort, puis fit claquer son énorme mâchoire. Je devais libérer mon pouvoir, c'était ma seule option face à une créature du quatrième monde. Le pouvoir du chant épique. Ce talent inné que je savais posséder sans parvenir à l'éveiller… une musique jaillit dans mon esprit. Sa complainte était douce mais forte, ses paroles pouvaient tout aussi bien apaiser que galvaniser les cœurs. Tout en essayant de maintenir les crocs de Howley à distance, je fermai les yeux afin de mieux me concentrer sur le chant épique que j'entendais dans ma tête.

Le jour de la naissance de leur enfant, chaque mère sirène chantait ce refrain secret à leur nouveau-né. Même s'il était trop jeune pour réellement s'en souvenir, ou bien la pratiquer, l'enfant s'en rappelait le moment opportun, lorsque ses pouvoirs se réveillaient.

Je ne pouvais m'empêcher d'éprouver une certaine amertume en songeant qu'il avait fallu que je sois en danger de mort pour que le mien, de pouvoir, se manifeste enfin !

Sans même m'en rendre compte, du moins au départ, je me mis à fredonner ce chant épique qui était, en quelque sorte, destiné à devenir ma signature magique. Si je commençai par murmurer les paroles de manière inaudible, rapidement, les mots devinrent clairs, résonnant telles des rivières grondantes à la puissante mélodie. Je pus presque sentir mon diaphragme s'ouvrir afin de libérer tout l'air qu'il avait. Soudain, je ne perçus plus le poids du corps de Howley. Sans cesser de chanter, je soulevai lentement les paupières pour le découvrir face à moi dans une espèce de transe hypnotique. Son regard s'était terni, comme dénué de vie, pendant que ses bras et son torse se balançaient de droite à gauche au rythme de ma voix.

Le Seigneur Noir quitta brutalement son trône de mort. La rage déformait les traits fins de son visage au point de l'enlaidir.

— Puisqu'il refuse de te tuer, alors… qu'il meure ! hurla-t-il en tendant une main devant lui.

Des flammes d'un bleu éblouissant et aux teintes électriques surgirent depuis sa paume pour frapper violemment Howley dans le dos. Le loup-garou hurla de douleur. La force de la magie du Seigneur Noir était écrasante. L'air paraissait presque plier sous son autorité et je faillis m'évanouir. Je cessai immédiatement de chanter pour observer, un genou à terre, impuissante, Howley qui encaissait les coups déchaînés de son maître. Il finit même par l'emprisonner d'entrelacs électriques et le soulever à plusieurs mètres du sol. Howley paraissait avoir recouvré ses esprits et se débattait avec fureur. Le Seigneur Noir éclata d'un rire empreint de folie.

— Tu n'es que mon chien, Mangeur d'Hommes. Que. Mon. Chien !

Sur ces mots, il projeta le loup-garou en direction du lac. Je poussai un long cri d'horreur et, sans prendre le temps de réfléchir, me précipitai à son secours. Je me bagarrai un instant avec mes vêtements et quand enfin je pus me transformer librement, je nageai vers les profondeurs de cet écrin d'eau douce. Sous ma véritable forme, je me sentais comme libérée d'un énorme poids. Plus forte, aussi. Ce fut à une vitesse fulgurante que je rattrapai un Howley dans les vapes qui coulait à pic. À l'instant même où l'extrémité de mes doigts effleurèrent ses longues griffes, il ouvrit brusquement les yeux. Son regard jaune, toujours aussi intense, se suspendit au mien. Il n'y avait plus rien de maléfique, désormais. Non, au contraire, ses gigantesques iris dorés paraissaient me… remercier ? Je crus même y déceler l'éclat d'un sourire tendre.

Howley...

Une curieuse émotion m'étreignit jusqu'à me serrer la gorge dans son étau. Je saisis sa main de la mienne. Un tourbillon d'ombres obscures l'enveloppa subitement, m'obligeant à résister à son attraction. Il était hors de question que je le lâche, même s'il se transformait !

C'était le cas. Howley n'était plus, dorénavant, il n'y avait plus que Daley. Un Daley inconscient qui allait se noyer si je ne l'emmenais pas rapidement à la surface. Ce que je m'employai à faire le plus vite possible. Lorsque je cherchai à sortir la tête hors de l'eau, un accès de panique me fit perdre mes moyens : la configuration de la grotte avait changé !

— Comment... ! m'exclamai-je, abasourdie, tout en essayant de maintenir Daley près de moi afin qu'il puisse respirer le peu d'air disponible.

Entre la surface du lac et le plafond de la salle souterraine, il n'y avait plus qu'une poignée de centimètres.

— Daley ! Daley ! Réveille-toi !

Je tentai de le secouer sans cesser d'agiter ma queue de poisson de manière à garder une position stable dans l'eau. Sans succès.

— Daley ! réitérai-je, bien plus fort, cette fois.

Aucune réponse de sa part. *Il n'est pas tombé dans une sorte de coma, j'espère ?* Et si c'était le cas ? De quelle façon pouvais-je le ramener à moi ? Soudain, je l'embrassai. Ses lèvres étaient froides, inertes. J'insistai. Timidement, ma langue tenta de se frayer un passage jusqu'à la sienne. La chaleur de mon baiser l'atteignit enfin et il finit par y répondre. Tout d'abord avec une lenteur engourdie, puis avec une passion dévorante. Daley prit mon visage en coupe pour m'embrasser avec davantage de fougue, même si nos visages étaient à moitié dans l'eau. Ce fut le rouge aux joues que j'interrompis notre brûlant échange.

— Ce... n'est pas le moment pour..., bégayai-je, troublée par le désir brutal que je lisais dans ses yeux.

Daley poussa un grognement plus animal qu'humain avant que sa bouche reparte en quête de la mienne. Je le repoussai. Il n'avait pas encore réalisé dans quelle situation nous nous retrouvions, lui et moi !

— Daley ! Tu risques de mourir noyé ! m'énervai-je.

Il parut enfin réaliser où il se trouvait.

— Qu'est-ce que… ! commença-t-il en regardant autour de lui. Où suis-je ?

— Dans une grotte souterraine. Tu y es entré rejoindre le Seigneur Noir sous ta forme de loup-garou.

Il pâlit.

— Tu as rencontré Howley ?

Il avait toujours besoin de mon aide pour maintenir la tête hors de l'eau. J'acquiesçai en deux temps. Daley ferma brièvement les yeux.

— Est-ce que ça va ? m'enquis-je, inquiète.

Il esquissa un pauvre sourire.

— Le Seigneur Noir et Howley dans la même journée… dans la famille pas de bol, tu as une place de choix, Faith.

Je grimaçai.

— Le plus important est de partir d'ici. Nous ne pouvons plus passer par l'endroit où nous sommes entrés. (Je marquai une pause.) Je vais devoir chercher une sortie sous l'eau. Tu penses pouvoir tenir jusqu'à ce que je revienne ?

Ce fut à son tour de grimacer.

— Il suffit d'agiter les bras et les jambes, comme ça ?

J'émis un petit rire nerveux.

— Oui. Continue à garder la tête hors de l'eau.

Une fois certaine qu'il s'en sortirait sans moi, je plongeai en quête d'une sortie. Le Seigneur Noir avait beau avoir changé la configuration de ce lieu, il devait bien exister un moyen de s'en échapper vivants… le plus rapidement qu'il m'était possible de le faire, je tâtai chaque paroi de la grotte avec soin.

Je commençais sérieusement à désespérer lorsque la providence me dévoila un passage menant au bas d'une chute d'eau qui donnait sur l'extérieur. Sans perdre une minute de plus, je rejoignis Daley. L'épuisement marquait ses traits.

— Alors ? me demanda-t-il.

— Il y a un passage.

Son regard fouilla intensément le mien.

— Mais ? Vu ta tête, il y a forcément un « mais ».

Même si je n'en avais pas besoin, ma langue vint humecter mes lèvres.

— Il y a un « mais », lui confirmai-je. J'ai trouvé une sorte de couloir qui mène au Delta de Berxley, seulement…

Daley essaya de s'agripper au plafond rocheux au-dessus de sa tête.

— Seulement quoi ? Vas-y, Faith, balance. Ce suspense va me tuer plus vite que toute cette flotte.

— Je ne suis pas certaine que tu réussisses à retenir ta respiration assez longtemps pour l'atteindre. Surtout en sachant que tu ne nages pas très bien, ajoutai-je après un court silence.

J'avais tellement peur de ne pas arriver à le sortir de là. Jamais je n'avais eu à subir ce genre de pression : la responsabilité d'une vie. J'en tremblais littéralement de l'intérieur.

Daley hocha plusieurs fois la tête, puis rejeta ses mèches brunes en arrière d'un geste de la main.

— OK, OK. On va y arriver. Inutile de se faire de la bile pour rien. Ce plan, c'est toujours mieux que de rester ici à attendre qu'il me pousse des branchies.

— Ce n'est pas vraiment un plan, objectai-je timidement.

Pour la peine, Daley répliqua par un regard noir. Je me raidis instinctivement sous la salve.

— C'est un plan. Un très bon plan, martela-t-il.

Je pris une longue inspiration. Non pas que j'avais réellement besoin de respirer de façon humaine sous cette forme, mais le faire m'aida à me détendre. Un peu.

— Tu vas t'accrocher à moi, je nagerai pour nous deux et nous ferons des pauses durant lesquelles je-je te-t'aiderai à respirer, balbutiai-je très vite sans oser l'affronter ouvertement.

— Tu vas m'aider à respirer ? Comment… ? Oh.

Il venait de comprendre. J'en profitai pour me détourner de lui.

— Accroche-toi à ma taille et dès que tu commences à manquer d'oxygène, resserre suffisamment ton étreinte pour que je saisisse le message, d'accord ?

— OK.

Sur ce, il m'encercla la taille de ses bras. Je ne pus retenir un frisson au contact de ses muscles indéniablement virils… les plus virils qu'il m'avait été donné d'admirer.

— C'est bon ? demandai-je pour la forme.

— Je suis prêt.

— À trois, je plonge. Daley ? Essaie d'emmagasiner le plus d'air possible dans tes poumons.

— À tes ordres, ma sirène, me souffla-t-il à l'oreille.

Mon cœur rata un battement en percevant sa bouche si près. *Ce n'est pas le moment d'être réactive à sa proximité*, me sermonnai-je mentalement.

— Un… deux… trois !

Je plongeai ensuite avec lui dans l'eau trouble qui avait envahi toute la grotte. C'était une sensation étrange que de nager avec le poids du corps de Daley, même si c'était là un exploit qu'il m'aurait été impossible de réaliser sur la terre ferme. J'essayais de toutes mes forces d'aller le plus vite possible afin qu'il n'ait pas à trop souffrir du manque d'oxygène. Mais nous n'avions parcouru que le quart du trajet quand l'étau de ses bras se resserra autour de ma taille.

Je stoppai aussitôt, et, après avoir jeté ma gêne aux orties, pivotai sur moi-même pour lui saisir le visage en coupe entre mes mains et presser ma bouche sur la sienne afin de lui insuffler tout l'air dont il avait besoin. Daley écarquilla les yeux. Son regard semblait dire « Ça marche vraiment ! ».

Je lui souris. Même lui procurer de l'air restait un contact troublant. Nous ne fîmes pas moins de quatre haltes avant d'atteindre l'ultime couloir menant au Delta de Berxley. Une fois près de la surface de la rivière qui se jetait dans l'océan, j'accélérai le rythme, quitte à mourir d'épuisement. Daley avait besoin de plus d'air et vite !

Dans une explosion de joie, nous sortîmes la tête hors de l'eau. Lui comme moi, nous riions, simplement heureux d'être en vie.

— Bon sang ! J'ai jamais été aussi content de pouvoir admirer le ciel ! s'exclama-t-il en affichant un large sourire.

Tant bien que mal, nous nous traînâmes vers la rive qui était un mélange étrange de sable, de coquillages brisés et de galets grisâtres. Ce n'était pas très doux, mais je restai allongée sur le dos tandis que le bas de mon corps était toujours immergé dans l'eau de la rivière.

Daley était à mes côtés, dans une position similaire. Sa respiration était aussi bruyante que rapide.

— Faith ? m'interpella-t-il doucement au bout d'un certain temps.

Il manquait encore de souffle.

— Oui ? fis-je.

Soudain une ombre me masqua les chauds et doux rayons du soleil couchant. Daley s'était positionné au-dessus de moi et me contemplait de son regard d'obsidienne. Jamais il n'avait affiché une expression plus sérieuse qu'en cet instant.

— Merci de m'avoir sauvé la vie. Sans toi, je serais mort noyé.

Mon cœur se mit à battre la chamade.

— De rien, répondis-je d'une toute petite voix.

J'étais brusquement intimidée. On ne m'avait jamais remerciée d'avoir sauvé une vie. Et quelle vie ! Celle de Daley était si précieuse ! Je tendis une main jusqu'à pouvoir effleurer sa joue. Le contact de sa barbe naissante sous mes doigts n'était pas si déplaisant. Voire plutôt agréable. En réponse à mon geste, il tourna la tête de manière à déposer un baiser au creux de ma paume.

— J'ai peur de te demander pourquoi nous nous sommes retrouvés dans cette grotte, murmura-t-il en accompagnant ses paroles d'un rire nerveux.

Je laissai s'écouler plusieurs secondes durant lesquelles – à ma grande honte - je m'abreuvai de sa beauté masculine, puis je me lançai dans le terrible récit de la veille : la mort de Hank, l'irruption de Howley dans ma chambre, ma rencontre avec le Seigneur Noir.

Plusieurs émotions défilèrent sur le visage de Daley mais celle qui dominait les autres était la colère. Celle qu'il éprouvait sûrement envers Howley, mais aussi envers le Maître des créatures du quatrième monde.

— Ne te fâche pas contre Howley, le priai-je sincèrement.

Il me renvoya un regard étonné.

— Quoi ? Tu prends sa défense alors que c'est sa faute si on s'est retrouvés dans ce merdier ?

Je fis doucement non de la tête.

— C'est peut-être un Dieu Ancien, mais si tu veux mon avis, il a le quotient émotionnel d'un enfant de deux ans. De plus, je le crois réellement attaché à toi, Daley. Comprends bien qu'il t'observe depuis que tu es enfant. Il est à la fois un père, un frère et un ami… une partie intégrante de ton être. Chaque peine, chaque joie que tu as ressentie, il les a aussi éprouvées. Chaque obstacle que tu as surmonté, chaque coup… il était là aussi, à les vivre avec toi.

J'hésitai à poursuivre mon discours. Mes mots paraissaient perturber Daley. Pourtant, je devais aller jusqu'au bout de mes pensées à ce sujet. J'avais comme l'intuition que c'était important d'en discuter avec lui.

— J'imagine que, lorsque je me suis ajoutée à l'équation, c'est devenu trop difficile à gérer… tous ces sentiments dont il n'avait pas l'habitude. Un trop-plein de « trop » et il a décidé de se tourner vers la seule personne de son passé qui n'avait rien changé en lui…

— … le Seigneur Noir, termina gravement Daley à ma place.

J'opinai. Il resta un long moment silencieux avant d'émettre une sorte de grognement sourd et de passer une main sur son visage, comme pour effacer toute trace de contrariété.

— Tu as peut-être raison, grommela-t-il.

Il était probablement gêné de n'avoir jamais vu les choses sous cet angle. Je lui souris. Puis, comme s'il venait de réaliser quelque chose d'important, il détourna vivement les yeux pour fixer son attention sur un point invisible.

— Pour rentrer à la maison, ça va être un poil compliqué, j'crois.

Je fronçai les sourcils avant de réaliser ce à quoi il faisait référence : lui comme moi, nous étions nus. Enfin, en cet instant précis, j'avais toujours ma queue de sirène à cause de l'eau dans laquelle baignait la partie inférieure de mon corps, mais une fois sèche… j'allais me retrouver dans la même situation que Daley !

— Si on se promène comme ça, c'est sûr, on va finir derrière les barreaux pour attentat à la pudeur, poursuivit-il.

Pourtant, il paraissait trouver cette éventualité plus drôle que dramatique. Il éclata même de rire.

— Avec la chance qui nous caractérise, on ferait même la une des journaux de demain avec une photo censurée pour agrémenter l'article !

Je lui octroyai une tape sur l'épaule. Il grimaça et fit semblant d'avoir eu mal.

— Sous tes airs d'innocente créature du troisième monde, tu es une petite brute, en vérité, fit-il d'un ton faussement accusateur.

Je rougis, puis son regard descendit au niveau de ma poitrine dénudée, et je rougis davantage.

— Quoique, j'aime pas l'idée que d'autres mecs matent ces superbes trésors. La censure, c'est cool, murmura Daley en retraçant du bout du doigt le dessin de mes clavicules. Tu as les plus beaux seins du monde, Faith.

Sous la caresse à peine appuyée, je retins ma respiration. Mon cœur faisait un bruit assourdissant dans l'écrin de ma cage thoracique. *Est-ce qu'il l'entend ?*

— Je suis heureux qu'il ne te soit rien arrivé de grave à cause de moi, ou bien de Howley, continua-t-il sans interrompre son exploration et d'une voix si basse que mon corps réagissait à sa fréquence. Le Seigneur Noir aurait très bien pu te tuer. Ou Howley. Il aurait pu disjoncter et t'éviscérer…

Daley sembla frissonner à cette idée.

— Tu sais, avant d'entrer dans la grotte, je suis tombée sur Kyll.

Les doigts de Daley stoppèrent leur progression sensuelle, puis son regard chercha le mien.

— Howley ne l'a pas tué, alors, fit-il simplement.

Il y avait une pointe de regret qui transparaissait dans le timbre de sa voix.

— Grièvement blessé. Il était vraiment mal en point, si ça peut soulager ta conscience, tentai-je de le dérider.

Un bref sourire étira la commissure de ses lèvres.

— Il t'a dit quelque chose ? s'enquit Daley.

J'acquiesçai.

— Il a insinué que ce n'était pas sur ordre du Kraken qu'il me cherchait.

Les iris ténébreux de mon loup-garou fouillèrent attentivement mon regard.

— Peut-être qu'il ne te cherchait pas. Peut-être que son objectif, c'était autre chose, finit-il par dire.

— Comme quoi ? m'étonnai-je. Le seul qui désire s'approprier mes pouvoirs, c'est ce sale monstre !

Je regrettai aussitôt mes paroles. Le Kraken était une créature du quatrième monde, tout comme Daley… enfin, Howley. Daley retira doucement sa main, celle qui folâtrait sur ma poitrine, pour la passer dans ses cheveux sombres encore humides.

— Ne fais pas cette tête, Faith. Je ne vais pas me sentir blessé pour si peu. C'est ce qu'il est. C'est ce que je suis. Il n'y a pas de mal à dire la vérité.

— Je suis désolée, m'empressai-je de préciser en me redressant légèrement. Sache que je ne te considère pas comme ça.

Il me jeta un regard en coin.

— Du moins, cela fait longtemps que je ne te considère plus ainsi, rectifiai-je vivement en ressentant une pointe de culpabilité.

Sans toutefois se tourner complètement vers moi, Daley posa sa large main sur le sommet de mon crâne en guise de geste réconfortant. Je baissai les yeux.

— Ne te prends pas la tête en verbiage superflu. Je suis simplement heureux que tu sois saine et sauve malgré le danger que tu as dû affronter par ma faute. C'est tout.

— FAITH ! hurla subitement une voix.

C'était Melvin. Je l'avais presque oublié ! Daley et moi échangeâmes un regard à la fois surpris et soulagé. Daley bondit illico sur ses pieds et malgré moi, mes yeux s'attardèrent un peu trop longtemps sur le dessin de ses abdominaux, voire plus bas. Les joues en feu, je m'obligeai à fixer mon attention sur une poignée de coquillages recouverts de sable tout en cachant mes seins de mes mains.

— Nous sommes ici, Melvin ! hurla à son tour Daley.

Son ami ne lui répondit pas immédiatement.

— Daley ? C'est toi ? finit-il par crier avant d'apparaître de l'autre côté de la rive.

Ses vêtements étaient maculés de terre et il y avait même des feuilles d'arbre prises dans ses cheveux. À l'expression de son visage, il était aussi soulagé que nous de nous avoir retrouvés.

Il commença à se précipiter dans notre direction avant de piler net sur l'autre rive.

— L'eau semble profonde, commenta platement Melvin en scrutant la surface mouvementée.

Daley s'esclaffa.

— Yep. Laisse-nous traverser pour te rejoindre. Contrairement à toi, on ne risque pas de mouiller notre culotte.

Melvin ignora avec superbe le trait d'humour douteux de son ami et approuva d'un hochement de tête avant de déclarer d'un ton solennel :

— Soyez sages le temps que j'aille vous chercher des vêtements. Je reviens vite.

Sur ce, il fit promptement demi-tour pour s'enfoncer à nouveau dans la forêt. Lorsque Daley se tourna dans ma direction, je mis beaucoup d'énergie à ne poser mon regard que sur les zones « safe » de son corps. S'il remarqua mon manège, il eut la gentillesse de faire semblant de l'ignorer. Soudain, je me sentis soulevée.

— Daley ! Mais qu'est-ce que tu fais ? m'exclamai-je, abasourdie.

Il me dédia un grand sourire accompagné d'un clin d'œil malicieux.

— Ça ne se voit pas ? Je porte ma petite amie jusqu'à l'autre côté.

— J'aurais très bien pu nager…, commençai-je avant de m'interrompre brutalement. Attends, ta « quoi » ?

— Petite amie. Chérie. Copine. Amoureuse, débita-t-il sans cesser de sourire.

Je cachai aussitôt mon visage brûlant derrière mes mains.

— Stop ! Arrête ça ! C'est trop gênant ! gémis-je, littéralement à l'agonie.

Daley éclata d'un rire joyeux, puis cessa subitement d'avancer.

— Pourquoi ? Tu ne veux pas ?

Je ne répondis pas immédiatement. Est-ce que je voulais être officiellement la petite amie de Daley ? Mes doigts quittèrent lentement ma figure et mes yeux se lièrent aux siens. Son regard était si intense que j'eus le sentiment que cet homme était tout à fait capable de me dévorer entièrement.

— Daley Smith, je veux bien être ta petite amie, murmurai-je, hypnotisée par l'éclat sombre de ses iris couleur nuit.

Pour toute réponse, il inclina son visage vers le mien pour me donner un baiser si passionné que je dus accrocher mes bras autour de son cou pour éviter de tomber. Car un baiser de Daley ressemblait à ça : une chute vertigineuse qui me donnait le tournis.

Chapitre 13

Daley

— Alors ?

— Passe-moi la clé plate.

Dower me fila un coup de pied au lieu de l'outil sollicité.

— C'est pas de ça dont je parlais et tu le sais très bien ! Raconte ta vie sexuelle avec la Faë, grosse radasse ! râla-t-il de plus belle.

— Ce n'est pas parce que tu n'as toujours pas retrouvé de partenaire que tu dois vivre ça par procuration ! m'écriai-je, énervé.

Heureusement qu'il n'y avait que nous dans le garage. Nous et l'arbre de transmission de cette Ford, sinon, cette conversation aurait été la honte suprême. Je sortis de sous la voiture suspendue grâce au pont élévateur. Si la clé ne venait pas à moi, j'irais à la clé.

— Je n'ai plus que toi et les pornos, lâcha mon ami d'un ton mélodramatique.

Je lui répondis par un regard noir.

— Non. Tu n'as que les pornos, rectifiai-je sèchement avant de retourner à ma besogne.

Un silence pesant uniquement entrecoupé par des bruits mécaniques s'instaura dans la pièce. N'y tenant plus, au bout de dix minutes, Dower me présenta ses excuses.

— Je voulais simplement savoir si vous aviez progressé depuis qu'elle avait commencé les cours à la fac, c'tout, bougonna-t-il.

J'exhalai un soupir las.

— Je préfère privilégier le côté romantique de notre relation. Je…

Mes yeux fixèrent soudain la clé plate comme si elle détenait toutes les réponses à mes questions.

— J'y vais doucement avec Faith, repris-je. Elle découvre à peine son corps. Elle n'a pas eu comme nous la possibilité de s'y habituer à l'adolescence. On procède étape par étape. Je tiens à ce qu'elle comprenne bien ses désirs physiques, ce genre de trucs.

— Et qu'est-ce que t'entends par « romantique » ? se renseigna mon pote en me tendant une bière fraîche.

J'acceptai volontiers son offrande de paix.

— Les rendez-vous. On va au cinéma, on visite des musées en tout genre… tiens, par exemple, le week-end dernier, on s'est fait celui du jouet miniature, c'était sympa. Tout pour elle est nouveau, alors ça rend les choses plus… comment dire ? J'sais pas.

Je haussai vaguement les épaules avant d'avaler une gorgée de bière.

— Intéressantes ? suggéra Dower en arquant un sourcil interrogateur.

Je grimaçai un sourire.

— Un truc dans ce goût-là, ouais.

— Tant que tu progresses aussi sous les couvertures, ne put-il s'empêcher de balancer.

J'émis un grognement sourd.

À vrai dire, je refusais d'aborder le sujet épineux avec Dower. Tout ce que je venais de lui dire était la stricte vérité, mais pas moyen que je lui avoue que question relation *très* intime, Faith et moi, nous étions au point mort. Nous avions bien eu une discussion à cœur ouvert sur le sujet et j'avais été sincère dans mes propos. Je voulais vraiment y aller à son rythme, sauf que depuis un certain temps, il n'y avait plus de rythme du tout et ça m'angoissait un peu. Ça me frustrait également, mais je craignais davantage que le sexe ne l'intéresse plus vraiment. Pourtant, juste avant l'épisode de Howley et du Seigneur Noir, j'avais eu comme l'impression que nous étions bien partis. Alors, que s'était-il passé depuis ? Avais-je merdé ? Si oui, où ? Quand ? Comment ?

— Eh beh, dis donc. Si je me fie au défilé d'expressions sur ta figure de loup poilu, le sujet te donne matière à réflexion, se moqua Dower.

— Ta gueule, grondai-je, l'œil luisant.

— L'agressivité est la réponse des faibles, rétorqua mon ami en feignant le dédain.

Un sourire mauvais sur les lèvres, je secouai la clé plate dans sa direction.

— Non, non, non. Là, je ne suis pas encore agressif, mais continue comme ça, et je te promets que ça va venir.

Dower s'esclaffa à se rouler par terre.

— D'ailleurs, en parlant de choses qui fâchent, ta prochaine période de rut, c'est pour quand ? me demanda-t-il en essuyant le coin de ses yeux.

Je me figeai. Voilà bien un détail que j'avais zappé. *Bordel de merde.* Je dénombrai mentalement les mois qui s'étaient écoulés depuis. *Quatre… cinq mois ? Déjà ?*

— La dernière date d'il y a cinq mois, je pense.

Mon ami resta muet un bref instant. Quant à moi, je me sentis brusquement pâlir.

— Ce qui te laisse environ trois-quatre semaines. La vache. Je suis content d'avoir été célibataire durant la mienne.

Son soulagement était si sincère qu'il m'irrita les nerfs. Chez les métamorphes, surtout canins, et en fonction de leur place dans la hiérarchie de la meute, la durée de la période de rut pouvait varier de quarante-huit heures à une semaine. En tout cas, chez les chiens, ça marchait ainsi. Comme j'étais un loup-garou mâle alpha sans réel concurrent, les miennes, de périodes, étaient anormalement puissantes et plutôt incontrôlables. La dernière fois, j'avais complètement détruit ma chambre.

Quand un mâle en rut était seul, c'est-à-dire sans partenaire officielle, il avalait simplement des inhibiteurs à base de plantes préparés par un shaman ou un sorcier, puis restait enfermé durant plusieurs jours sans impliquer une tierce personne. Il souffrait, certes, mais ça s'arrêtait là. En revanche, lorsque le mâle avait un, ou une partenaire officielle… les inhibiteurs ne fonctionnaient absolument pas, seules des chaînes à gros maillons avec d'énormes cadenas pouvaient sauver les fesses dudit partenaire et ce, au sens littéral du terme.

Du calme, Daley. Il te reste un mois. Au premier signe, tu n'as qu'à aller t'enfermer dans la vieille cabane abandonnée qui se trouve au centre de la forêt de Mar, c'est tout.

Espérer parvenir à se contrôler à force de volonté durant le rut était une dangereuse illusion, et je n'allais certainement pas risquer ma relation avec Faith sur une supposition de mes propres capacités.

Lorsque la sonnerie de mon téléphone retentit, je sursautai. Réaction qui fit rire Dower. Je l'assassinai aussitôt du regard. C'était justement un message de Faith qui m'indiquait qu'elle avait fini les cours plus tôt que prévu.

— Je dois aller chercher Faith.

— Maintenant ? s'étonna mon ami.

— Ouais, elle a terminé en avance, apparemment. Est-ce que tu peux… ?

Je ne continuai pas ma phrase et me tournai vers la Ford qui avait besoin d'une nouvelle transmission. Dower agita une main.

— OK ! Va retrouver ta petite amie, moi je m'occupe de cette demoiselle-là.

Je récupérai mon blouson en cuir et mon casque. Avant que je ne démarre ma bécane, mon ami m'interpella :

— N'oublie pas ! Ce soir, c'est fiesta à Somewhere Beach. C'est la dernière de l'été !

De l'été ? C'était peu dire alors que le temps était déjà clairement plus à l'automne. Vraiment, chez les cabots de la forêt de Mar, n'importe quel prétexte pour faire la fête était bon à prendre ! Je lui fis oui de la tête pour sortir en trombe du garage dans un concert de vrombissements.

Je venais à peine d'ôter mon casque lorsque Faith apparut à l'entrée du parking. Je lui signalai ma présence d'un geste de la main. Soudain, la sensation que quelque chose n'allait pas m'étreignit férocement l'estomac. Elle ne paraissait pas m'avoir vu, mais plus encore, je trouvais que sa façon de marcher manquait de naturel, un peu comme si elle était blessée. Dans le doute, je posai rapidement mon fardeau sur le siège de ma moto et la rejoignis à petites foulées.

— Faith ? Est-ce que tu vas bien ?

Dès qu'elle me perçut près d'elle, elle se laissa complètement aller dans mes bras.

— Je me sens bizarre, murmura-t-elle, le visage contre mon torse.

Je lui touchai machinalement le front du dos de la main afin de vérifier son état. *Elle est brûlante !* Faith possédait une température naturellement basse et m'avait elle-même expliqué – le plus simplement possible – de quelle manière son métabolisme fonctionnait. En réalité, son corps réagissait un peu comme celui des serpents vis-à-vis du soleil : elle absorbait et emmagasinait la chaleur extérieure pour se réchauffer.

J'avais même très souvent tenu le rôle important de bouillote, pourtant, là, la situation était clairement inversée !

— Je vais te ramener à la maison et…

— Je n'ai pas la force d'aller jusqu'à la maison.

Sa respiration s'accéléra tandis que sa peau prenait une curieuse teinte rouge.

— S'il te plaît, Daley, aide-moi, gémit-elle en levant vers moi un regard brillant.

Soudain, un curieux effluve ressemblant vaguement à celui de la weed dans ses fragrances fit frémir mes narines. Mes pupilles se dilatèrent instantanément à l'instar de mon cœur qui se mit à pulser comme un fou dans ma poitrine. *C'est. Des. Phéromones. Bordel.*

— Dis, Faith, commençai-je d'une voix que je reconnus à peine. Est-ce que les Faës comme toi, qui ont des gènes animaux, sont soumises aux périodes de… chaleur ? achevai-je non sans me sentir presque défaillir.

Elle planta son regard fiévreux dans le mien.

— Je… (Elle s'humecta brièvement les lèvres.) Sous cette forme humaine, je ne sais pas trop comment ça marche, finit-elle par m'avouer. Daley ?

— Hum ?

— Tes iris…

Je fronçai les sourcils.

— Eh bien ? Qu'est-ce qu'ils ont ?

Faith me sourit – un sourire que je trouvai un peu trop lascif à mon goût.

— Ils sont tellement jaunes que j'ai l'impression que c'est Howley qui me regarde.

Je fermai aussitôt les yeux et serrai les dents. Ça arrivait parfois, quand j'étais trop excité. La première fois que Faith m'avait fait cet effet-là, c'était ce fameux soir, lorsque j'avais failli casser la télé en me jetant sur elle.

Rien de tel qu'une salve de phéromones pour titiller ma libido primitive… Je suis mort.

Malgré mon esprit embrouillé par les signaux qu'elle m'envoyait sans le vouloir, je cherchai désespérément une solution immédiate à notre problème. Quand mon regard tomba sur le panneau d'un motel indiquant que l'établissement se trouvait à quelques mètres, je poussai un gros soupir de soulagement.

Le plan était simple : je la mettais dans une chambre d'hôtel, j'appelais Super Carry à la rescousse et je me barrais fissa avant de perdre complètement les pédales.

Il nous fallut un bon quart d'heure pour arriver jusqu'au motel, et dix minutes de plus pour entrer dans la chambre se situant au sixième étage. Une fois à l'intérieur de la pièce, j'allongeai délicatement Faith sur le lit. Elle se tordit de douleur avant d'opter pour la position fœtale. Mais la seconde suivante, elle se tendait de nouveau tel un arc. Ça me brisait le cœur.

Après lui avoir ôté ses chaussures et placé un coussin sous sa nuque, je m'assis sur le bord du matelas pour appeler Carry avec mon portable.

Mon amie répondit à la deuxième sonnerie.

— Allô ? Carry ? C'est moi.

— Je sais très bien qui c'est. Ton nom s'affiche sur l'écran quand tu m'appelles, je te signale.

J'émis un grognement irrité.

— OK, OK ! Viens-en à l'essentiel, rit-elle.

— Tu t'y connais en chaleur de sirène ? m'enquis-je de but en blanc.

Cela eut le mérite de couper le sifflet à ma sorcière bien-aimée.

— Attends, j'ai peur de comprendre. Serais-tu en train d'insinuer que Faith est… *en chaleur* ?

Je jetai un bref coup d'œil à ma précieuse petite sirène en question.

— En tout cas, ça en a l'odeur et les symptômes, et si jamais ce ne sont pas les chaleurs, alors je ne sais pas ce que c'est, lui répondis-je sobrement.

— Eh bien, après tout, ça serait logique puisqu'elle a eu ses règles y'a quinze jours. Elle doit probablement être en train d'ovuler et je suppose que ce mois-ci, dû au grand mystère biologique qui régit son corps d'humaine-poisson, ça s'est transformé en chaleur.

— On est d'accord. J'ai donc besoin de ton aide, car, comme tu t'en doutes, mon côté mâle alpha à un mois de sa période de rut est TRÈS TRÈS sensible aux phéromones de sa petite amie en chaleur. Je te donne l'adresse du motel où nous nous trouvons. C'est la chambre 412.

— Envoie-moi ça par texto. J'arrive.

Sur ce, Carry raccrocha. Soudain, je sentis les doigts de Faith s'agripper au bas de mon t-shirt. Je me pétrifiai, terrorisé à l'idée de me retourner tant j'étais prêt à céder à n'importe laquelle de ses demandes.

Désormais, elle haletait et ses gémissements aux consonances érotiques me donnaient la chair de poule. Lentement, je pivotai davantage dans sa direction. Ses cheveux épars sur l'oreiller blanc ressemblaient à du miel liquide et quand je me rendis compte qu'elle avait ôté la majorité de ses vêtements durant ma conversation téléphonique, je déglutis péniblement. Elle tenta de m'attirer à elle en enroulant le tissu de mon haut autour de ses doigts.

— Faith, mon amour, t'es pas dans ton état normal, tentai-je de la raisonner sans pour autant la repousser. Carry va arriver, sois un peu patiente… oh ! Ohooo ! Attends !

Elle s'était vivement rapprochée de moi pour se mettre à me renifler.

— Tu sens tellement bon, Daley ! ronronna-t-elle en pressant son corps contre le mien.

Je fermai les yeux. Ma gorge et mon nez me brûlaient tant j'étais sensible à ses phéromones. De son côté, sa température ne cessait d'augmenter. Plus elle augmentait, plus son odeur gagnait en puissance, et plus j'y étais réactif. *Bon sang, Carry, dépêche-toi !*

— Aide-moi, je ne sais pas ce qui m'arrive, mais c'est insupportable, me supplia-t-elle d'une voix lourde de désir charnel.

J'étais également à l'agonie. Lorsqu'elle se mit à caresser langoureusement mes hanches des siennes, j'arrêtai purement et simplement de respirer. Mon entrejambe durcit instantanément. J'étais comme cloué au lit pendant que ma jolie sirène prenait d'assaut mon corps plus que consentant. Quand elle eut la bonne idée de me chevaucher afin de mieux frotter nos sexes l'un contre l'autre, je sus que la situation était en train de complètement m'échapper. La mâchoire contractée et mes doigts sur sa taille, je l'encourageai sans réellement le faire.

Et dire qu'il y a une heure, je me plaignais que notre vie intime était au point mort… cette blague ! songeai-je, en hésitant entre rire ou pleurer.

— Faith !

Il y avait presque des sanglots dans le timbre de ma voix. J'étais réellement désespéré et sur le point de craquer !

— Faith, si tu continues, je ne vais pas pouvoir te résister.

Une certaine humidité révélatrice de son plaisir au niveau de ma braguette était en passe de me rendre complètement dingue. Bouche légèrement entrouverte, mains appuyées sur mon torse, Faith se pencha sur moi pour me chuchoter :

— Je te veux au fond de moi.

Mon regard s'écarquilla. *Merde. Je suis vraiment foutu.*

Je la renversai soudain sur le dos, puis ôtai mon t-shirt avant de défaire ma ceinture. Je devais me réfréner, mais aussi la soulager. Ceux et celles qui n'avaient jamais eu à subir les affres des chaleurs, ou du rut, ne pouvaient pas comprendre à quel point c'était douloureux, et à quel point nous perdions notre humanité au profit d'un désir d'accouplement bestial. Pourtant, il suffisait aux hommes d'observer les animaux autour d'eux lors de cette période cruciale pour avoir une vague idée des dégâts que ça provoquait….

Avec le plus de délicatesse possible, j'insérai un, puis deux doigts en elle. Faith s'arcbouta en criant son plaisir. Je l'embrassai passionnément en retour. Mon érection pulsait littéralement dans ma main libre. Je me masturbai instinctivement pour évacuer un peu de ce désir qui me laminait. Le peu de raison qui s'accrochait encore à mon cerveau obnubilé par l'idée de copuler était en train de disparaître.

Faith m'entoura le cou de ses bras brûlants pour mieux me rendre mon baiser. Sa langue ne cessait de s'enrouler maladroitement à la mienne, pendant que je continuais à lui donner du plaisir avec mes doigts. Son manque d'expérience m'excitait à mort. Une fois sûr qu'elle était prête, et que je ne la ferais pas souffrir, je les retirai. Faith me saisit le poignet pour m'en empêcher. Je levai vers elle un regard surpris.

—Non, s'il… s'il te plaît… con… tinue, articula-t-elle, au bord du gouffre.

Ses iris s'étaient obscurcis de façon prodigieuse. Je cherchai un peu de salive dans ma bouche, question de ne pas lui répondre en croassant bizarrement. La folie n'était pas loin de m'emporter dans un tourbillon sensuel.

—Je vais juste les remplacer par quelque chose de plus… gros, précisai-je tout en me sentant littéralement me désagréger de l'intérieur.

Je tâtai près de moi à la recherche du préservatif, celui que j'avais pioché dans mon portefeuille et lâché un peu plus tôt près de l'oreiller. Après en avoir déchiré l'emballage, je déroulai la protection sur mon sexe tendu à l'extrême.

—Ah, soupira-t-elle, rassurée.

Je l'aime tellement. En cette seconde, cette pensée annihila toutes les autres. C'était la stricte vérité. J'étais prêt à tout pour Faith. Tout endurer, même la mort. Ce sentiment était si intense qu'il m'effrayait plus que n'importe quel ennemi. Je la pénétrai. Elle poussa un long cri d'extase. Ses jambes encerclèrent ma taille pour accompagner chacun de mes coups de reins.

Ce n'était pas exactement ce à quoi j'avais fantasmé pour notre véritable première fois ensemble : une baise guidée par la fièvre des chaleurs. Lorsque j'étais en rut, j'étais à la fois dépossédé de mon libre arbitre et spectateur de mon propre comportement lubrique. Je n'osais même pas imaginer comment Faith allait se sentir « après ». C'était le revers de la médaille d'être moitié humain, moitié bête.

Je me perdis profondément en elle alors que son odeur se mélangeait délicieusement à la mienne. Elle n'arrêtait pas de prononcer mon prénom comme une sorte de litanie, ou de prière. Elle me suppliait de ne pas m'arrêter, et l'écouter décuplait ma faim d'elle. J'allais et venais de plus en plus vite, mais aussi avec plus de force. Le bruit de nos deux corps qui s'entrechoquaient était le plus puissant des aphrodisiaques. Lorsqu'elle jouit, elle le fit étrangement en silence, avec un cri muet. Dans le désordre de notre danse amoureuse, je me laissai aller à admirer son visage, ses joues rosies par la température élevée de son corps, ses iris dorés qui luisaient comme de l'or liquide. Ce total abandon que je pouvais lire sur ses traits altérés par l'orgasme que je venais de lui donner.

Je ne m'étais pas encore libéré en éjaculant et restais dur. À bout de souffle, j'attendais de voir si j'avais réussi un peu à l'apaiser. Sa poitrine se soulevait à un rythme erratique et la pointe de ses seins avait durci. Lentement, je me baissai sur elle pour les lui lécher avec douceur. Quand je me mis à les mordiller et les sucer, les doigts de Faith se glissèrent dans la masse de mes cheveux pour s'y agripper. Ses gémissements étaient la plus enivrante des musiques.

— S'il te plaît, Daley… faisons-le encore.

En entendant sa supplique, j'aurais parié dix contre un que mes pupilles s'étaient dilatées à nouveau, quitte à atteindre la taille d'un terrain de football. Je continuai à taquiner sa poitrine de ma bouche vorace. Lentement, je me retirai d'elle pour changer de position.

— Mon amour, mets-toi sur le ventre.

Faith obtempéra sans même poser de question. Les périodes de chaleurs et de rut pouvaient vous rendre très obéissants, surtout au lit. Les désirs de l'autre étaient des ordres. Je saisis mon portefeuille sur la table de nuit afin d'y piocher un deuxième préservatif et le mettre.

J'appréciai longuement cette nouvelle vue d'elle. Sa magnifique chute de reins, ses fesses rebondies… la pâleur de sa peau presque diaphane sous l'éclairage artificiel de la chambre. Tant de beauté m'asséchait la bouche et faisait battre plus vite mon cœur.

Pourtant, l'heure n'était pas à la contemplation. Je devais m'occuper d'elle. Maintenant que je savais qu'elle pouvait souffrir des chaleurs, c'était limite vital. Quand je recouvris son corps du mien, mon érection vint involontairement caresser son sexe. Je sentis ses muscles se contracter sous moi. Je connaissais la faim qui la dévorait en cet instant, je connaissais aussi très bien sa douleur pour les avoir moi-même expérimentées.

Avec tendresse et du bout des doigts, je repoussai gentiment les longues mèches de ses cheveux qui me cachaient sa nuque. Dans un premier temps, je me contentai de lui octroyer d'affectueux coups de langue sur la nuque. De ma main gauche, je guidai mon gland vers son sexe tandis que mes lèvres se retroussaient imperceptiblement. En cette seconde, je parvenais difficilement à penser encore comme un être humain. Les phéromones de Faith emplissaient la pièce au point d'en saturer l'air et de le rendre aussi compact que du sable. L'instant suivant, mes dents s'enfonçaient dans sa chair, là, entre ses épaules. Au moment même où je la marquais, je la pénétrai d'un coup de reins un peu rude. Nous restâmes ainsi durant quelques secondes, sans bouger. Les pulsations de mon cœur étaient en train d'atteindre des records de vitesse. Cette attente immobile était nécessaire pour laisser la magie de notre union opérer.

Désormais, Faith était officiellement sous ma protection et même si elle entrait subitement en chaleur loin de moi, aucun autre mâle n'oserait lui sauter dessus, ou profiter de la situation pour assouvir ses désirs lubriques. Une fois certain qu'elle s'était imprégnée de moi, je bougeai langoureusement à l'intérieur d'elle, lui arrachant les plus divins des gémissements de plaisir. Plus j'accélérais la cadence, plus ces derniers se muaient en cris. Sa jouissance fut galvanisante. J'étais tellement obnubilé par le besoin de la satisfaire que j'en oubliai presque mon propre appétit. Les doigts bien ancrés sur ses hanches, j'offris à Faith des coups de butoir profonds, et atteignis ce point secret qui décupla son ultime orgasme. Je vins à mon tour peu de temps après elle, puis m'écroulai sans même avoir la force de me retirer de son délicieux écrin de chair.

Bien plus tard, lorsque je repris connaissance, j'entendis des coups frappés à la porte. Hélas, ce son était étouffé par l'épais nuage de phéromones dans lequel Faith et moi baignions. Je poussai un vague grognement avant de plonger mon nez dans le cou de ma jolie sirène qui dormait paisiblement à mes côtés. J'étais tombé dans les vapes ! C'était la première fois que les chaleurs d'une femelle me faisaient un tel effet. Complètement. Dingue.

Je sentis Faith s'étirer, puis ses fesses vinrent se frotter à mon érection naissante. Je constatai avec soulagement que j'avais eu le réflexe de retirer le second préservatif usagé avant de sombrer, alors je m'empressai d'en mettre un neuf. Sans pour autant changer de position – j'étais derrière elle, le torse pressé contre son dos – je glissai ma main jusqu'à son sexe déjà trempé. Avec minutie et lenteur amoureuse, je caressai du doigt ce petit bouton niché au creux de son intimité. La réaction de Faith ne se fit pas attendre et son bassin se mit à onduler au rythme que lui imposait ma main entre ses cuisses. Je l'écoutai haleter tout en inspirant son odeur. Par la bouche. Par le nez. Ses phéromones m'emplissaient entièrement et contrairement à ce qu'on aurait pu croire, c'était moi son esclave, et non l'inverse. Tout ce que je voulais, c'était nourrir sa faim, qu'elle jouisse autant de fois qu'elle en éprouvait le besoin. De toute façon, j'étais là pour elle, et seulement pour elle.

— Daley ! cria Faith.

Je compris ce qu'elle désirait et soulevai rapidement l'une de ses jambes afin de mieux la pénétrer. Une fois de plus, nous nous unîmes fébrilement, comme dévorés de l'intérieur par notre animalité avide.

— TROIS JOURS ! hurla Carry.

Têtes baissées, habillée d'un drap pour Faith et juste d'un caleçon pour moi, nous fixions, penauds et honteux, le sol de la chambre d'hôtel.

— On a essayé de vous joindre pendant trois jours, avec Melvin ! J'ai frappé encore et encore à cette satanée porte, mais personne n'a daigné m'ouvrir jusqu'à il y a cinq minutes ! Encore heureux que j'aie entendu le raffut de vos ébats, j'étais au moins rassurée sur le fait que vous étiez vivants ! De toute façon, je suis certaine que tout l'étage entier a pu profiter de vos parties frénétiques de jambes en l'air ! Aucun de vous deux ne fait dans la discrétion, ça, c'est sûr ! Vous vous rendez compte ? Je me suis sentie obligée de m'excuser auprès des gérants de l'hôtel ! Et ce n'est pas tout ! J'ai même payé les nuits supplémentaires ! Daley, tu me dois du pognon ! (Elle marqua une pause durant laquelle j'échangeai un bref regard avec Faith.) Vous méritez d'être privés de sexe durant un an, sans déconner !

Nous restâmes muets comme des carpes. De toute manière, avec Carry, mieux valait attendre que la tempête passe avant d'essayer d'avoir une conversation posée.

— Mais regardez dans quel état vous êtes ! Vous puez le fauve à dix kilomètres ! C'est une blague, hein ? Vous n'avez même pas pris le temps d'une douche pendant ces trois putain de jours ?

Je me mordis sauvagement la lèvre pour m'empêcher d'éclater de rire. C'était en partie nerveux. J'estimais ces remontrances justifiées étant donné l'inquiétude dont avait souffert Carry. Nous méritions d'être grondés. Pour cette fois et à cause des circonstances.

Carry finit par pousser un énorme soupir.

— Faites un brin de toilette et habillez-vous. Je vous attends dans la voiture de Melvin, sur le parking à droite de l'hôtel.

Sur ce, Carry tourna les talons et sortit de la pièce en claquant violemment la porte. Je me tournai vers mon amour de sirène. Même si le corps de Faith libérait encore des phéromones, c'était désormais tellement infime que ça passait quasiment inaperçu. Enfin, sauf pour moi car j'étais dorénavant imprégné d'elle.

— Ça va ? lui demandai-je.

Elle esquissa un sourire malhabile, puis cacha le haut de son visage derrière l'une de ses mains.

— J'ai tellement honte de mon comportement… !

Je lui entourai aussitôt les épaules de mon bras dans une étreinte réconfortante.

— Tu n'as pas à avoir honte de quelque chose qui fait partie intégrante de ta nature.

Faith gémit doucement.

— Personne ne m'avait parlé d'une telle chose !

— Peut-être qu'aucun d'entre vous n'a vécu assez longtemps sous forme humaine pour s'en souvenir. Tu m'as dit que ça faisait des siècles que toi et les tiens vous vous cachiez des hommes… vous avez simplement oublié. (Je marquai une pause.) De ce que, euh, j'en sais, enfin, sans être un spécialiste de la question, les, hum, poissons aussi subissent les affres de la reproduction et de la saison des amours, nan ?

Faith m'adressa un regard par en dessous accompagné d'un sourire troublé.

— C'est vrai, même si nous procédons autrement – sans rapports sexuels – nous avons bien trois saisons des amours par an. J'imagine que mon corps s'est seulement… adapté à mon nouvel environnement afin de me pousser à me reproduire ?

J'approuvai d'un hochement de tête.

— Bien. Allons prendre une douche, lui proposai-je tendrement. Si tu veux je t'aiderai à laver ta queue de sirène.

Je repoussai tant bien que mal le besoin de lui lécher amoureusement les joues afin d'effacer un peu de son embarras.

Elle me repoussa doucement, encore plus gênée.

— Non ! Je le ferai moi-même ! À la maison !

— Vraiment, tu n'as pas à être…

— Daley ! m'interrompit brutalement Faith, les joues teintées d'un rouge vif.

Je lui dédiai un grand sourire en réponse. *Elle est tellement mignonne, bordel. Ça me donne encore plus envie de la protéger contre le monde entier.*

— OK, OK. De toute manière, je dois être celui qui empeste le plus, ris-je en levant les mains en l'air, en signe de reddition.

Non sans lui avoir jeté un regard énamouré, je filai dans la salle de bains.

Le trajet du retour s'était déroulé dans un silence lourd de reproches. Visiblement, Melvin et Carry ne comptaient pas nous pardonner aussi facilement. Je ne pus m'empêcher d'être contrarié par leur attitude. Carry était une sorcière et Melvin, un gnome. Aucun d'eux n'avait à subir les chaleurs, ou la période de rut, contrairement à Faith et moi. J'aurais apprécié davantage d'indulgence de leur part.

Sous le joug terrifiant des phéromones, aucun métamorphe n'arrivait à garder la tête froide, surtout sans inhibiteur. La Terre pouvait bien tourner dans le sens inverse, le sol se fendre en deux, ou bien les ténèbres engloutir le monde, s'accoupler primait sur tout.

Je décidai d'ignorer la mauvaise humeur de nos amis et suivit Faith jusque dans sa chambre. *Et si je me frottais à ses draps pour les imprégner de mon odeur?* songeai-je très sérieusement en examinant son lit.

Mon téléphone sonna tandis que ma sirène se préparait des affaires propres avant d'aller prendre un bain. Lors de ces trois jours, elle n'avait pas pu subvenir à ce besoin vital, alors je prenais sur moi pour éviter de l'ennuyer. Je répondis machinalement à l'appel, le regard toujours rivé au lit de Faith. Mon esprit pesait le pour et le contre. C'était peut-être « trop », nan ?

— Ouais ? fis-je distraitement.

— ESPÈCE DE GROS ENFOIRÉ DE MES DEUX !

L'expression neutre, j'éloignai illico le portable de mon oreille. Dower n'était pas content. Du tout.

— Notre dernière fête de l'été et tu ne te pointes même pas, espèce d'enflure ! continua-t-il de beugler.

— Excuse. Il y a eu…

Mes yeux s'attachèrent naturellement au postérieur de Faith quand elle se pencha pour trouver une paire de chaussures dans son placard.

— Il y a eu quoi ? s'impatienta Dower, au téléphone.

Je sursautai. J'avais complètement perdu le fil de notre conversation.

— Hein ? fis-je, en désespoir de cause.

Mon ami respira plus fort.

— Tu te fous de ma gueule, en plus ? m'interrogea-t-il d'un ton sirupeux à souhait.

Je me secouai de l'intérieur lorsque Faith sortit de la chambre pour se rendre dans la salle de bains.

— Absolument pas. Je t'expliquerai de vive voix. T'es où, là ?

— Chez moi, où veux-tu que je sois ? Le garage est fermé, bougonna mon ami.

J'acquiesçai.

— OK. J'arrive.

— T'as pas intérêt à me faire faux bond comme hier soir, sinon je t'épluche l'oreille façon mandarine, sale con !

Sur ce, je raccrochai et sortis de la chambre de Faith pour y rentrer deux secondes plus tard. Je me jetai illico sur son lit et me frottai aux draps avec une détermination forçant le respect. L'instant d'après, j'étais à nouveau à l'extérieur de la pièce.

Je frappai doucement du poing le pan de bois derrière lequel Faith prenait un bain d'eau salé.

— Faith ? Je dois partir voir Dower… tu crois que ça va aller ?

Je me sentais affreusement coupable de la laisser seule avec les deux zozos qui boudaient toujours au rez-de-chaussée.

— Oui ! s'écria-t-elle après un court silence.

J'hésitai.

— Tu es sûre ? insistai-je. Sinon, je peux rester, et…

— Non ! me coupa-t-elle. Je dois appeler mon frère, de toute façon. Je dois lui parler de certaines choses.

De certaines choses ? Comme quoi, par exemple ? De nous deux ? Je la sentais moyen, cette discussion avec son frangin. Soudain, je percevais ce type que je ne connaissais pas comme un obstacle à notre relation. Pour quelle raison ? Eh bien déjà parce que les grands frères ne m'aimaient jamais, et ce, au premier regard, et ensuite parce que je ne voyais pas bien un « big brother » du troisième monde devenir l'exception de cette règle.

— Je reste, lâchai-je d'un drôle de ton.

— Je t'en prie, va voir Dower, soupira Faith. J'ai besoin de me retrouver un peu seule avec moi-même après.... après... enfin, tu sais très bien après quoi.

Oui, je comprenais parfaitement, mais quelque part, je vécus sa requête comme un rejet. Je reculai d'un pas. *Ne fait pas l'idiot, Daley ! C'est toi qui es venu lui dire que tu partais rendre visite à ton pote, et maintenant qu'elle est d'accord, tu te sens repoussé ? Mais c'est quoi ton problème, mec ?*

— OK, acceptai-je sobrement. Mais si jamais tu as le moindre souci, n'importe quoi.... Et quand je dis n'importe quoi, ne pas arriver à ouvrir le bocal de cornichons, ça compte aussi, tu m'appelles, hein ?

Faith éclata de rire et je souris immédiatement comme le sombre crétin que j'étais.

— Juré ! s'écria-t-elle d'un timbre joyeux.

Je n'arrivais pas à m'éloigner de cette satanée porte ! Au contraire, j'avais bien plus envie de la défoncer d'un bon coup de pied pour aller rejoindre ma sirène.

— Faith ? l'appelai-je au bout d'un certain temps.

— Oui ? me répondit-elle de sa voix cristalline.

Je t'aime. Mais les mots refusaient de franchir la barrière de mes lèvres.

— Daley ? Tu es toujours là ? finit-elle par demander face à mon mutisme qui s'éternisait.

— Oui, lui avouai-je avant de me passer une main fébrile sur le visage. Vraiment, appelle-moi, d'accord ?

Cette fois, je pivotai sur moi-même avant de dévaler les marches de l'escalier. Lorsque je passai en trombe devant la cuisine, Melvin bondit de sa chaise pour m'intercepter d'une main sur mon épaule.

— On peut savoir où tu comptes aller ? m'attaqua-t-il, apparemment toujours furieux.

Je m'ébrouai pour l'obliger à me lâcher. Ma patience avait des limites et elles étaient atteintes.

— Je vais voir Dower et je reviens, lui annonçai-je de mon ton le plus calme.

Melvin se plaça de manière à me barrer le chemin, puis croisa les bras. Je haussai un sourcil railleur. Pensait-il vraiment pouvoir me retenir contre mon gré ?

— Nous devons parler de ce qu'il s'est passé durant ces trois jours, martela-t-il.

Je l'observai un instant, mon regard plongé dans le sien, et je compris. Je compris pour quelle raison il était aussi en colère après moi.

— Tu es amoureux d'elle.

Melvin se pétrifia. J'avais tapé dans le mille. Depuis quand éprouvait-il ces sentiments pour Faith ? Certainement depuis le début, depuis qu'il l'avait rencontrée. Deux émotions contradictoires m'envahirent. La première était la plus territoriale. C'était celle qui m'avait poussé à marquer ma sirène, à la faire sienne aux yeux de l'ancienne magie, des anciens rites et lois des métamorphes. La seconde... eh bien, la seconde était quant à elle une peine indicible pour cet ami qui m'avait tant de fois sauvé la vie et soutenu dans les moments difficiles.

J'étais déchiré entre deux. Quelque part, ça résumait assez bien mon existence entière, cette façon systématique d'avoir le cul entre deux chaises. Pendant que je me perdais dans ce marasme émotionnel, Melvin reprit contenance.

— Je veux juste que tu arrêtes de lui tourner autour. Tu ne lui apporteras rien de bon ! Tu es et resteras une créature du quatrième monde ! Un serviteur du Seigneur Noir !

Mes yeux s'agrandirent sous l'effet de la fureur. Autant je pouvais accepter ces mots de la part d'un parfait inconnu, mais dans la bouche de Melvin... ce qui s'abattit sur mon cœur n'était rien de moins qu'une violente tempête de ténèbres. Quelque chose avait dû changer dans mon regard car Melvin pâlit et recula de deux pas.

J'en compris la raison lorsque, du coin de l'œil, je les aperçus s'agiter derrière moi : des ronces aussi noires et opaques que des ombres chinoises projetées sur un mur blanc.

— Faith m'appartient.

L'inflexion de ma voix était terrifiante. C'était comme si celle de Howley se superposait à mon timbre naturel.

— Désormais, elle est mienne aux yeux des peuples des quatre mondes, poursuivis-je en m'approchant de mon ami. Au yeux des Dieux vivants de l'ancienne magie. Même le Seigneur Noir a abandonné l'idée de me la prendre… alors, de quel droit penses-tu pouvoir m'arracher mon aimée, le gnome ? terminai-je en retroussant férocement les babines.

Je poussai un grognement terrible. Melvin était désormais acculé contre le mur qui jouxtait la porte d'entrée. Son teint était cireux et l'odeur de la peur empestait autour de lui. Il s'abstint de me répondre, préférant seulement me suivre des yeux pendant que je franchissais le seuil de la maison dans un silence lourd de tension.

Une fois dehors, je m'accroupis pour me prendre la tête entre les mains. *Je suis vraiment démoniaque.* Impossible pour moi de toujours tout mettre sur le dos de Howley… je savais qu'une grande part de l'être humain que j'étais était aussi tissée d'obscurité ; de celle qui vous faisait dresser les cheveux sur la tête, qui vous incitait à vérifier derrière vous lorsque vous marchiez dans une ruelle sombre, ou alors celle qui vous donnait envie de fermer ce fichu placard avant d'aller dormir. J'étais fait de « ça », de cette sensation à la fois dérangeante et effrayante.

— Mais où sont-ils passés ? lançai-je à Dower en pénétrant dans sa chambre.

Mon ami était assis en tailleur sur le sol, une manette de jeu vidéo entre les mains. Il gardait les yeux fixés sur l'écran de télévision.

— Hum. Partis chasser en meute. Perso, j'avais pas envie de bouffer du lièvre, ce soir.

Il me désigna les cartons de pizzas empilés sur la table basse d'un mouvement de tête.

— Si t'as la dalle, il en reste aux pepperonis, précisa Dower.

Je me laissai tomber à ses côtés pour le regarder jouer à *Fortnite.* Son personnage portait le *skin* de *Deadpool.*

— La classe, commentai-je.

Dower bomba aussitôt le torse, trop fier. Je craignis de devoir attendre une éternité avant qu'il ne se fasse tuer durant sa partie, mais ça arriva plus tôt que prévu, heureusement.

— T'as une sale tête. Qu'est-ce qui t'est arrivé ? s'enquit mon ami avant de fouiller dans l'un des cartons de pizza pour choisir une part et m'en tendre une. Pourquoi t'es pas venu, hier soir ?

— C'est une longue histoire, grimaçai-je.

Je lui racontai tout sans entrer dans les détails, surtout en ce qui concernait l'épisode des chaleurs de Faith. Ce fut quand même la seule chose qu'il retint vraiment.

— J'étais loin d'imaginer que les Faës pouvaient être en chaleur, dit-il d'un ton songeur.

Je lui octroyai un coup de coude dans les côtes.

— Les sirènes sont des êtres à part. D'après ce que j'ai compris, elles sont davantage comme nous, les métamorphes.

La bouche de Dower forma un « o » silencieux.

— Et pour Melvin ? finit-il par me demander. Vous vous êtes bastonnés ?

Je baissai les yeux, puis passai une main tremblante dans mes cheveux.

— Je ne pense pas qu'il soit vraiment amoureux de Faith. Je cherchais juste un prétexte pour me mettre en colère contre lui et quand il m'a taxé d'être au service du Seigneur Noir, j'ai pété les plombs, avouai-je en soupirant.

— Ah ouais ? De toute façon, lui, amoureux de Faith ? Ça aurait été sacrément bizarre.

Je haussai un sourcil.

— Comment ça, « bizarre » ?

— Parce que de mon point de vue, il semblait plutôt craquer pour ta belle gueule, mon chou.

Nullement dérangé par la bombe qu'il venait de me balancer en pleine figure, mon ami continua de mastiquer paisiblement son bout de pizza entamé. Un rire nerveux s'échappa de ma bouche.

— Attends… quoi ? Qu'est-ce que tu racontes ? Tu crois que c'est le moment de plaisanter ?

Sans cesser de manger, Dower sourit.

— Ce que tu peux être aveugle, quand tu t'y mets.

Ma tête exécuta un curieux mouvement de recul. Mon ami poursuivit en énumérant sur ses doigts :

— Un, c'est le seul qui a toujours été à tes côtés sans rien te demander en retour. Quand tu y penses, c'est super chelou tant d'altruisme, surtout de la part d'une créature réputée pour son esprit pragmatique et matérialiste. De deux, le jour où Howley lui a montré qui était le patron, j'étais là et j'ai bien compris que c'était pas la honte qui le faisait rougir de la tête aux pieds, le gnome, mais plutôt la position dans laquelle vous étiez. Tu sais le fameux « dominant-dominé[1] ». De trois, à chaque fois que tu as une femelle dans les pattes, il refuse net de tenir la chandelle et te fuit comme la peste. Que ce soit ma cousine Candice, ou ta petite sirène. Et puis, quand il croit que personne ne le regarde, faut voir la manière dont il te mate.

J'étais sans voix. Je n'avais jamais rien vu de tout ça.

— Comment… comment tu as pu… ? bégayai-je, troublé.

Dower prit un carré de papier absorbant, puis ôta précautionneusement la sauce tomate qui restait accrochée à la commissure de ses lèvres.

— Tu te demandes comment je l'ai remarqué ? dit-il en me jetant un bref regard en coin.

— Ouais, lui confirmai-je.

C'était très exactement ce que je me demandais.

— C'est parce que j'ai beau être un gros branleur, je suis très observateur, comme mec.

Sur ce, Dower m'adressa un sourire resplendissant d'arrogance avant de décapsuler une canette de soda.

— Pourquoi…

— Pourquoi je ne te l'ai jamais dit ?

— Tu vas me laisser finir une putain de phrase, ouais ! m'énervai-je.

— T'es trop lent et tu bafouilles, rétorqua platement mon ami. Eh bien, premièrement, parce qu'il ne semblait pas vouloir te déclarer sa

---

1. Ici, Dower fait référence au fait que les loups, ou les chiens mâles, peuvent parfois asseoir leur dominance envers d'autres mâles en simulant l'acte sexuel. Ils les soumettent. (*NdA*)

flamme, donc c'était pas vraiment à moi de le faire à sa place. En même temps, c'était foutu d'avance, y'a pas plus hétéro que toi, ajouta-t-il plus bas. Deuxièmement, c'est votre première grosse dispute en dix ans, et dans un contexte bien spécifique. Je n'aime pas l'idée que tu penses être une merde pour une chose sur laquelle tu n'as aucun contrôle, alors je préfère t'ouvrir les yeux avant que ça dégénère.

Ça me touchait de sa part.

— Merci, mon pote.

— De rien, mon pote, sourit-il.

Je restai silencieux une seconde avant d'insister sur un point :

— T'entends quoi par contexte bien spécifique ?

Dower roula des yeux exaspérés.

— Tu viens de me dire que t'as passé trois jours à l'hôtel à t'envoyer en l'air non-stop avec ta Faë et qu'il a disjoncté après ça. Je trouve que c'est assez spécifique comme contexte.

Soudain, la lumière se fit dans mon esprit.

— J'ai marqué Faith, dis-je d'une voix blanche. Durant ces trois jours, je l'ai imprégnée.

Dower leva sa canette dans ma direction.

— *Mazel Tov* ! Tu as trouvé le déclencheur. Il a peut-être compris que cette fois, c'était du sérieux, et ne l'a pas supporté. En même temps, c'est un peu comme regarder ton *crush* depuis toujours se marier avec une nana rencontrée trois mois auparavant. Je comprends que la digestion soit un peu *hard* pour lui, le pauvre.

Je me levai d'un bond.

— Je devrais aller lui parler.

Dower pencha la tête sur le côté.

— Tu crois que c'est une bonne idée ? s'enquit-il.

Je liai mon regard au sien.

— Et toi ?

— Quoi, moi ?

— Tu me dis ça parce que tu penses que je ne devrais pas le faire ?

Dower secoua la tête.

— Non, non, là c'était une vraie question, mec.

— Putain ! Dower, merde ! m'écria-je. T'en as pas marre de chercher à me rendre fou ?

Il sourit encore.

— Nope. C'est trop fun.

De retour à la maison, je repérai rapidement Melvin sur la terrasse couverte. Il était assis à même le sol en bois, entouré de quelques cadavres de bouteilles vides.

Il ne releva pas la tête à mon approche.

— Je…, commençai-je en hésitant. Melvin, je suis désolé de m'être énervé sur toi.

Soudain, je remarquai les soubresauts de ses épaules. *Il… pleure ?* Je m'accroupis face à lui pour tenter de discerner son visage.

— Tu ne voudrais pas me laisser seul, s'il te plaît ?

Il pleure. Je me grattai la nuque, indécis.

— Melvin, je… je sais, dis-je dans un souffle. Je sais, maintenant.

Jamais je n'aurais pensé me retrouver dans une telle situation un jour, surtout avec Melvin, mais il était un ami cher à mon cœur. Il m'avait sauvé de tant de façons par le passé, et c'était grâce à lui si j'avais pu grandir parmi les chiens de la Meute de la Forêt de Mar. Je lui devais d'être en vie, alors, impossible pour moi de me contenter de regarder notre amitié disparaître comme ça. Lorsqu'il entendit mes mots, le tressautement de ses épaules redoubla.

Je me laissai choir à ses côtés pour m'adosser à la façade de la maison. D'ici, on pouvait admirer les étoiles sans qu'aucun nuage les dissimule.

— Si tu ne veux pas en parler, je comprends. Ou si tu préfères vider ton sac, ça me convient aussi.

Impossible de savoir combien de temps nous restâmes là, assis l'un à côté de l'autre sans échanger un mot. Dix minutes ? Ou peut-être vingt ? Pas la moindre idée.

Puis, toujours sans m'affronter ouvertement, il sortit une bière d'un sac en papier pour me l'offrir. Je l'acceptai et la décapsulai afin d'en boire une longue gorgée.

—Tu connais le paradoxe du chat de Shrödinger ? commença-t-il sans me regarder en face.

Je secouai la tête.

—Non.

Melvin joua un instant avec sa bouteille presque vide, la faisant tourner entre ses doigts par le goulot.

—C'est une expérience imaginée par un physicien du même nom, poursuivit-il. Un chat enfermé dans une boîte avec un compteur Geiger capable de détecter un certain seuil de radiation, lui-même relié à un marteau qui casserait une fiole de poison. Si jamais le fameux seuil était dépassé, le marteau casserait la fiole et le chat mourrait.

J'étais sincèrement horrifié.

—C'est dégueulasse !

Ma réaction lui arracha un faible sourire. Je pouvais désormais voir son profil.

—Le but de cette expérience théorique était de démontrer quelque chose de précis en relation avec la physique quantique. (Melvin marqua une pause, le temps de boire un peu de sa bière.) Bref, tant que personne n'ouvre la boîte, le chat reste soit mort, soit vivant.

Je venais de comprendre.

—Une possibilité, murmurai-je en le scrutant.

Il sourit encore.

—C'est ça. Tant que tu ne vérifies pas en l'ouvrant, les deux possibilités existent toujours.

—Et tu ne voulais pas ouvrir la boîte.

Melvin eut un rire amer avant de porter le goulot de sa bouteille à ses lèvres.

—Je refusais de perdre cet espoir-là, même si au fond je connaissais la vérité. C'est douloureux, Daley. Ça me fait tellement mal que j'ai l'impression de ne plus arriver à respirer.

Je lui passai machinalement un bras autour des épaules pour l'obliger à se rapprocher de moi avant de lui embrasser les cheveux. Melvin se laissa faire et pleura silencieusement sur son amour perdu, là, le visage pressé contre mon torse.

— Tu sais, même si je ne peux pas t'aimer comme tu le voudrais, mes sentiments pour toi n'en sont pas moins importants et sincères. Tu seras toujours spécial à mes yeux. Sans toi, je serais devenu un monstre, un tueur sanguinaire incapable de se faire des potes, ou de vivre une existence normale. (Je m'interrompis un instant.) Hé ! C'est pas juste de la gratitude, OK ?

Il rit à travers ses larmes et se redressa afin de mieux chasser l'eau qui emplissait ses yeux.

— Ce que tu es nul en déclaration, balança-t-il.

Je fronçai le nez, vexé.

— Je le dis avec le cœur, c'est le principal.

Il s'esclaffa doucement. C'était un rire empreint de tristesse et de soulagement mêlés.

— Où sont les filles ? l'interrogeai-je en me relevant.

— Carry est au boulot et… (Il se racla la gorge.) Faith dort depuis un petit moment.

Melvin tenta de se remettre sur ses pieds, toutefois, il avait trop bu pour y parvenir seul. Je l'aidai en le soutenant par le coude. Une fois certain qu'il ne tomberait pas tête la première, je le lâchai.

— Daley…

— Mhm ? fis-je distraitement en ramassant les bouteilles vides jonchées sur le sol.

— Je vais quitter la maison.

Je suspendis mon geste. *Ah. Je m'en doutais.* Je ne voulais pas qu'il parte, mais en même temps, je comprenais son besoin de s'éloigner. J'imaginais que c'était trop dur de nous regarder tous les jours, Faith et moi.

Des émotions contradictoires m'assaillirent. Je voulais accepter son départ tout en refusant net qu'il m'abandonne. Je me faisais l'effet d'être un salaud égoïste, mais Melvin était le pilier inébranlable de mon existence chaotique. C'était comme m'amputer de mon bras droit.

— T'es obligé ? lui demandai-je de ma voix la plus neutre.

Il exhala un soupir las.

— Tu sais bien que oui. Je reviendrai…

Je me tournai vivement vers lui et ce qui se trouvait dans mon regard le fit reculer.

— … peut-être un jour, acheva-t-il dans un souffle. Tu vas m'attaquer ?

— Alors quoi ? Je te fais peur, maintenant ? m'énervai-je.

Les yeux de Melvin accrochèrent les miens et il répondit sans l'ombre d'une hésitation :

— Oui. Durant toutes ces années, ni Howley, ni toi ne m'avez inspiré de la crainte, mais les choses ont changé. Tu as changé.

Ce qui s'était passé un peu plus tôt dans la soirée l'avait visiblement marqué. À bout de nerfs, je poussai un puissant grognement jusqu'à ce que les phares d'une voiture qui s'approchait attirent mon attention. La mienne et celle de Melvin.

— Carry ? suggérai-je.

Mon ami haussa vaguement les épaules pour me signifier qu'il n'en savait pas plus que moi sur l'identité de notre invité nocturne. C'était un taxi. Ce dernier stoppa sa course à trois mètres de la terrasse où nous nous trouvions, Melvin et moi.

Quand la personne dans le véhicule en sortit, mon regard s'agrandit de stupéfaction. C'était le sosie masculin de Faith. Certes, il était plus grand qu'elle et plus carré d'épaules, mais leur couleur de cheveux, leurs traits… c'était stupéfiant de similarité.

— Hector, murmura Melvin, à côté de moi.

Je me tournai vivement vers mon ami.

— Tu déconnes ?

Il me fit signe non de la tête et mon regard retourna aussitôt dans celui, vairon, du frère de Faith.

Je détestai immédiatement ce type. Une haine viscérale quasi instinctive.

Chapitre 14

Faith

— Faith ?

Dans mon rêve qui n'en était pas vraiment un, j'entendais clairement une voix masculine aux accents doux m'appeler. Une main fraîche me caressait lentement le front. J'étais si bien !

— Daley ? murmurai-je, à moitié endormie.

La main stoppa net. J'ouvris les yeux sur le visage de l'homme qui se tenait au-dessus de moi. C'était Hector, mon frère. Il me sourit.

— Tu es enfin réveillée ?

— Hector ! m'exclamai-je, ivre de joie, en lui sautant au cou.

Il rit.

— J'ai l'impression que ça fait une éternité depuis la dernière fois que je t'ai vue, poursuivis-je en le serrant davantage.

Mon frère accepta volontiers mon étreinte.

— Tu m'as manqué, souffla-t-il, un sourire dans la voix.

— Toi aussi !

Soudain, comme si mon esprit réalisait quelque chose, je m'éloignai brutalement d'Hector afin de plonger mon regard dans le sien.

— Pourquoi es-tu ici ? Tu as des ennuis ? Papa et maman ont découvert que tu m'as aidée à fuir, c'est ça ?

Hector ne répondit pas tout de suite. Ses iris vairons me scrutèrent longuement tandis que son expression se faisait plus grave.

— Ta façon de parler s'est grandement améliorée. Je suis fier de toi.

Mes doigts serrèrent brièvement le drap qui couvrait la partie inférieure de mon corps. J'avais l'intime conviction que seule une très mauvaise nouvelle avait pu le pousser à quitter notre royaume pour venir à Berxley, et je m'attendais au pire.

— Hector ! le suppliai-je.

Je voulais connaître la vérité. Des mois que je vivais loin de chez moi, désormais, et en cet instant, j'éprouvais de la honte d'avoir presque oublié me propre culture. La présence de mon frère me rappelait mon insouciance. Il détourna la tête pour perdre son regard sur les rideaux de la fenêtre de ma chambre.

— Papa et maman sont morts. Le Kraken les a tués pour se venger de ne pas t'avoir eue pour épouse, lâcha-t-il sans m'affronter.

Le choc me fit l'effet d'un violent coup dans la poitrine. D'une lame chauffée à blanc qui s'enfonçait brutalement à travers mon cœur. Je ne parvenais plus à respirer correctement.

— Son ego démesuré n'a pas supporté l'échec que tu représentes, le premier en plusieurs millénaires d'existence. Un Dieu Ancien n'aime pas perdre, n'est-ce pas ? Alors, sous prétexte de passer un accord avec eux, il a convoqué nos parents, puis les a tués. Toi et moi sommes désormais les derniers représentants vivants de la famille royale, poursuivit mon frère, la voix vibrante d'émotion.

Papa… maman… morts. Et c'est ma faute. J'éclatai en sanglots, cachant mon visage derrière mes mains.

— Je-je suis dé-désolée, hoquetai-je entre deux pleurs. Hector, je-je suis tel-tellement déso-solée ! C'est ma-ma faute ! finis-je par hurler.

Le sol se mit pratiquement à trembler sous les pas précipités qui résonnèrent dans le couloir. La porte s'ouvrit à la volée et Daley apparut sur le seuil, le teint pâle et le regard obscur. J'avais l'impression qu'il était à un cheveu de se transformer en Howley afin de frapper mon frère de ses ronces ténébreuses. Son regard glissa d'Hector à moi puis inversement, plusieurs fois d'affilée.

— Qu'est-ce qu'il se passe ? demanda-t-il ensuite d'un timbre grave. Pourquoi je sens la douleur de Faith ? Que lui as-tu fait ?

D'un revers malhabile de la main, je tentai d'essuyer l'eau salée qui s'entêtait à rouler sur mes joues. J'avais beau essayer de l'endiguer, elle continuait à déverser ma peine en ruisselant.

— No-on ! Daley !

Ce dernier émit un grognement sourd et décida de me rejoindre en quelques enjambées, bousculant Hector au passage. Il le poussa même davantage sur le lit afin de me serrer dans ses bras. Je devinai que la bête en lui cherchait à me réconforter quand il se mit à gentiment frotter sa joue contre ma tempe.

Puis je perçus comme une espèce de malaise dans l'air ; une ambiance à couteaux tirés. Mon regard croisa celui de mon frère qui s'était assombri de façon vertigineuse. Avec douceur, je repoussai lentement Daley qui se laissa faire.

— Mes…, commençai-je sans parvenir à aller au bout de ma phrase. Mes parents…

Il prit mon visage en coupe et d'un geste tendre du pouce, chassa une de mes larmes.

— Chut. Tu n'es pas obligée d'en parler, si c'est trop dur, me murmura-t-il. J'ai compris.

Mon frère se leva subitement.

— Je suis venu dire à ma sœur qu'elle devait rentrer avec moi. Elle n'est plus en sécurité, ici.

Daley se redressa d'un bond. Hector eut un mouvement de recul en découvrant que le loup-garou le dépassait d'une bonne tête, voire de deux.

— Parce qu'elle le serait chez vous, p'têtre ? gronda-t-il en serrant les poings.

— Oui, c'est évident, martela son interlocuteur. Tu es peut-être l'incarnation d'un Dieu Ancien, Daley Smith, mais moi, je suis un descendant de Poséidon. Un Dieu du troisième monde. Je suis donc le plus apte à la protéger.

— Comme tu as protégé vos parents ? Rudement efficace ! ricana cruellement Daley.

En entendant ces mots, la terrible lame du chagrin plantée en moi s'enfonça un peu plus.

Sur ce, sûrement alertés par nos cris, Melvin et Carry débarquèrent en trombe dans ma chambre. Carry avait les cheveux noués et le visage démaquillé.

— Daley ! Calme-toi ! cria Melvin avant de s'interposer physiquement entre mon frère et son meilleur ami.

— Bon sang ! Je ne sais pas comment il s'y prend, mais la colère de Daley réussit à me courir littéralement sur la peau ! frissonna Carry.

— Que se passe-t-il ? exigea de savoir Melvin.

— Mes parents sont morts tués par le Kraken, répondit durement mon frère sans pour autant quitter Daley des yeux.

J'éclatai à nouveau en sanglots. Carry me prit dans ses bras en chuchotant que je devais pleurer tout mon soul si ça m'aidait à évacuer ma peine, et qu'elle comprenait. Jamais je n'aurais plus l'occasion de leur pardonner, ni de leur dire à quel point je les aimais malgré toutes ces différences qui nous séparaient, ou nous poussaient à nous disputer continuellement.

— Faith DOIT rentrer avec moi, cependant il semblerait que cette sale créature du quatrième monde ne soit pas d'accord, poursuivit Hector. J'aimerais que tu m'expliques ce qui se passe, Melvin.

Un lourd silence s'abattit sur la pièce.

— Co… comment tu sais, pour Daley ? fit notre gnome d'une voix blanche.

Hector rit sèchement.

— Je l'ai toujours su. Crois-tu que je n'avais pas mené mon enquête avant de te confier ma sœur ? Elle est ma chair et mon sang. Il était donc essentiel que je sois au courant du moindre détail. Lorsque je l'ai appris, j'ai pensé que c'était un grand avantage d'avoir un Dieu Ancien des ténèbres de notre côté, mais je me suis peut-être trompé. Qu'en dis-tu ?

Melvin était interloqué.

— J'aimerais discuter avec toi en tête à tête, si ça ne te gêne pas, lui demanda-t-il après un moment.

Mon frère hésita, me jeta un bref regard, puis hocha la tête en guise d'accord. Je les contemplai tous deux sortir de ma chambre à travers mes larmes.

— J'ai tué mes parents, soufflai-je.

Daley me saisit vivement par les épaules.

— Ne dis pas ça !

— Mais c'est la vérité ! m'écriai-je. J'aurais dû me sacrifier pour le bien de mon peuple, au lieu de fuir mes responsabilités !

Daley me secoua brutalement.

— Quoi ! Quel genre de responsabilités, celles qui vous forcent à mourir ? Tu voulais tant que ça être une martyre, Faith ?

Lui aussi s'était mis à hurler.

— Ne t'excuse jamais d'être en vie ! Tu m'entends ?

Carry intervint en lui posant sereinement une main sur le bras.

— Calme-toi, sinon tu risques de lui démonter les vertèbres.

Daley sursauta, un peu comme si l'intervention de notre amie l'avait réveillé. Lentement, il retira ses larges mains de mes épaules, puis murmura :

— Excuse-moi, mais ça m'a rappelé de mauvais souvenirs.

Sur ce, il s'assit sur le lit avant de se prendre la tête et de gémir de façon indéniablement canine.

— Tu n'as pas tué tes parents, pas plus que je n'ai voulu tuer les miens. Le destin lui seul est à blâmer, m'assura-t-il d'un ton ferme.

Je me penchai vers lui et appuyai mon front contre son épaule.

— Je t'interdis de me quitter, Faith Williams, ajouta-t-il à voix basse. Je vais devenir fou si tu le fais.

Je tressaillis. C'était sa crainte autant que la mienne. Notre séparation.

— Daley, commençai-je avant de m'humecter les lèvres.

Notre peuple n'avait plus de roi, ni de reine… Je devais repartir chez moi afin que tous les néréides ne se sentent pas abandonnés par la famille royale. D'un autre côté, je savais que cette décision mettrait un terme irrémédiable à notre relation, à Daley et moi. Il ne pouvait pas me suivre dans les profondeurs, et je ne pouvais pas rester avec lui sur la terre ferme. Mon cœur saignait de cette perte.

— Si je reste, continuai-je sans oser le regarder en face, les ténèbres du Kraken vont s'abattre sur Berxley et ses habitants. Il ne se contentera jamais de l'assassinat de mes parents… jamais. Il est immortel et ses désirs sont ceux d'une créature avide qui s'ennuie perpétuellement. (Je marquai une pause.) Es-tu prêt, juste afin qu'on continue à être ensemble, à risquer la vie des membres de la meute de la Forêt de Mar ? De Melvin ? De Carry ? Des êtres humains qui habitent cette ville ?

Je le sentis se raidir. Tout son corps était désormais aussi dur que de la pierre.

— Et puis, j'ai une dette envers mon peuple, Daley. Ils ont perdu leur guide parce que j'ai refusé d'accepter mon destin.

Je posai mes paumes sur ses joues ombrées par une barbe naissante afin de l'obliger à me regarder droit dans les yeux.

— Tu m'as demandé si je pensais avoir pour responsabilité de mourir. (Je secouai doucement la tête.) Tu avais raison : non, je n'ai pas à mourir au nom de mes responsabilités. Mais ma survie me donne d'autres obligations. Comme celle de vivre pour que ceux de ma race puissent continuer d'exister.

Son regard devint de plus en plus brillant. Il ne pouvait pas sacrifier toutes ces personnes. Je le savais. Il le savait. Les contours de sa silhouette se mirent à trembler pour devenir flous.

Daley se leva aussitôt.

— Je vais me transformer. Je n'arrive plus à contenir Howley dans de telles conditions. Que personne ne me cherche dans les heures qui viennent.

— Daley ! l'interpellai-je alors qu'il s'apprêtait à sortir par la fenêtre.

Il tendit brusquement un index dans ma direction :

— Tu ne quittes pas la ville avant que je sois revenu. S'il te plaît, ajouta-t-il après une brève pause.

L'instant suivant, il n'était plus là. Le silence prit ses aises tandis que j'essayais de remettre de l'ordre dans mes idées.

— J'ai remarqué ça aussi, commenta sobrement Carry.

Au ton de sa voix, on aurait dit qu'elle s'adressait plus à elle-même qu'à moi.

— Quoi donc ?

Elle esquissa un sourire bancal pour s'excuser d'avoir exprimé verbalement sa pensée.

— Rien.

Je secouai la tête.

— Tu en as trop dit ou pas assez.

Carry libéra un long soupir.

— Je ne veux pas que tu le prennes comme un reproche, surtout aujourd'hui, enfin, surtout maintenant alors que…

— Carry ! l'interrompis-je à bout de nerfs.

Elle se racla la gorge puis se gratta machinalement le front du doigt.

— Depuis que tu es avec nous, Daley n'a plus aucun contrôle sur Howley. Il se transforme plusieurs fois au cours du mois et en dehors de la pleine lune. Et puis, Howley montrait rarement ses pouvoirs de l'obscurité auparavant. Il se contentait plutôt de détruire des choses de son environnement à coups de griffes, alors qu'en ta présence, ses pouvoirs semblent… décuplés, ou avoir doublé d'intensité, tu vois ce que je veux dire ?

Je détournai les yeux. En vérité, je voyais même très bien, mais je préférais ne pas débattre sur le sujet en cet instant. C'était exactement pour cette raison que le Kraken me voulait. Nous le savions tous. Je me mordis la lèvre. La douleur éprouvée m'aida à contenir mes larmes. Je ne pouvais pas passer mon temps à pleurer, et ce, même si j'en aurais eu bien besoin.

— Je vais préparer mes affaires, lui annonçai-je en sortant de mon lit.

— Tu vas vraiment partir ?

Mon regard se lia à celui de Carry.

— Je n'ai pas le choix.

— Et j'imagine que Daley ne peut pas te suivre…

— Impossible qu'une créature ayant besoin de respirer de l'oxygène puisse vivre dans la cité immergée, celle que les humains surnomment l'Atlantide.

Je me rappelai soudain que d'après certaines néréides nobles, nous possédions également un autre royaume, hérité de Triton lui-même et qui était similaire à la terre du premier monde, une sorte de dôme enfoncé dans les profondeurs des abysses. Elles me racontaient des tas de choses à ce sujet et entre autres, qu'il y a là-bas de l'air, comme ici. Ma mère n'avait jamais voulu que je m'y rende. Je retins difficilement un sanglot en pensant à elle. De toute manière, notre peuple vivait dans la citée immergée depuis des siècles. Personne ne savait marcher ou communiquer oralement. Déplacer un peuple entier prendrait des mois, sans compter le temps de lui apprendre ce que mon frère m'avait enseigné. Non, je ne pouvais pas leur faire endurer ça sous prétexte que j'avais besoin d'être avec l'homme que j'aimais.

Cette dernière pensée me provoqua une curieuse sensation dans l'estomac. J'aimais Daley. Je portai instinctivement une main à mon ventre.

— Tu ne te sens pas bien ? s'enquit Carry, soucieuse.

— Je…

Pouvais-je confier ce secret à mon amie ? Je tournai la tête dans sa direction. Elle m'encouragea d'un sourire.

— Je crois que je suis amoureuse de Daley, lui avouai-je dans un souffle.

Carry ne parut pas surprise.

— Et lui l'est certainement de toi.

— Tu t'en doutais ?

Elle s'esclaffa.

— C'est même plutôt évident.

Mes yeux s'agrandirent d'étonnement.

— Melvin le sait aussi ?

Carry grimaça puis son regard glissa vers mon armoire.

— Oui, Melvin le sait aussi.

Le ton curieusement atone de sa voix me fit tiquer.

— Il est contre notre relation ? insistai-je en hésitant devant mes affaires sur ce que je pouvais emporter ou non.

La mort dans l'âme, j'emballai sous plastique uniquement les choses que je souhaitais garder en souvenir. Par exemple, il était inutile de prendre des vêtements, ou bien des livres. Je songeais d'ailleurs à confier ceux de mes cours à la fac à Carry.

Le mutisme de mon amie m'interpella et je levai la tête dans sa direction.

— Carry ?

Elle ferma un instant les yeux, puis soupira. Encore.

— Ce ne sont pas mes affaires, Faith. S'il te plaît, ne m'interroge pas là-dessus, me supplia-t-elle en se dirigeant vers la fenêtre.

Je ne comprenais rien à ce qu'elle essayait de me dire à demi-mot !

— Oh mon Dieu ! s'exclama-t-elle soudain.

— Quoi ? Qu'est-ce qu'il y a ?

Quelque chose dans le timbre de sa voix me donna comme une montée d'adrénaline. Je m'approchai également de la vitre et le spectacle qui m'y attendait me glaça le sang. Le ciel nocturne s'était teinté de rouge sang et en son centre, au-dessus de la mer, il y avait comme un œil de cyclone noir d'une quarantaine de kilomètres de diamètre qui tournait lentement sur lui-même.

— Les ténèbres, murmurai-je en observant cette scène apocalyptique.

Carry prit ma main dans la sienne. Elle aussi scrutait intensément le firmament à la couleur atypique, mais elle avait besoin d'un contact humain afin de ne pas céder à la panique.

— Tu crois que c'est… ? commença-t-elle sans oser aller au bout de sa pensée.

— Le Kraken ? (Je me tus un instant.) Possible, finis-je par dire, sans en être sûre.

Nous pouvions aussi voir que ce ciel tourmenté attirait les habitants hors de leur demeure. Petit à petit, les gens sortaient ; certains en peignoir, d'autres en pyjama ou chemise de nuit, ou encore seulement en caleçon. Il y avait même une grand-mère qui serrait son caniche blanc contre sa poitrine. Mon cœur se serra en les regardant craindre ce qu'ils devaient prendre pour une colère divine, s'ils étaient croyants.

— Il faut retrouver Daley.

— Pourquoi ? Où est-il parti ?

C'était Melvin. Lui et Hector étaient derrière nous et, abasourdis, contemplaient aussi le ciel rouge.

— Lorsque Faith lui a dit qu'elle allait retourner chez elle avec son frère, il a commencé à se transformer en Howley. Je suppose qu'il a préféré se terrer dans un coin que de blesser quelqu'un, enfin, le temps que sa colère et sa tristesse passent, expliqua Carry à ma place.

Melvin désigna le ciel du doigt.

— Il n'y avait pas encore cette… chose ?

La jeune femme à mes côtés secoua la tête.

— Non. Le ciel était normal.

Hector me fixait pendant que Melvin paraissait réfléchir.

— Tu vas revenir avec moi ? s'enquit mon frère.

Je fis oui de la tête et en retour, il m'étreignit fort.

— Je suis tellement heureux, Faith ! Je craignais que tu ne refuses et que notre peuple ne soit condamné à dépérir ! Ils ont besoin d'un roi et d'une reine ! clama-t-il avec une sorte d'enthousiasme étrange qui me fit tiquer.

Je m'éloignai doucement de lui, un sourire bancal sur les lèvres. *Un roi et une reine ?* Si mon frère comptait prendre femme, il n'avait pas besoin de moi pour gouverner, non ? Je n'eus pas le temps de m'appesantir sur cette pensée car Melvin déclara s'en aller à la recherche de Daley.

— Nous venons avec toi, l'avertis-je tout en commençant à chercher des vêtements propres.

— Melvin peut très bien retrouver ce monstre tout seul, Il n'a pas besoin de nous, intervint Hector. Contrairement à notre peuple en détresse qui nous attend, ma sœur.

Je levai aussitôt la tête pour croiser son regard vairon. Mes narines frémirent de colère.

— Je ne partirai pas sans avoir revu Daley, est-ce clair ? Et puis quitter Berxley alors que les ténèbres arrivent, je trouve ça…

Hector me coupa en frappant le mur du poing. La fureur transformait ses beaux traits en une expression belliqueuse que je ne lui connaissais pas.

— C'est parce que tu es ici que les ténèbres du Kraken cherchent à détruire cette ville ! s'écria-t-il brusquement.

Cette remarque atteignit son but. Tout. Était. Ma. faute. Seulement…

— Je ne partirai pas sans avoir fait mes adieux à Daley, martelai-je en reculant d'un pas.

Mon frère serra davantage le poing à s'en blanchir les phalanges et après un long silence durant lequel Melvin, Carry et moi retenions notre souffle, Hector sembla se détendre et redevenir lui-même.

— Très bien. Je vais aller avec Melvin chercher ce type et après lui avoir dit au revoir, nous quitterons cet endroit. Je suis certain qu'après notre départ, tout rentrera dans l'ordre dans le premier monde, affirma-t-il d'un ton serein.

Sur ce, d'un mouvement de tête explicite, il encouragea Melvin à le suivre. Je restai muette de stupéfaction. Qu'est-ce qui avait bien pu changer mon frère pendant mon absence ? Peut-être parce qu'il m'avait aidée à fuir, il se sentait également responsable de la mort prématurée de nos parents ? Je ne voyais pas d'autre explication à son comportement bizarre, du moins, à mes yeux.

Carry se rapprocha de moi.

— Eh bé, ton frère est plutôt du genre implacable.

Je gardai les yeux rivés au seuil de la chambre, l'esprit en déroute.

— Il n'était pas comme ça, avant. C'était quelqu'un de doux, d'ouvert d'esprit et qui compatissait sincèrement aux malheurs d'autrui, chuchotai-je, troublée.

Carry s'abstint de tout commentaire cette fois et je lui en sus gré.

Chapitre 15

Howley

— Si j'étais toi, je m'abstiendrais de l'approcher quand c'est Howley qui se trouve aux commandes, l'avertit Melvin.

Je détestais son odeur. Cet idiot de Daley avait raison de se méfier de cet individu prétendument du troisième monde. C'était presque à mourir de rire. Une créature de lumière ? Lui ? Vraiment ? Pourtant, de ce que je pouvais en humer, il empestait la noirceur des ténèbres ; il les embrassait même avec la ferveur décadente d'un déchu.

Mon grondement s'intensifia lorsque celui qui se targuait être le frère de la friandise réduisit un peu plus la distance qui nous séparait l'un de l'autre. Je m'étais réfugié dans une grotte non loin de la forêt de Mar, suffisamment éloignée de la ville sans trop l'être non plus au cas où la friandise aurait besoin de mon aide. Nous l'avions marquée, elle nous appartenait et nous devions la défendre.

La plus grande peur de Daley était l'abandon. Il me laissait systématiquement prendre possession de son corps dans ce type de situation, tout simplement pour fuir la douleur à l'idée que les personnes qu'il aimait l'abandonnent. Tout d'abord Melvin, puis ensuite la friandise… il n'en fallait pas davantage à Daley pour perdre pied. Heureusement que j'étais là, dans le fond. Pour contrôler sa souffrance.

— Écoute-moi bien, Dieu ancien du quatrième monde, commença le dénommé Hector à voix basse. Tu dois savoir une chose.

— Qu'est-ce que tu racontes ? demanda Melvin. Je ne t'entends pas !

Le frère de la friandise se tourna vers son ami en prenant soin d'afficher un sourire qui se voulait rassurant.

— Rien, nous discutons et apprenons à faire connaissance. Reste où tu es ! rétorqua-t-il d'une voix assez forte pour que le gnome le comprenne sans avoir à se rapprocher.

Puis il fixa de nouveau son regard bicolore sur moi, ombre parmi les ombres, dont les ronces s'agitaient tout autour, barrière protectrice prête à pourfendre mes assaillants, quels qu'ils soient.

— C'est bien le Kraken qui se prépare à envahir ton territoire et il n'a qu'un seul objectif, tuer ma sœur, Faith.

En entendant le prénom humain de la friandise, mes ronces obscures cessèrent immédiatement leur danse macabre. Immobiles, tout comme moi, nous attendions silencieusement la suite du discours de cet être de lumière – qui ne l'était plus vraiment.

Sûr d'avoir capté mon attention, il leva doucement la main en l'air en signe de paix. J'avais terriblement envie d'y planter mes crocs, de lui croquer quelques doigts, voire de lui arracher entièrement le bras. Il y avait comme un instinct sombre, vorace et dangereux qui me poussait à le vider de ses entrailles. Une voix suintante qui rampait sur mon esprit. « Dévore-le ! Dévore-le ! » disait-elle sans discontinuer. J'en salivais, littéralement. Hector remarqua le long filet de bave et je perçus aussitôt l'odeur de sa peur. Oh, pas longtemps, car cet individu possédait la formidable capacité de se contrôler à un tel point que ça forçait le respect. *Il trompe son monde, mais « nous » le connaissons.*

— Si tu tues le Kraken, alors tu pourras vivre tout le reste de ton existence ici, avec elle. Je ne veux que le bonheur de ma sœur, tu comprends ? dit-il. Qu'en penses-tu ? Mais dans un premier temps, je dois absolument la mettre à l'abri, alors pour ça, tu vas redevenir humain et lui dire au revoir afin qu'elle accepte de me suivre. (Il marqua une pause.) D'accord ?

J'hésitai. Il y avait quelque chose qui me gênait dans ce plan. C'était trop facile. D'habitude, rien ne l'était pour nous, que ce soit Daley ou moi. Mon regard jaunâtre fouilla celui aux deux teintes du frère de la friandise. Allait-il tenir sa promesse ? Pourrions-nous réellement vivre avec Faith jusqu'à la fin des mondes après avoir tué le Kraken ? La tentation était trop grande. Les derniers jours heureux de Daley effleurèrent mes propres souvenirs. *Ah… allons donc.* Qu'est-ce que je risquais ? Après tout, je ne pouvais pas mourir, car j'étais éternel.

Je l'avais déjà affronté sur la plage, mais nous étions hors de l'eau. Dans quelles conditions allait se dérouler ce second combat ? J'émis un grognement féroce qui alla se répercuter jusqu'aux tréfonds de la grotte où nous nous trouvions.

L'instant suivant, j'entrepris de laisser la place à Daley. Il savait ce qu'il lui restait à faire.

Daley

Complètement nu et un air mauvais sur la figure, je toisai méchamment Hector. Je détestais ce type jusque dans la moelle de mes os. Pourquoi éprouvais-je cette puissante aversion alors qu'il était le portrait craché de sa sœur ? Sœur dont j'étais raide dingue ? N'était-ce pas bizarre ? Son côté créature du troisième monde, peut-être ? Trop lumineux au goût de Howley ?

D'ailleurs, une fois n'était pas coutume, il m'avait laissé écouter la conversation avec le frangin de Faith. Si « nous » tuions le Kraken – rien que ça ! – nous pouvions vivre avec notre Faë-pioupiou jusqu'à ce que la mort nous sépare… *Zigouiller le Kraken, hein.*

Hector me dédia un sourire aussi faux que le gilet de Dower, celui qui imitait la fameuse marque avec un crocodile, puis entra dans la voiture appartenant à notre gnome national.

Melvin, quant à lui, me tendit une pile de vêtements en détournant avec soin les yeux, mais un coup d'œil sur ses oreilles rouge vif me dévoila ce qu'il ressentait. Je poussai un soupir las, et le remerciai chaleureusement. *Tuer le Kraken. Tuer. Le. Kraken. Oui, mais je suis censé réussir un tel exploit comment ?*

Lorsque j'enfilai mon t-shirt, je levai davantage la tête afin de scruter le ciel. *Un lac de sang qui s'apprête à nous noyer avec, en son centre, l'œil obscur du Seigneur Noir qui nous observe.* Voilà à quoi ressemblait ce ciel de fin du monde.

Assis sur le siège passager pendant qu'Hector occupait la banquette arrière, je terminai de boutonner mon jean.

— Mets ta ceinture, m'ordonna Melvin.

Je lui jetai un regard en biais.

— S'il te plaît, s'empressa-t-il d'ajouter d'un ton bougon.

J'obtempérai parce qu'il le méritait bien, mais entre nous, la sécurité routière n'était pas ce qui m'inquiétait le plus dans l'immédiat. Non, c'était plutôt de dire adieu à mon pioupiou en premier, puis d'affronter cette tempête rouge cataclysmique en deuxième.

Ce fut dans un silence alourdi de tension que nous fîmes le trajet jusqu'à la maison. Il y avait trop de secrets étouffants au centimètre carré dans cette bagnole. De quoi absorber chaque molécule d'oxygène.

Je l'aperçus de loin. Sur le trottoir, Faith, accompagnée de Carry, qui se tenait droite comme un « i », nous attendant avec la patience d'un ange tandis que les trompettes de l'apocalypse soufflaient leur chant de mort au-dessus d'elle.

Quand Melvin arrêta la voiture, j'avais mis à peine un pied sur le sol que Faith était dans mes bras. Je les refermai sur son corps menu et respirai à pleins poumons son parfum de cannelle.

Je ne voulais pas me séparer d'elle, même pour cinq minutes. Même pour une seconde. Et pourtant, j'allais devoir m'y résoudre.

— Je t'accompagne à la plage, dis-je simplement.

Par ces mots, j'acceptais son départ. J'acceptais qu'elle s'éloigne de moi, de compter les jours nous séparant l'un de l'autre, j'acceptais de ne pas retrouver son corps contre le mien, la nuit… mon cœur saignait.

— Je t'aime, Daley, murmura-t-elle d'une voix étouffée.

Elle m'aimait. Moi. La créature du quatrième monde. Qui aurait pu imaginer qu'une Faë puisse tomber amoureuse de la pire des « bêtes » du Seigneur Noir ? *Ah ! C'est tellement douloureux de la laisser partir !* Je lui soulevai le menton afin de pouvoir l'embrasser tout mon soûl. Ses lèvres avaient une saveur salée : celle des larmes. Ma langue s'enroula amoureusement à la sienne pour la caresser avec passion.

Quelqu'un se racla bruyamment la gorge pour nous interrompre. J'approfondis mon baiser en réponse.

— Daley ! râla gentiment Carry.

J'éloignai à regret ma bouche.

— Je t'aime tellement, lui avouai-je en la regardant dans les yeux.

Cette douleur diffuse dans la poitrine ne me quittait plus. Des débris de verre qui s'enfonçaient dans mon cœur, et chaque respiration me poussait davantage vers l'agonie amoureuse. Certains hommes avaient l'alcool mauvais disait-on, visiblement, moi, je n'avais pas l'amour joyeux.

C'était la petite mort qui m'attendait sans Faith, pas celle qui vous propulsait dans un océan d'extase, oh non. Celle qui vous détériorait l'âme jusqu'à ce que cette dernière tombe en poussière.

Carry ne nous accompagna pas à la plage et le trajet jusqu'à celle-ci fut aussi asphyxiant et silencieux que le précédent. Tous deux assis sur la banquette arrière, j'ancrai fermement mes doigts aux siens afin qu'elle me prenne toute la chaleur qu'elle désirait. Je contemplai Faith sans même cligner des yeux, m'abreuvant de ses traits délicats et des reflets miel de ses cheveux. Je me gavai de son image pour que chaque cellule de mon corps s'imprègne d'elle et s'en souvienne plus tard, lorsque son absence m'aurait rendu complètement fou.

En temps normal, elle m'aurait remis à ma place avec douceur et tact, me suggérant de profiter davantage du paysage que de son visage. Mais la situation n'avait rien de normal. Elle quittait ce qui était devenu son foyer, ses amis, son avenir à l'université et moi – surtout moi – pour un peuple qui ignorait tout d'elle, de ses aspirations, de ce qu'elle avait vécu dans cette prison dorée dans laquelle elle retournait.

J'avais du mal à croire que son frère avait tant besoin d'elle pour régner sur cette partie du troisième monde. Sans arriver à mettre la main dessus, je sentais que quelque chose clochait avec son histoire. Oui, mais quoi ? C'était trop frustrant.

— Nous sommes arrivés ! nous signala Melvin en coupant le moteur.

Je ne voulais pas sortir de cette voiture. Sortir signifiait dire au revoir à Faith. C'était un peu comme le fameux chat de Melvin dont j'avais oublié le nom scientifique. Tant que nous étions dans la boîte, Faith et moi, nous étions une possibilité.

C'était sans compter Hector qui se fit un plaisir d'ouvrir la portière du côté de Faith.

— C'est l'heure, la pressa-t-il.

J'émis un grognement mécontent. Pioupiou se tourna illico vers moi pendant que sa main serrait plus fort la mienne. Je lui aurais bien porté ses bagages, mais elle n'avait rien pris d'autre que quelques photos encadrées de nous, de Carry et Melvin, une barrette que je lui avais achetée au marché, ainsi qu'un bracelet à breloques, également offert par mes soins lors de notre deuxième rencard « cinéma ». Je le lui avais gagné à l'une de ces stupides machines à pinces – par fierté de mâle dominant, je m'étais fait un devoir de claquer mon argent de la semaine jusqu'à obtenir enfin ce bijou de pacotille qui paraissait beaucoup lui plaire, et la voir sourire de plaisir.

J'avais la bouche sèche et terriblement envie de laisser Howley créer un de ces cocons d'épines, celui dans lequel il nous enfermerait, elle et moi, pour l'éternité.

— Daley…

Je baissai machinalement les yeux vers les siens. Nos regards s'aimantèrent. Je tremblais de l'intérieur. Je ne voulais pas qu'elle m'abandonne. Qui disait abandon disait oubli, et qui disait oubli disait monstre que plus rien ne retenait dans le premier monde. Fragile petit équilibre intérieur que le battement d'une aile de papillon pouvait détruire.

— Daley, répéta Faith, juste avant de m'embrasser.

C'était tellement rare les fois où mon pioupiou-Faë prenait l'initiative que ça finit de me déstabiliser. Je n'arrivais plus à parler. Lui parler. Pourtant, c'était fou le nombre incalculable de choses que j'avais envie de lui dire, alors pourquoi mes cordes vocales refusaient de fonctionner correctement ? Pourquoi aucun mot ne sortait de cette satané bouche ?

Mon corps réagit de lui-même et l'enlaça avec force, comme pour l'obliger à fusionner avec lui. Faith se laissa faire ; c'était à croire qu'elle avait compris que je n'étais plus vraiment moi-même en cet instant, que je pouvais très bien disjoncter d'une seconde à l'autre.

— Je t'aime, Daley.

Il y avait la trace d'un sanglot dans sa voix. Son frère la pressait déjà de s'éloigner de moi.

— Je suis tellement désolée de partir à un tel moment. Je voudrais rester avec toi et combattre ce mal à tes côtés, sanglota-t-elle, le visage pressé contre mon torse.

— C'est justement pour sauver tout le monde que tu t'en vas. Pour éviter que nos amis ne meurent… alors, courage, lui chuchotai-je d'une voix éraillée par le chagrin.

J'avais enfin réussi à décrocher deux mots ! Je fermai un instant les yeux, la seconde suivante, je mourus de froid car je ne la tenais plus dans mes bras. Par réflexe, je lui saisis le bas de son t-shirt pour la retenir avant qu'elle ne soit définitivement hors d'atteinte, puis lorsque je me rendis compte de mon geste, je l'attirai vers moi avec l'énergie du désespoir et l'embrassai une dernière fois.

Melvin se tint à l'écart alors que Faith et Hector se déshabillaient pour plonger dans la mer. Mes yeux me brûlaient à force de fixer sa silhouette qui se découpait dans l'horizon sans cligner. J'avais l'impression que si je le faisais, Pioupiou disparaîtrait définitivement de ma vie pour ne me laisser que l'horrible sensation de n'avoir jamais existé.

Juste avant de pénétrer dans l'eau, Faith cria mon prénom. Les tremblements déchirés de sa voix m'atteignirent directement là, dans le cœur. Je serrai les poings afin de lutter contre la puissante envie de la rejoindre. Soudain, mon corps convulsa légèrement et l'instant suivant, je n'étais plus humain, ni tout à fait Howley. Mi-homme, mi-bête, j'essayai d'étouffer ce chagrin qui me nouait la gorge.

Je ne sus pas exactement combien de temps je restai là après son départ, le regard rivé sur l'horizon en espérant bêtement qu'elle revienne. Mon esprit refusait net l'éventualité ne plus la revoir un jour. On venait de m'amputer d'une partie de moi-même. J'étais censé vivre comment après ça ?

— Daley ?

Je ne répondis pas, non, je préférais me couper du reste du monde, prostré et face à la mer ; bercé par la musique du ressac dont le tempo régulier m'anesthésiait, d'une certaine façon. J'imagine que le soleil finit par se coucher, car lorsque je clignai enfin des yeux, l'astre solaire n'avait laissé derrière lui que ce ciel tourmenté dépouillé d'étoiles.

Melvin était resté à mes côtés sans rien dire. Il attendait juste que je sois prêt à quitter cet endroit où j'avais dit au revoir à Faith. Quelque chose me mouilla la joue. D'un geste machinal, j'essuyai cette chose gênante du bout du doigt pour ensuite découvrir avec stupeur que c'était une larme.

Je pleurais. Vraiment. À quand remontait la dernière fois que ça m'était arrivé ? Je ne m'en souvenais pas très bien. Si loin dans mon enfance ? Peut-être le jour de la mort de mon père ? Carry pensait d'ailleurs que ma peur de l'abandon venait de ce traumatisme.

Je sentis la main de mon ami sur mon épaule.

— Daley, je crois que nous…

Mais il ne prononça pas la suite de sa phrase. Bizarre.

J'avais du mal à me sortir de cette apathie intérieure dans laquelle je m'enlisais. Au prix d'un immense effort, je me tournai vers lui pour voir pourquoi il restait si silencieux.

Mes yeux s'agrandirent d'horreur. Un tentacule était en train de l'étrangler au point que ses yeux étaient exorbités et son teint bleuâtre. Je n'avais rien entendu ! L'ennemi s'était attaqué à Melvin, et trop enfermé dans mon chagrin, je n'avais même pas capté sa présence !

Comme j'étais déjà transformé dans une forme intermédiaire et que je n'avais pas le temps de céder tout à fait la place à Howley, je décidai d'attaquer le Kraken immédiatement pour sauver mon ami. Je plantai mes crocs dans la peau dure du monstre aquatique. Sa peau était si résistante que j'avais la désagréable impression de mordre un épais morceau de caoutchouc !

De son côté, Melvin luttait de toutes ses forces mais je sentais bien qu'il était trop faible pour s'en sortir seul. Pendant que je me battais avec cet énorme poulpe géant à coups de griffes et de morsures, tous mes moments vécus avec mon ami commencèrent à défiler dans mon esprit. Depuis le jour de notre rencontre à notre conversation de la veille, sur la terrasse de la maison. Des instants de joie, de colère, d'amitié et d'amour sincère. Mon regard croisa le sien alors que je m'acharnais sur ce foutu tentacule. J'avais du sang plein la gueule, des morceaux de chair accrochés à mes ongles, alors pourquoi ce connard ne lâchait-il pas mon ami ?

Les yeux embués de larmes de Melvin me disaient au revoir. NON ! Non ! Tu ne vas pas m'abandonner, toi aussi ! Je luttai de plus belle jusqu'à recevoir un coup violent qui m'envoya valdinguer loin sur la plage.

Un autre tentacule était sorti de la mer. Sonné, je secouai la tête avant de repartir à la charge. Chaque seconde comptait pour sauver Melvin. Crocs. Griffes. Coup violent. Je sentis l'une de mes côtes se briser sous l'impact de la deuxième attaque du Kraken. Encore une fois. J'avais du mal à avancer, cette fois, le thorax oppressé par la douleur à chaque inspiration. Je mordis sauvagement dans le tentacule qui étranglait toujours mon ami, puis le griffai férocement. LÂCHE-LE ! LÂCHE-LE ! LÂCHE-LE, BORDEL !

Melvin émit un gémissement pour attirer mon attention. Mes pupilles se dilatèrent sous l'émotion. Il souriait faiblement, puis, dans un ralenti surréaliste, comme si je n'étais pas toujours en train de me battre avec le Kraken, sa main presque froide vint caresser délicatement ma joue à moitié loup. Son regard me déclarait tous ces sentiments qu'il avait dû garder pour lui durant des années. La seconde suivante, c'était fini. Melvin n'était plus là.

Une fois leur mission achevée, les tentacules du Kraken se retirèrent pour retourner dans la mer. Le corps sans vie de Melvin gisait sur le sol dans une position qui n'avait rien de normal. C'était comme si la majorité de ses os avaient été pliés dans un autre sens. Je tombai à genoux, l'esprit vide. Je levai une main tremblante dans sa direction sans pour autant oser le toucher.

— Melvin ? l'appelai-je d'une voix incertaine.

Peut-être que je me trompais ? Peut-être était-il seulement évanoui ? Je m'inclinai vers lui jusqu'à pouvoir le pousser de la tête, comme je l'aurais fait du bout du museau si j'avais été entièrement sous ma forme bestiale.

— Melvin ? insistai-je.

Mais mon ami ne me répondit pas. Je hurlai à la mort. De longs cris d'agonie qui signalaient à tous les loups des environs ce que je venais de vivre. Plusieurs me répondirent, compatissant à mon incommensurable chagrin. Il était toujours douloureux de perdre un membre de sa meute et ils étaient bien placés pour le savoir. Le plus délicatement possible, je soulevai Melvin dans mes bras afin de l'emmener avec moi. Il était hors de question que je le laisse ici, pour que les animaux le dévorent, ou bien que les humains le prennent. Melvin devait être enterré selon les rites des anciennes croyances. Il n'était pas du premier monde.

La nuit était rongée par les ténèbres pendant que je marchais lentement sur le bas-côté de la route. Plusieurs voitures me dépassèrent sans pour autant chercher à s'arrêter. Je devais avoir l'air trop effrayant, à demi nu avec tout ce sang sur la figure, les traits du visage prisonniers d'une terrifiante expression.

Une fois devant la maison, j'appuyai sur la sonnette afin que Carry vienne m'ouvrir. Quand elle apparut sur le seuil d'entrée et qu'elle comprit ce qui s'était passé en me voyant tenir le corps sans vie de Melvin, son sourire s'effaça pour laisser place à des cris de souffrance.

Nous étions désormais seuls, elle et moi. Je n'avais plus Faith, ni mon inébranlable rocher de Gibraltar. J'étais dorénavant un dangereux loup-garou assoiffé de vengeance, ivre du besoin de tuer son ennemi : le Kraken.

Chapitre 16

Faith

Jamais je n'aurais imaginé que mon frère m'emmène au palais d'Égée. Ce fameux endroit où l'on pouvait marcher et respirer comme sur Terre. De notre peuple, il ne restait que quelques femmes, soit des servantes, soit des jeunes nobles.

— Bienvenue chez toi, murmura Hector à mon oreille.

Aucune d'entre elles ne me regarda dans les yeux lorsque nous arrivâmes au palais. Elles détournaient prudemment la tête avec une humilité obséquieuse.

— Hector, commençai-je d'une voix étouffée par l'émotion, car je craignais la réponse. Où sont les mâles… les enfants et les anciens ?

Mon frère ne me répondit pas immédiatement.

— Morts. Tués par le Kraken. Il n'y a qu'une poignée de survivants.

Le choc de cette nouvelle fit tomber un voile noir devant mes yeux et je me sentis à un cheveu de m'évanouir. Hector me soutint le temps que je récupère mon équilibre.

— Que des femmes ?

— Pure coïncidence, articula-t-il étrangement.

Nous échangeâmes un regard. J'étais troublée par cette curieuse « coïncidence ».

— Pourquoi ? m'enquis-je, toujours déstabilisée.

— Pourquoi, quoi ?

Je me tournai vers Hector, puis désignai les lieux d'un large geste de la main.

—Ici. Je pensais que ce palais n'était qu'une légende.

Mon frère m'adressa aussitôt un sourire resplendissant.

—À peine un secret bien gardé, mais étant donné que le Kraken a détruit la cité immergée, nous n'avions pas d'autre choix que de venir ici pour survivre. Tu aimes ? Personnellement, je trouve la décoration un peu outrancière et clinquante par rapport à la cité immergée…

Je hochai la tête. Après avoir laissé Daley sur la plage, je m'étais contentée de le suivre dans les méandres de l'océan et quelle n'avait pas été ma surprise de découvrir que notre destination était le palais d'Égée… !

—Et puis, je me suis également dit qu'après avoir passé plusieurs mois à vivre en humaine, tu avais certainement besoin d'un temps d'adaptation, poursuivit-il en paraissant ignorer mon malaise.

—C'est une gentille attention, commentai-je sans enthousiasme. Hector ? Je trouve ces dames bien silencieuses.

Les néréides étaient d'une nature gaie et prompte au bavardage, mais depuis que j'étais arrivée, j'avais remarqué qu'ici elles n'essayaient pas d'échanger un seul mot par le biais du langage des signes – faute d'arriver à utiliser leurs cordes vocales – et osaient à peine regarder dans notre direction. Il y avait quelque chose qui clochait dans leur comportement.

Le sourire de mon frère s'altéra.

—Elles ont dû quitter leur foyer et sont terrorisées. Nous avons essuyé plusieurs pertes néréides à cause de l'attaque du Kraken. Tu trouves cela tellement étonnant qu'elles n'aient pas le cœur joyeux ?

Je rougis violemment. Où avais-je la tête ? Bien sûr qu'elles étaient tristes et peu enclines à la discussion légère ! Elles se retrouvaient obligées de vivre comme des humains et avaient perdu leurs hommes, leurs enfants, leur roi et leur reine !

—Hector ?

—Oui ?

—J'aimerais me reposer un peu, si c'est possible.

J'avais besoin de m'isoler. Me séparer de Daley avait été douloureux ; tellement que j'avais l'impression de suffoquer. Peut-être qu'après un peu de repos, je pourrais mieux investir mes devoirs royaux envers les survivantes de notre peuple.

Hector fit claquer ses doigts et le son produit résonna étrangement dans la grande salle ornée de marbre ; il y en avait du sol au plafond. Du marbre blanc à l'aspect légèrement laiteux, mais terriblement froid à contempler, ou à toucher.

Une servante apparut et, à sa démarche, je compris qu'elle avait encore du mal à utiliser ses jambes. Elle n'avait pas eu autant de temps que moi pour maîtriser sa nouvelle apparence. Elle me conduisit tant bien que mal à travers le labyrinthe qu'était le palais d'Égée.

Lorsque je lui tapotai gentiment l'épaule pour attirer son attention, elle sursauta puis me jeta un regard empli de crainte. Je fronçai les sourcils.

« Parles-tu la langue humaine ? » m'enquis-je en formant les mots avec mes mains.

« Non, Votre Majesté. »

Je marquai une pause.

« Tout va bien ? Je sais que les circonstances sont terribles, mais si jamais… »

Soudain, une réelle terreur emplit le regard de la servante.

— Il y a un problème ? demanda une voix masculine.

Je me retournai vers Hector et lui souris.

— Aucun.

Je ne pus m'empêcher de penser que c'était lui qui avait inspiré cet élan de peur chez la néréide à la chevelure blond pâle, près de moi. Ses yeux fouillèrent longuement les miens, puis il me rendit mon sourire. J'eus honte d'avoir eu cette pensée à son sujet. C'était mon frère. Qu'est-ce qui clochait, chez moi ? Depuis quand je me méfiais de celui qui avait tout risqué pour me sauver ?

La chambre était à l'image du reste du palais. Marbre, dorures, statues en métal précieux à l'effigie de Triton et des dauphins. Le silence. J'avais oublié à quel point le monde des humains était bruyant par rapport au nôtre. La servante me prépara mon lit, me déposa de la nourriture – un poisson vivant dans un aquarium et un plat d'algues – sur la grande table. Ça aussi je l'avais oublié. Je m'étais si rapidement habituée à la nourriture humaine ! Toutes ces nouvelles saveurs alors que dans la cité immergée, nous nous nourrissions exclusivement de poissons et d'algues, et parfois de crustacés. Dès qu'elle fut certaine d'avoir parfaitement accompli sa tâche, la servante se retira sans signer un mot.

Mon regard se posa un instant sur le poisson qui s'agitait dans l'étroit bocal en verre. Je n'avais aucune envie de le manger. Vraiment. Aucune. Mon ventre protesta en gargouillant bruyamment. Je me forçai donc à avaler quelques algues gluantes pour le calmer.

Je m'allongeai sur le lit en songeant que je n'avais pas encore vu le général d'Ardélion, ou un autre membre de notre armée. Bizarre. Je me mis à songer à Daley, mais aussi à Carry et Melvin.

Carry avait tenu à s'excuser auprès de moi, mais elle ne s'était pas sentie de nous accompagner sur la plage. Elle n'avait pas voulu que je la voie pleurer. D'ailleurs, tandis que nous attendions Melvin et Daley sur le bord de la route, elle s'était retenue au prix d'un effort surhumain. Elle m'avait serrée fort contre elle avant de se précipiter à l'intérieur de la maison. Comment allaient-ils ? Est-ce que les ténèbres du Kraken avaient quitté Berxley maintenant que je n'y étais plus ? Les humains de cette ville étaient-ils désormais sains et saufs ? Ou mes amis le combattaient-ils encore ? J'espérais de tout mon cœur que Daley n'avait pas à l'affronter, et encore moins seul.

Et puis, une autre question m'assaillit : est-ce que Daley se sentait comme moi ? Dépossédé d'une partie de lui-même depuis que nous étions séparés ?

Mes paupières se firent plus en plus lourdes et je finis par m'assoupir.

Je me réveillai quelques heures plus tard à cause d'une sensation d'oppression teintée de panique. Je ne savais plus très bien où j'étais, ni avec qui, et j'eus besoin de plusieurs minutes pour m'en souvenir. Les lumières artificielles du palais – censées imiter la lumière du jour – étaient éteintes pour laisser place à un éclairage plus discret comparable à celui d'une bougie, ou bien d'une lampe à pétrole. Ce lieu était gouverné par la magie. Il en était même imprégné jusque dans ses moindres recoins ; je la percevais clairement, pareille à un faible courant électrique qui me traversait continuellement le corps.

Je décidai de sortir de ma chambre afin de mieux découvrir mon nouvel environnement. Ce lieu ancien n'était qu'un interminable dédale en marbre. Il n'y avait ni cuisine, ni salle de bains à proprement parler, mais une sorte de piscine dans laquelle nous pouvions nous hydrater sous notre véritable forme, et une multitude de chambres… vides. Les rares néréides que je croisais se comportaient toujours de la même façon. Pétrifiées de peur et s'éloignant si vivement de moi que j'en étais presque blessée. Cela me ramenait des années en arrière, quand on me fuyait comme la peste pour une obscure raison. J'avais toujours pensé que c'était parce que j'étais la moins jolie, mais également la précieuse fille de mes parents. Deux handicaps suffisants pour qu'on m'évite, à l'époque.

Malgré ce que m'avait appris Hector, je fus surprise de ne croiser aucun serviteur mâle. Je stoppai net dans mon errance. Était-il possible que le Kraken ait réellement tué tous les représentants masculins de notre espèce ? Pourquoi mon frère n'avait-il réussi à sauver qu'une poignée de femmes ?

Soudain, des gémissements attirèrent mon attention. Quelqu'un était-il en souffrance ? Une servante blessée, peut-être ? Poussée par la volonté de lui venir en aide, je tentai de localiser sa position en me fiant aux sons étouffés qui me parvenaient. Ce qui n'était pas évident, étant donné la configuration étrange du palais.

Je finis par arriver devant une porte légèrement entrebâillée et, alors que je m'apprêtais à entrer dans la pièce, mes yeux interceptèrent une scène qui me pétrifia. Une des servantes était à quatre pattes tandis qu'Hector, derrière elle, la pénétrait brutalement, les doigts d'une main ancrés sur sa hanche, et la longue chevelure de la jeune sirène enroulée autour de son autre main.

Il faisait l'amour de façon humaine. *Mais… pourquoi ?* Ce n'était pas dans notre nature. Si j'avais cédé à l'appel du désir dans le premier monde, c'était parce que j'étais régie par les lois de ce dernier en y habitant, mais ici, dans les abysses… ou alors, c'était pour cette raison que le palais d'Égée avait été relégué au rang de légende ? Afin que les néréides n'y viennent jamais et donc, ne cèdent jamais à la luxure de cette faim physique ?

Mon frère s'arrêta et quand je compris qu'il allait tourner la tête dans ma direction, le cœur battant la chamade, je me plaquai contre le mur afin qu'il ne me voie pas. Une main pressée contre ma bouche, je retins de justesse un cri choqué. J'aurais aimé ne jamais assister à cette scène !

Je repartis subitement sans demander mon reste. Le malaise qui s'était insinué jusque sous ma peau depuis que j'étais ici s'amplifiait. Il ressemblait à un long serpent noir dont les anneaux m'étranglaient un peu plus à chaque minute qui s'écoulait. Que devais-je faire ? Retourner dans ma chambre comme si de rien n'était ? Ou bien essayer de trouver des réponses à mes questions ?

J'optai pour le second choix. Il devait bien y avoir quelqu'un qui oserait me dire ce qui se passait dans cet endroit de malheur !

La providence me permit de recroiser la servante qui m'avait conduite jusqu'à ma chambre. Lorsque ses yeux croisèrent les miens, ils s'agrandirent d'effroi et quand je compris qu'elle allait s'enfuir, je la retins d'une main sur son bras.

« Non ! Attendez ! Nous devons parler ! » lui dis-je en langage des signes néréide.

Elle secoua vivement la tête en guise de refus. J'insistai.

« J'ai bien compris que quelque chose n'allait pas. Je veux savoir ! Je veux vous aider ! »

La servante se tassa sur elle-même, serrant une pile de linge contre sa poitrine comme s'il possédait le pouvoir de la protéger d'un mal quelconque. Je parvins à déceler de l'hésitation dans l'expression de son visage et m'engouffrai dans la brèche :

« Vous avez peur de mon frère, n'est-ce pas ? »

Le regard de la servante dévia un bref instant et je dus patienter quelques secondes avant qu'elle ne le reconnaisse, d'un imperceptible hochement de la tête. *Seigneur de la Lumière ! C'est vraiment ça !*

« Pourquoi ? » lui demandai-je.

À cette question, elle se ferma complètement. Je devais aborder le problème autrement que par une interrogation directe.

« Pourquoi n'y a-t-il pas d'autres mâles que mon frère, ici ? »

La servante se mordilla nerveusement la lèvre inférieure.

« Pas autorisés, ici » me répondit-elle succinctement.

Les autres mâles n'étaient pas autorisés au palais d'Égée? Et pourquoi donc? pensai-je, interloquée.

« Pourquoi ? »

Ma source d'informations se ferma à nouveau. Je faillis en crier de frustration. Soudain, elle exécuta plusieurs signes dont je ne connaissais pas la signification. Lorsqu'elle se rendit compte que je ne la comprenais pas, elle réitéra encore et encore et de plus en plus rapidement, allant même jusqu'à faire claquer ses mains l'une contre l'autre. Je l'arrêtai en lui saisissant brusquement les poignets, puis secouai lentement la tête de droite à gauche pour lui signifier qu'il était inutile de continuer dans cette voie. Un abattement désespéré altéra les traits de son visage, juste avant qu'elle ne décide de changer de tactique.

« Sous vos pas. Près des abysses. Étage d'en-dessous. Allez voir, Majesté. Par pitié, sauvez-nous ! »

Sur ce, elle s'enfuit comme si elle avait le Seigneur Noir à ses trousses. J'avais enfin une piste, même si pour l'heure, je devais jouer la prudence. Je retournai donc sagement dans ma chambre.

Impossible pour moi de me rendormir. Heureusement que j'avais pris dans mes affaires la montre que m'avait offerte Melvin lors de mon arrivé à Berxley. J'éprouvais, en quelque sorte, le besoin viscéral de rester connectée au premier monde. Je m'étais véritablement attachée à lui, à ses us et coutumes. Je contemplai le bijou en songeant à quel point rien que notre notion du temps différait de celle des habitants du premier monde. Les raisons étaient nombreuses et parfois culturelles : notre durée de vie, plus longue que celle des humains, le soleil et la lune qui influençaient de manière infime notre cycle quotidien, même si, à sa façon, notre éclairage jouait le rôle de jour et de nuit. Lorsque la montre indiqua 21 heures, l'instant que notre peuple considérait comme le début de la nuit, je décidai de me lever afin de partir en quête de ce fameux sous-sol dont m'avait parlé la servante.

Comme il était hors de question que je dévore le maquereau qui gigotait encore dans sa prison de verre, j'avalai très vite quelques algues à la saveur iodée. À quel point les habitudes alimentaires du premier monde m'avaient-elles changée ? Non, la vraie question était celle-ci… à quel point le premier monde m'avait-il changée ? Même mon prénom, celui dont on m'avait affublée à la naissance, me semblait appartenir à une étrangère.

Une fois sûre qu'il n'y avait personne dans les parages, je me mis à parcourir les interminables couloirs de marbre. Après une heure de marche et d'exploration, je me rendis compte qu'en réalité, je tournais en rond !

Adossée au mur froid derrière moi, découragée, je me pris un instant la tête entre les mains. *Réfléchis, bon sang, réfléchis !* S'il n'y avait aucun escalier menant à un sous-sol, c'était que forcément, l'entrée se trouvait ailleurs, comme par exemple dans le… mur. Une porte dérobée ! Je me souvins subitement de l'un de ces films que j'avais regardé avec Carry dans lequel une femme s'était enfuie de ses appartements grâce à un ingénieux système qui, une fois actionné, révélait une entrée souterraine. Peut-être était-ce le cas ici aussi !

Je choisis donc de refaire le tour en priant pour ne pas tomber sur mon frère ; j'aurais eu beaucoup de mal à lui fournir une explication quant à mon désir de traîner dans ces dédales glacials. Les murs étaient tous ornés de statuettes – des dauphins – scellées à intervalles réguliers. J'en dénombrai trois par mur, et entrepris alors de tâter chacun d'entre eux afin de débloquer un éventuel levier caché.

Au bout d'un certain temps, je faillis abandonner, furieuse d'être aussi malchanceuse, quand le trentième dauphin doré émit un curieux cliquetis. Sous l'effet de la peur mélangée à l'excitation, mon cœur s'emballa carrément dans ma poitrine. J'insistai sur la queue du dauphin, et là un miracle se produisit. Un pan de marbre de la taille d'une porte se détacha pour glisser sur le côté et me dévoiler cette entrée que je cherchais depuis des heures !

Pourtant, une fois sur le seuil, j'hésitai. Il faisait un noir d'encre à l'intérieur et je n'avais pas la moindre idée de ce qui m'attendait. Après avoir pris une longue et profonde inspiration, j'entrai. Mes doigts tâtèrent la paroi se situant à ma gauche. Sa texture humide et chaude ne m'inspirait pas confiance. Il y avait bel et bien des marches sous mes pieds, marches que je descendis avec une prudence exacerbée. Le bruit de ma respiration qui se répercutait dans les ténèbres environnantes avait quelque chose de sinistre. Un pas après l'autre, je continuai de descendre dans les profondeurs obscures.

Soudain, un éclairage verdâtre m'annonça que j'avais atteint la fin de cet interminable escalier. J'étais dans ce qui ressemblait à un long couloir qui débouchait sur une salle ; celle-là même d'où provenait la faible lueur verte. Les mains croisées sur ma poitrine où mon cœur battait si vite, j'avançai lentement dans sa direction sans avoir la moindre idée quant à ce que je pouvais bien trouver au bout de ce chemin.

Arrivée à la fin du couloir, je pénétrai dans une immense pièce des plus étranges. En fond sonore, il y avait comme un roulement mécanique en continu, une sorte de vrombissement ténu. C'était difficile de le comparer à quelque chose de connu. Mais un autre son se détacha, et je reconnus celui-ci sans peine : c'était celui des bulles d'air qui s'échappaient dans l'eau. J'avançai davantage et découvris comme des énormes containers, ou plutôt des aquariums longilignes qui devaient faire à peu près ma hauteur. Il y avait des choses qui flottaient à l'intérieur, toutefois, même en plissant les yeux, j'avais du mal à en distinguer nettement la nature. Je m'approchai encore, puis encore un peu plus.

Quand mon esprit réalisa ce que mes yeux étaient en train de regarder, une violente nausée m'étreignit l'estomac et je vomis la poignée d'algues avalée quelques heures plus tôt.

— Ah. J'aurais aimé avoir un peu plus de temps. Question de profiter pleinement de la situation, rit doucement une voix que j'identifiai facilement, car c'était celle de mon frère.

Je m'essuyai le coin des lèvres d'un geste tremblant. Devant moi flottait le corps démembré de mon père et dans le container qui le jouxtait, celui de ma mère. Leurs têtes dansaient d'une façon sinistre avec leurs regards blancs et leurs bouches grandes ouvertes.

Hector sortit des ténèbres, les bras croisés sur le torse tandis qu'un sourire effrayant fendait le bas de son visage.

— Tu m'as dit que le Kraken les avait tués ! m'écriai-je. Si c'était le cas, que font leurs dépouilles ici… dans cet état !

Il pencha la tête de côté pour m'observer entre ses cils.

— Je ne t'ai pas menti. Le Kraken les a bel et bien tués. Ou bien devrais-je dire, découpés en morceaux. Si tu regardes bien, d'ailleurs, tu remarqueras qu'il manque le bras gauche de notre cher roi… j'imagine qu'il a fait le repas d'un de ces satanés requins voraces. Ces bestioles mangent sans faim, s'esclaffa-t-il, content de son jeu de mots.

Une autre nausée me secoua entièrement.

— Pourquoi ? coassai-je. Pourquoi les as-tu gardés ainsi, et dans cet endroit ? lui demandai-je d'une voix frémissante de colère. C'est horrible et cruel !

Mon frère leva les yeux comme pour donner l'impression de réfléchir sérieusement à cette question.

— Tu aurais préféré que je les laisse disparaître dans le ventre avide des poissons ? Moi qui pensais te faire plaisir… je suis triste, mon *adorable petite sœur.*

Il ponctua sa phrase de ce sourire effroyable qui transfigurait littéralement ses traits. Lui qui me ressemblait tant, habituellement… Des larmes se mirent à rouler sur mes joues. Hector réduisit en quelques enjambées la distance qui nous séparait, puis me saisit brutalement le menton entre son pouce et son index.

— J'aime contempler cette expression sur ton visage, murmura-t-il en m'examinant soigneusement, un peu comme s'il admirait une œuvre d'art. Je pourrais te faire souffrir à l'infini juste pour me repaître de cet air éploré.

Sa prise s'accentua jusqu'à la douleur puis, avant que je puisse tenter de l'éviter, il m'embrassa violemment, introduisant de force sa langue dans ma bouche. Faute d'arriver à le repousser, je lui mordis sauvagement la lèvre inférieure. Il recula la tête, essuya un peu de sang de son pouce et ricana, comme amusé par ma tentative.

— Tu peux essayer, ça risque de m'exciter davantage, m'indiqua-t-il avant de me saisir par les cheveux et de me coller la joue contre un des containers. Débats-toi autant que tu veux, susurra-t-il à mon oreille. Je vais quand même te baiser. Je vais te baiser comme je suis en droit de le faire.

— De quoi parles-tu ! hurlai-je. Tu es mon frère !

Mes larmes de rage et d'impuissance roulaient sur mes joues. Soudain, la réponse que je cherchais apparut près de moi, de l'autre côté de la paroi en verre du container. Cette tête… c'était celle de mon frère.

Si Hector était réellement mort, QUI avait revêtu son apparence ? La créature qui continuait à presser ma tête contre la vitre se mit à rire. Un rire abominable de cruauté. L'extrémité d'un tentacule vint effleurer ma joue et, horrifiée, je compris à qui j'avais réellement affaire.

— Le Kraken, murmurai-je d'une voix blanche.

— Bonjour, ma jolie fiancée. Je dois avouer que ça a été sacrément compliqué de t'amener à moi. Très compliqué de maîtriser le *Sihr*[1]. Il m'a fallu beaucoup de patience et de travail acharné, mais…. le jeu en valait la chandelle, comme disent ces idiots d'humains.

Il frotta impudiquement ses hanches à mes fesses. J'étais à sa merci.

— Comment vas-tu faire sans ton petit loup pour défendre ta vertu, cette fois ? me chuchota-t-il d'une voix rauque. À l'heure qu'il est, il doit être persuadé de me combattre alors qu'il s'agit d'une simple illusion.

Le Kraken éprouvait un réel plaisir à me soumettre ainsi. Ce que je percevais au bas de mes reins ne laissait aucun doute là-dessus. Prendre l'apparence de mon frère mort pour lui faire dire de telles horreurs, et me toucher de cette façon ! Je n'avais jamais ressenti l'envie de tuer quelqu'un jusqu'à présent, mais si j'avais eu une arme sous la main, je n'aurais pas hésité une seconde à m'en servir !

1. *Sihr* en arabe – qui provient du mot Sahara - veut dire quelque chose qui n'est pas réel, mais qui finit par l'être au regard de celui qui le voit (Lisān al-'Arab). (Un mirage). Ici, cela désigne la capacité de changer son apparence, un peu comme le glamour. (*NdA*)

Mon cœur saignait. Le seul membre de ma famille qui m'avait montré un tant soit peu d'affection, le seul qui avait tout fait pour que je survive à cette sinistre tradition, était mort lui aussi. J'éclatai en sanglots. Jamais il ne saurait à quel point il m'avait sauvée et fait découvrir des choses extraordinaires ! Des sentiments que je ne pensais jamais pouvoir éprouver… *Hector !*

Puis une pensée surgit dans mon esprit. Mon frère aurait voulu que je me batte, que je résiste jusqu'au bout, que je me montre aussi courageuse qu'il avait dû l'être. Je ne disposais peut-être pas d'une arme issue du premier monde, mais je pouvais encore me défendre ! J'avais de quoi me battre et le rendre fier, s'il pouvait me voir !

J'ouvris lentement la bouche, pris une très longue inspiration, et poussai une note perçante qui réussit même à briser les containers en verre.

L'eau verdâtre s'en échappa, laissant glisser les membres épars des cadavres de ma famille. Le Kraken pressa immédiatement les mains sur ses oreilles en grimaçant. J'en profitai pour m'échapper et grimpai quatre à quatre les marches de l'escalier que j'avais emprunté.

Je faillis tomber plusieurs fois durant ma course effrénée. C'était bien beau de vouloir s'enfuir, mais pour aller où ? Je ne savais pas comment je pouvais sortir d'ici pour rejoindre l'océan. La porte par laquelle nous étions arrivés la veille réclamait une clé en or que je ne possédais pas.

Peut-être dans les appartements du Kraken ? Cette chambre où je l'avais surpris en train de violer une servante – car c'était très certainement d'un viol dont il s'était agi. Oui, sûrement !

Sans chercher à réfléchir davantage, je fonçai dans cette direction. Je sentais qu'il me poursuivait. J'entendais ses pas, je percevais presque son souffle. Cela devait l'amuser de garder cette apparence, sinon pourquoi ne pas utiliser ses tentacules pour m'attraper ?

J'entrai en trombe dans la chambre que je supposais être celle d'Hector… enfin, de celui qui avait usurpé son apparence. Je fermai la porte qui, heureusement avait un verrou, puis reculai lentement sans la quitter des yeux.

Des coups brusques contre le métal me firent sursauter.

—Ma jolie petite sirène, ouvre-moi. Tu sais que tu ne peux pas m'échapper, alors, résigne-toi. J'ai tué tous les tiens et les seuls survivantes se trouvent ici, au palais d'Égée. (Il marqua une pause.) Tiens, puisqu'on en parle, tu sais pourquoi ton peuple n'avait plus le droit de parler de cette demeure ? Parce qu'il y a longtemps, j'ai réclamé ce lieu en échange de quelques décennies supplémentaires à t'attendre. Oui, ma jolie, tes parents refusaient de te donner à moi à ta naissance, alors pour obtenir un délai, ils m'ont offert cet endroit mythique. Le palais du Dieu Triton, rien que ça !

Il éclata d'un rire démoniaque. De mon côté, je cherchai frénétiquement la clé qui allait m'aider à partir d'ici. Tout s'expliquait, néanmoins. L'absence de néréide mâle, ou d'enfants et de vieillards. L'attitude angoissée des sirènes ! Je ravalai difficilement un sanglot au goût de bile.

—Avant de te bouffer, je vais te prendre encore et encore, jusqu'à ce que… !

Il ne parvint pas à terminer sa phrase, à la place il y eut un grand fracas, puis des cris féroces retentirent. Je m'approchai de la porte, rongée par la crainte.

—FAITH ! hurla une voix.

Elle n'était pas humaine. C'était celle de Howley.

Chapitre 17

Daley

— Une illusion ? Tu te fous de moi, Carry ! Comment une illusion aurait pu tuer Melvin ? J'étais là ! C'était cette saloperie de Kraken !

Carry baissa la tête.

— Je ne sais pas quoi te dire. C'est une très ancienne magie que je connais mal.

Je lui saisis les épaules.

— Je ne suis pas fou, murmurai-je au bord de l'implosion. Il était là. Il a tué Melvin.

— Oui ! Je sais ! Je sais ! s'écria brusquement Carry. Mais si mon sort de détection n'a pas fonctionné, ça signifie que ce n'était pas lui !

— Ton sort ne marche peut-être pas sur un Dieu ancien, suggéra Dower.

Je me tournai vers lui.

— Howley aussi est un Dieu ancien, et Carry a déjà utilisé ce pouvoir pour le faire sortir de son trou.

Dower leva les mains en signe d'impuissance. Nous étions tous sur la plage, l'endroit même qui portait encore les stigmates de ma lutte contre ce monstre des profondeurs. Witt, le frère de Dower, s'approcha de nous, l'air soucieux.

— Mon père veut emmener les femmes et les enfants à Crawn. Les ténèbres commencent à agir sur les humains et la police est débordée.

Crawn était la ville la plus proche de Berxley. Carry lui jeta un regard surpris.

— Quoi ?

Witt hocha la tête.

— Ils brûlent des voitures, pillent les magasins... avec Bolgan, on s'est même battus contre deux types qui cherchaient à violer une nana.

— Seigneur ! Je ne pensais pas que les ténèbres pouvaient influencer les humains à ce point, gémit Carry.

— Et donc, la solution au problème selon Cameron, c'est de prendre la tangente ? grondai-je, furieux.

Witt détourna les yeux. Il avait beau être plus âgé que moi, je représentais le sommet de la hiérarchie.

— Tu sais qu'il préférera toujours sauver les siens en premier. La meute de la Forêt de Mar passe avant tout, même avant la fin du monde.

Un lourd silence s'abattit sur la plage, à tel point que, pendant quelques instants, il n'y eut plus que la musique du ressac en fond sonore.

Nous n'avions même pas le temps de pleurer la mort de notre ami. Non, c'était un luxe hors de notre portée car nous devions d'abord sauver Berxley des forces du mal. J'aurais pu en rire si j'avais eu le cœur à ça, parce que dit de cette façon, ça faisait très *Buffy contre les vampires*.

Comme s'il avait lu dans mes pensées, Witt m'offrit une accolade réconfortante.

— J'ai appris pour Melvin. Je suis désolé, murmura-t-il.

— Merci.

J'avais la gorge nouée.

— La bonne nouvelle, c'est que Witt et Bolgan restent pour nous filer un coup de main ! chantonna gaiement Dower, comme si un ciel rouge sang ne se trouvait pas au-dessus de nos têtes.

Dower était un vrai ami et le futur Alpha de la meute de la forêt de Mar. Je savais qu'il était d'accord avec son père, mais impossible pour lui de me laisser me débrouiller seul contre ces forces obscures, tout comme il était impossible à Witt et Bolgan de partir sans lui. Les liens forts d'une horde de métamorphes.

—Je dois retrouver le Kraken, annonçai-je en essayant de repousser cette fureur noire qui me rampait sous la peau et m'incitait à me transformer en Howley.

—Nous devons d'abord nous débarrasser des ténèbres, me contra Carry en se plaçant face à moi.

Elle avait les mains sur ses hanches et elle me dévisageait de ses yeux rougis par les larmes.

—Et tu as une idée ?

—Je n'ai que la magie. Celle de la lumière, des élémentaires, du Dieu Cornu et de la Déesse Mère.

Nous nous regardâmes silencieusement l'un l'autre encore quelques secondes, puis je lâchai un soupir qui ressembla davantage à un grognement.

—Je vais avoir besoin de laurier-sauce, de sel, d'une bougie, d'un bol, énuméra Carry, le front plissé.

Dower et les autres métamorphes chiens s'empressèrent d'aller lui chercher tout ça chez nous, après s'être entassés dans la vieille Bentley verte de Dower. Une fois qu'ils eurent tout rapporté et que Carry fut prête, elle commença à tracer son cercle protecteur à l'aide du sel qu'elle avait consacré juste avant en prononçant ces mots : « Par la puissance du sel sacré, je trace ce cercle pour me protéger et repousser les ténèbres qui viendront à moi. » Puis, selon les points cardinaux correspondants, elle plaça ce qui représentait chaque élément : le laurier-sauce qui brûlait pour l'air, la bougie pour le feu, le bol rempli d'eau de mer pour l'eau, le sable pour la terre, en psalmodiant quelques paroles inaudibles.

Lorsque Carry leva son couteau de Wicca en l'air, la pointe vers le ciel, il y eut comme un énorme éclair qui zébra la voûte rouge dans un bruit assourdissant. Dower, Witt et Bolgan se métamorphosèrent instinctivement.

Moi-même, j'avais beaucoup de mal à lutter contre mon besoin de laisser la place à Howley. Je serrai les dents, attentif au moindre mouvement suspect, quand je perçus un effluve que je reconnus immédiatement. Un grognement belliqueux fit vibrer mon torse. Je me tassai sur moi-même, prêt à l'attaque.

L'ennemi se décida à sortir de l'ombre. Il était nu et levait les mains au-dessus de sa tête. Kyll Whiteshark.

— Hello, sourit-il en haussant les sourcils. Je viens en paix. (Il marqua une pause.) Enfin, si l'on peut dire.

Il affichait un curieux sourire, à la fois railleur et condescendant. Dower, Witt et Bolgan lui grognèrent dessus, dévoilant leurs crocs en retroussant les babines.

— Qu'est-ce que tu fiches, ici, le squale !

Ma voix n'était plus seulement la mienne, celle de Howley s'y superposait.

— Proposer mon aide. Le Seigneur Noir m'a congédié à cause de ce salaud de Kraken, alors si je peux joindre l'utile à l'agréable, comme me venger de cette enflure...

Comment ça, le « Seigneur Noir » ?

— Je croyais que tu travaillais pour le Kraken.

Bolgan avait vraiment envie de se faire le requin : il se détacha du groupe en s'avançant agressivement dans sa direction. Kyll le désigna du doigt :

— Pourrais-tu calmer ce cabot ? Ne dit-on pas « l'ennemi de mon ennemi est mon ami » ?

— Pourquoi devrais-je le faire ? Qu'il te bouffe ! J'en ai rien à foutre.

Kyll grimaça.

— Oh, s'il te plaît. Nous pourrions devenir potes, toi et moi. Je n'ai jamais roulé ma bosse pour le Kraken, mais le Seigneur Noir voulait accélérer les choses, car chaque action sombre est bénéfique pour sa Grande Œuvre. Et puis, il est notre Seigneur, du genre qui aime bien châtie bien...

Je lui montrai les dents.

— Je ne crois pas qu'on ait quoi que ce soit en commun, non. Et je ne comprends rien aux conneries que tu racontes. Je voudrais que tu crèves, et si je dois personnellement mettre la main à la pâte pour que ça arrive, soit, je vais me dévouer.

De son côté, Carry continuait à chantonner ses incantations, priant le Dieu Cornu et la Grande Déesse Mère de nous aider à éliminer les forces obscures. En réaction, des silhouettes noires à la forme vaguement humaine surgirent du sol et tentèrent de nous attaquer. Les membres de la Meute de la Forêt de Mar m'aidèrent à défendre Carry, tentant de lacérer et mordre ces entités. Mais elles semblaient insaisissables : elles ne disparaissaient que pour revenir illico nous harceler. Mon ami Dower, son frère et Bolgan ne cessaient de faire claquer leurs mâchoires sur ces créatures sans pour autant réussir à les éradiquer. J'eus la surprise de voir Kyll se ranger à nos côtés pour les combattre également, et je grondai un peu dans sa direction : il ne le faisait probablement que par jeu, ou pour lui-même, parce qu'il avait été « congédié » par le Seigneur Noir selon ses propres dires.

— Je n'ai pas l'impression que le rituel de votre sorcière soit efficace, commenta-t-il, me hérissant davantage encore le poil.

Je jetai un rapide coup dans la direction de Carry.

— Il faut lui laisser le temps, grognai-je.

— Un temps que tu n'as pas, rétorqua-t-il avec un rire dérangeant. Et si je te disais que je sais où se trouve ta charmante sirène ?

Cette annonce capta immédiatement mon attention et le squale s'en rendit compte.

— Et si je te disais même plus, que celui que tu as pris pour son frère n'était pas réellement son frère, mais le Kraken en personne, qui a volé son apparence après l'avoir tué ? insista-t-il.

Le choc que me causa cette révélation faillit me coûter la vie, car une ombre profita de mon trouble pour me sauter dessus et m'étrangler.

Kyll vint à ma rescousse, ainsi que Dower sous sa forme canine. L'entité finit par s'évanouir dans les airs, sans aucun doute pour réapparaître un peu plus loin. J'avais l'impression que mon cœur allait exploser d'angoisse dans ma poitrine. Si le squale disait vrai, Faith avait passé son temps à éviter le Kraken pour finalement le suivre gentiment, persuadée de nous sauver dans la foulée ! Il fallait que je la retrouve. Elle était en danger et je n'arrivais plus à penser à autre chose. Coûte que coûte, je devais la sortir de ce piège avant qu'elle n'y laisse la vie, même si ça signifiait m'associer à ce sale requin !

— Débrouille-toi pour arriver à retenir ta respiration et je t'emmène au palais d'Égée.

Les griffes de Howley qui sortaient à moitié de mes propres mains taillèrent en pièces une entité noire.

— Le palais d'Égée ? Qu'est-ce que c'est ? m'enquis-je en poursuivant le combat.

J'avais l'impression de lutter contre du vent. Frustrant.

— La nouvelle prison dorée de ta chérie.

Un sourire énigmatique flottait sur les lèvres de Kyll. Sourire qui le rendait encore plus détestable qu'il ne l'était déjà. Il se tourna franchement dans ma direction.

— Et si tu veux mon avis, tu ne pourras pas détruire ces créatures de ténèbres tant que tu n'auras pas éliminé leur source.

J'englobai la scène d'un regard : mes amis et moi, en train de nous battre férocement contre des ennemis quasi intouchables, alors que le ciel restait d'un rouge apocalyptique au-dessus de nos têtes. *Et la source de ces monstres, c'est le Kraken*, songeai-je.

— Je dois en discuter avec Carry, le prévins-je.

Kyll ricana.

— Je t'en prie !

Tout en continuant à donner des coups, je me déplaçai prudemment vers la sorcière qui, le front baigné de sueur et à la lueur faiblarde des bougies, luttait, elle aussi, contre les ténèbres s'acharnant sur nous.

— Carry ! hurlai-je.

Elle ouvrit un œil en m'entendant.

— Je suis en plein rituel, Daley ! me sermonna la jeune femme.

Je secouai la tête.

— Tu n'y arriveras jamais, lui assenai-je sans y mettre les formes.

Elle écarquilla les yeux.

— Comment ça ?

— Je dois tuer le Kraken. C'est la seule façon d'éliminer… (Je désignai le ciel d'un geste de la main.) …ce truc ! Mais j'ai besoin de toi, je ne peux pas respirer sous l'eau !

Carry hésita.

— Si je sors du cercle, je ne suis plus protégée, et je serai également incapable de t'aider !

Je réfléchis un bref instant.

— Je n'ai qu'à entrer dans ton fichu cercle, lui proposai-je en haussant les épaules.

— Tu es une créature du quatrième monde, tu risques d'y être confiné et de ne plus pouvoir en sortir !

Nous restâmes quelques secondes muets, plongés dans nos propres pensées.

— On n'a pas le choix.

J'avais pris ma décision. Nous devions tenter le tout pour le tout. Entrer dans le cercle fut plutôt facile, en réalité, car la forte énergie qui le parcourait agissait sur moi presque comme un aimant. Plus loin, nos amis s'acharnaient de plus belle contre ces silhouettes noires. Carry posa ses mains froides sur mon cou avant de réciter son incantation :

— Par la puissance du Dieu Cornu et l'élément de l'eau, par la puissance de la Grande Déesse et l'élément de l'eau, que tu sois capable de prodiges, que tu sois capable de respiration aquatique. Respire dans l'eau comme si tu étais à l'air libre !

Mon cou me chatouilla, puis une bulle d'air géante se forma depuis mes clavicules jusqu'au haut de mon nez.

— Ça ne durera pas longtemps, m'avertit Carry, alors tu devrais te dépêcher !

Sur ce, elle me poussa à l'extérieur du cercle et je hurlai de douleur. C'était comme si la magie voulait me retenir et que je me consumais de l'intérieur, dévoré par les flammes.

Je luttai de toutes mes forces pour parvenir à m'en extraire et tombai enfin sur le sol, essoufflé. Je remarquai alors de minuscules cloques sur mes avant-bras, témoignant de la souffrance qui venait de m'être causée, uniquement parce que j'étais une créature du quatrième monde. Plus loin, je vis que Dower s'était à nouveau transformé en humain.

— Daley ! Fais ce que t'as à faire ! me cria-t-il.

Je lui renvoyai un regard sombre.

— Vous y arriverez sans moi ?

Il était hors de question que je perde encore quelqu'un de cher. Mon pote m'adressa un large sourire.

— Est-ce qu'on a le choix ?

Je souris à mon tour. Y avait que nous pour sourire dans un moment pareil.

— Pas vraiment, nan.

La minute suivante, je suivais Kyll dans la mer.

Howley

Tandis que le requin restait sagement à l'extérieur du palais d'Égée, je repris les rênes de notre corps commun. Je m'ébrouai sous le regard terrifié des quelques néréides présentes. Comme j'avais défoncé l'un des hublots de cette étrange bâtisse, l'eau commençait à se déverser à l'intérieur.

Je désignai le trou béant d'une griffe.

— Vous… partir… par là, articulai-je.

Parler n'était vraiment pas mon fort. Les sirènes échangèrent un regard, mais ne se firent pas prier pour s'enfuir. Je me doutais qu'elles avaient dû être victimes des pires sévices, aux mains du Kraken qui avait décimé leurs familles. Le peuple de Faith avait été réduit quasiment à néant…

Je fis claquer mes mâchoires de fureur. Le Kraken était un monstre fou qui avait assouvi sa colère et son besoin de vengeance de la pire des façons. Ni Hector, ni ses parents n'auraient pu prévoir que les choses dégénéreraient à ce point…

Mes oreilles se dressèrent en entendant un cri. C'était la voix de Faith. Je tombai aussitôt sur mes quatre pattes, et laissai mon flair de loup-garou me guider à travers les méandres de ce lieu lugubre, envahi par les ténèbres. Il y régnait une odeur persistante de peur et de mort qui attisait cette part de moi qu'il valait mieux ne pas exciter.

Soudain, je pilai net, trop surpris par ce que je venais de voir passer devant moi, à quelques mètres à peine. C'était la friandise qui avait couru s'enfermer dans une pièce sans me voir. Puis, le Kraken, sous l'apparence humaine d'Hector, fit irruption à sa suite. Depuis son dos s'agitaient quatre énormes tentacules ornés de ventouses rougeâtres.

— Ma jolie petite sirène, ouvre-moi…

Le reste de ses paroles se perdit dans la brume de rage rougeâtre qui avait envahi mon esprit. Il éclata d'un rire à vriller les nerfs. Je me mis en position d'attaque, bandant chacun de mes muscles afin de pouvoir lui sauter dessus en un seul bond.

— Avant de te bouffer, je vais te prendre encore et encore, jusqu'à ce que… !

Il n'eut pas le temps de terminer sa phrase avant que je m'abatte sur lui de tout mon poids. Le choc chassa tout l'air emmagasiné dans ses poumons.

Les deux pattes avant sur son torse, je plantai férocement mes yeux jaunes dans les siens.

— FAITH ! hurlai-je pour l'avertir que j'étais là, qu'elle était sauvée.

Une lueur mauvaise traversa le regard du Kraken.

— Tu crois que je vais te la donner aussi facilement ? gronda-t-il.

La seconde suivante, son « faux » corps humain disparut pour céder la place à sa véritable apparence ; celle d'un monstre aquatique aussi hideux que puissant. Les gigantesques tentacules du poulpe noir se mirent à frapper, encore et encore, sans réellement viser quelque chose de précis. Elles creusaient d'énormes trous dans les murs de marbre, dans un terrible fracas. Le palais d'Égée n'allait pas tenir le coup très longtemps, à ce rythme.

J'évitai chaque attaque mais la différence de taille n'allait pas m'aider à équilibrer le combat. Pour avoir vu l'état du corps de mon ami Melvin, aux membres pliés dans des angles anormaux, je savais que la force de chacun de ces monstrueux tentacules était terrible.

Dans un premier temps, je devais tenter de le rendre aveugle sans me laisser attraper par son bec corné, terriblement coupant.

Tout en avançant par bonds souples et agiles, je repérai du coin de l'œil la friandise qui essayait de s'échapper de la pièce à moitié détruite par le Kraken.

Il ne devait surtout pas la remarquer. Pour attirer son attention, je hurlai comme seul un loup savait le faire. Les multiples bras du monstre s'agitèrent de plus belle en réponse.

Lorsque j'aperçus une ouverture qui pouvait me permettre d'atteindre sa tête sans y rester, je fonçai à vive allure. J'évitai une attaque en déviant sur la gauche, puis une deuxième en bifurquant sur la droite, mais alors que j'étais à moins d'un mètre de mon objectif, un tentacule s'enroula autour de moi si fort qu'il me coupa le souffle. Je hurlai ma douleur. Le Kraken se mit à me secouer tel un vulgaire jouet en plastique et j'avais beau m'acharner sur la peau qui me ceinturait, rien n'y faisait ! Elle était plus dure qu'un mur de béton !

J'étouffais déjà, pourtant mes ronces jaillirent soudain de mon corps martyrisé pour se tresser entre elles et former deux flèches à la pointe redoutable. Quand le Kraken comprit mon plan, il était déjà trop tard : mes ronces venaient de transpercer ses globes oculaires avec une facilité déconcertante. J'avais eu l'impression d'éclater des jaunes d'œuf à la pointe d'un couteau.

Le monstre aquatique me relâcha aussitôt et si je n'avais pas eu mon lit noir d'épines végétales, je me serai écrasé contre la surface implacable du sol.

La friandise se précipita vers moi. J'étais blessé, car les tentacules du monstre étaient dotés de crochets aussi tranchants que des couteaux, et je perdais beaucoup de sang.

— Howley ! s'écria-t-elle.

Son visage reflétait un tumulte d'émotions : de la peur, du soulagement, de la joie. Et puis elle se rendit compte de mon état, et pâlit.

— Nous devons partir d'ici, marmonna-t-elle en essayant de m'aider à me remettre sur pattes.

J'émis un grognement sourd en guise de réponse. À son cou pendait un objet doré qui avait vaguement la forme d'une clé. Encore une fois, je grognai tout en essayant de le lui arracher. Elle repoussa ma patte sans ménagement. C'était assez drôle de la voir m'aider à avancer dans ce couloir en ruines. Elle croyait sincèrement me porter alors qu'en réalité, je faisais exprès de ne pas peser de tout mon poids sur elle. Si je m'étais laissé aller comme elle paraissait le penser, elle n'aurait jamais pu mettre un pied devant l'autre. J'étais largement plus lourd qu'elle se l'imaginait.

Je humai l'air puis tendis l'oreille. Le Kraken ne semblait pas nous suivre. Quand nous atteignîmes le grand hall d'entrée, l'eau avait largement gagné du terrain. Le palais d'Égée allait finir telle la cité immergée : complètement englouti par les eaux.

— Tu penses pouvoir tenir debout le temps que j'ouvre la porte ?

Je ne répondis pas à sa question. De toute façon, avais-je le choix ? Vu mon état, impossible pour moi de repasser par le trou que j'avais créé pour venir ici. Si je m'amusais à me tortiller, j'étais bon pour vider mon hôte de son sang, et l'air de rien, je tenais trop à Daley pour le laisser mourir ainsi. Je m'adossai alors au mur derrière moi le temps que la friandise déverrouille la grande porte en or.

Lorsqu'elle y parvint, l'eau la repoussa brutalement en arrière en s'engouffrant dans le hall. La magie du lieu avait souffert et le palais vivait ses derniers instants de grâce.

— Allons-y ! hurla-t-elle en s'approchant de moi d'une curieuse démarche.

Je compris alors : le bas de son corps avait muté, mais elle n'était pas encore assez immergée pour pouvoir se mouvoir facilement avec sa queue de sirène.

—Je vais sortir en premier, et te donnerai ensuite de l'air jusqu'à la surface, décida-t-elle en nageant-frétillant vers l'extérieur.

Je la suivis tant bien que mal. La magie de la sorcière avait disparu depuis longtemps, du coup il ne me restait plus que le plan de la Faë. Je me sentais de plus en plus fatigué et mes membres commençait à peser trop lourd pour moi.

—Allez ! s'époumona Faith. Tu peux le faire !

Mon regard croisa le sien. *Ah, jolie friandise !*

Elle m'entraîna, ne me laissant pas le choix, et nous plongeâmes dans l'océan. Quand elle était dans l'eau, Faith était aussi rapide que le vent. Mais soudain elle fut tirée en arrière, vers les fonds marins, une expression de panique choquée sur le visage. Je maintins ma prise sur son bras et fouillai les profondeurs obscures des yeux.

Hector, ou plutôt le Kraken sous l'apparence d'Hector, s'était agrippé à la queue de poisson de la Faë pour l'empêcher de remonter vers la surface. Elle avait beau se débattre, il ne lâchait pas prise.

Une joie mauvaise brillait dans son regard pris de folie. Désormais aveugle sous sa forme originelle, il avait dû concentrer ce qu'il lui restait d'énergie pour redevenir Hector.

J'étais réellement à bout de forces, mais continuai à tirer la friandise vers moi en faisant attention à ne pas la blesser avec mes griffes. Je sentis l'espoir me quitter. Nous allions mourir tous les deux et disparaître au cœur de l'océan, à l'instar du palais du roi Triton.

Puis une forme rapide et blanchâtre surgit et l'instant d'après, le haut du corps d'Hector avait disparu. Kyll Whiteshark, sous sa forme animale, venait de couper le Kraken en deux d'un seul coup de mâchoire. Je fermai les yeux. J'avais tellement besoin de dormir… tellement.

Daley

Lorsque je revins à moi, j'étais allongé sur le sable humide et la femme que j'aimais était penchée sur moi. Elle me sourit à travers ses larmes.

— Tu es enfin de retour, murmura-t-elle.

Pour toute réponse, je pris son visage en coupe et l'embrassai avec tout l'amour et toute la passion dont j'étais capable. Lorsque je perçus le goût salé de ses larmes, j'éloignai légèrement mon visage du sien.

— Ils… ils sont tous morts, Daley… mon père, ma mère et… et !

Elle éclata en sanglots. Quand je compris qu'elle n'arrivait même plus à respirer normalement à cause de ses hoquets, je la serrai très fort contre moi.

— Je suis tellement désolé, lui murmurai-je en pressant mes lèvres contre ses cheveux humides. Jamais je ne t'aurais laissée partir si j'avais su que ce n'était pas ton frère.

Ses pleurs redoublèrent et, impuissant, je ne pus rien faire d'autre qu'attendre qu'elle évacue toute cette douleur.

— Comment tu as su ? finit-elle par me demander en se redressant et en essuyant ses yeux d'un revers de main.

Je l'aidai en lui caressant tendrement la joue du pouce.

— Eh bien, c'est grâce à Kyll.

Le regard de Faith s'agrandit de surprise.

— Kyll ? répéta-t-elle d'une voix tremblante. C'était donc bien lui, dans l'eau, contre le Kraken…

L'émotion altérait les traits de son visage et réveillait en moi un furieux instinct protecteur. J'acquiesçai.

D'ailleurs, le squale en question, redevenu humain, acceptait justement en souriant la serviette que lui tendait Carry. Le regard de Faith suivit le mien et elle murmura :

— Pourquoi ? Pourquoi m'a-t-il aidée ?

— Je ne sais pas. Un remords ? suggérai-je en n'y croyant pas moi-même.

— Un sbire du Seigneur Noir peut-il éprouver ce genre de sentiments ? dit ma sirène, répondant par une autre question à la mienne.

Cette fois, ce fut à mon tour d'être stupéfait.

— Tu le savais ?

Faith baissa la tête puis renifla.

— Oui. Il me l'a fait comprendre lorsque j'ai suivi Howley dans la forêt, le jour où le Seigneur Noir a voulu te noyer… enfin, noyer Howley, en guise de punition.

D'accord…

— Tu crois qu'on peut lui faire confiance ? poursuivit-elle.

Nous observâmes tous les deux Kyll se sécher. Se sentant épié, il leva la tête dans notre direction et nous fit un signe de la main.

— Dans tous les cas, il t'a sauvé la vie, dis-je simplement.

— Il nous a sauvé la vie à tous les deux, rectifia Faith en esquissant un infime sourire.

Il y avait trop de tristesse dans son cœur et ça se reflétait jusque dans ses yeux. Elle comme moi, nous allions avoir besoin de temps pour panser nos blessures. Je la serrai à nouveau dans mes bras.

— Melvin non plus n'est plus de ce monde, lui avouai-je d'une voix éraillée.

Je fermai un instant les yeux et la sentis une nouvelle fois secouée par les sanglots.

— J'ai honte, Faith.

Je restai silencieux une seconde.

— J'ai honte d'être si heureux de t'avoir retrouvée vivante alors qu'il y a tellement de personnes chères à nos cœurs qui ont perdu la vie. Mais que tous les Dieux des quatre mondes m'en soient témoins : je suis tellement soulagé et heureux que tu sois en vie !

Plus tard, Carry et Dower nous racontèrent que les créatures de ténèbres avaient disparu d'un coup, et que le ciel était redevenu normal en même temps. La mort du Kraken avait dû mettre un terme à la descente des ténèbres sur notre ville, ou bien le Seigneur Noir, qui avait été en quelque sorte son allié, s'était lassé de cette histoire, et avait décidé de retirer ses propres forces de la bataille. C'était une créature aux décisions plus que chaotiques, après tout. Le lendemain, les habitants étaient redevenus normaux, oubliant bizarrement les événements de la veille. Événements que les médias avaient couverts chaque fois avec des explications plus farfelues les unes que les autres : les humains préféraient toujours ça à admettre l'existence de forces surnaturelles, si proches d'eux.

J'eus besoin d'une semaine pour me remettre de mes blessures. Une fois guéri, avec Faith, Carry et plusieurs métamorphes chiens de la Meute de la Forêt de Mar, nous organisâmes une cérémonie selon l'ancien rite pour enterrer Melvin. Là, au pied d'un chêne centenaire, reposaient les cendres de mon plus cher ami, un gnome de grande valeur.

Faith reprit ses études. Elle voulait travailler à la protection des mammifères marins, peut-être parce qu'elle se sentait responsable de ce qui était arrivé à son peuple, même si je ne cessais de lui dire que c'était la faute du Kraken et non la sienne. Quant à moi, j'avais décidé de me replonger dans la musique et qui sait ? Peut-être même de monter un groupe et enregistrer un disque.

Kyll habitait désormais avec nous. J'avais parfois peur qu'il joue les agents doubles pour le Seigneur Noir, mais tant qu'il se tenait tranquille, je ne voyais aucun réel inconvénient à ce qu'il occupe la chambre de Carry. Car, malgré toute l'amitié qu'elle nous portait, la jeune sorcière avait déménagé dans une autre ville. La maison que nous habitions lui rappelait trop Melvin et même si elle nous aimait beaucoup, Faith et moi, elle préférait prendre un nouveau départ.

Faith chercha longtemps les survivantes de son peuple, en vain. Elle craignait être désormais la dernière représentante de son espèce, comme Howley.

Les créatures surnaturelles étaient peut-être de toute façon condamnées à disparaître, dévorées par les croyances du monde humain. Pour avoir décimé tout le peuple des néréides dont il tirait pourtant sa magie, le Kraken s'était détruit lui-même, totalement emporté par sa folie. Peut-être était-ce là le destin des anciens Dieux ?

Alors pourquoi étais-je serein quant à l'avenir ?

Ah. Oui. Rien ne nous rend plus fort qu'aimer et être aimé. C'est là que réside la véritable magie.

Je sentis Howley approuver d'un grognement. C'était sa façon personnelle de me montrer qu'il serait toujours là à mes côtés, lui aussi.

Chez Emma et Milady, vous aimerez aussi...

CÉLINE
MANCELLON
Satan
EST UN HOMME
COMME LES AUTRES

CÉLINE MANCELLON

SATAN EST UN HOMME COMME LES AUTRES

La nouvelle romance drôle et sexy de l'auteure de *Bad Romance*, LE phénomène New Adult !

« Et Satan créa l'enfer. Enfin, surtout pour les autres. »

Infernal. Démoniaque. Salaud. Des adjectifs qui collent à la peau d'Adrian Sheffield, pianiste virtuose et terreur du monde de la musique classique. Il fallait s'y attendre : à force de semer la haine, Adrian reçoit un jour une menace de mort. Son agent – la seule personne sur Terre à encore le supporter – décide de lui attribuer un garde du corps. Ou plutôt une garde du corps : Carrie North.
Mais il ignore que Carrie a déjà rencontré Adrian, et qu'il ne lui a pas fait bonne impression. Du tout. Les voilà de nouveau réunis. Adrian, toujours aussi séduisant et imbuvable, et Carrie, toujours aussi têtue. Sauront-ils surmonter leurs rancœurs et céderont-ils enfin à leur attirance mutuelle ? Mais surtout, qui veut la peau d'Adrian Sheffield ?

— Vous n'avez pas faim ?
Il tourna d'abord une page avant de répondre :
— Non. Il est trop tôt pour que mon taux de glycémie défaille.
Depuis qu'elle avait commencé à travailler pour lui, la jeune femme ne l'avait jamais vu porter autre chose que des complets sombres sur des chemises blanches. Ce qui les rendait tous deux bizarrement assortis. Il plia minutieusement le journal qu'il lisait pour le poser sur un coin de la table. Carrie le regarda croiser élégamment les jambes. Il la dévisagea à son tour.
— Vous voulez goûter ?
— Votre gâteau ? s'étonna-t-elle.
Il haussa un sourcil.
— Et après vous dites que c'est ma bouche qui est licencieuse ? (Un sourire diaboliquement amusé apparut sur ses lèvres.) Si c'est le nom que vous voulez lui donner… ça me convient.
— Stop ! N'allez pas plus loin !
— Mais… Je ne suis même pas encore entré ! D'ailleurs, si c'était le cas, je pense que vous m'encourageriez à me montrer plus audacieux, non l'inverse.
Carrie lui jeta un regard assassin. Pour toute réponse, Adrian se pencha en avant puis saisit délicatement la pâtisserie entre ses doigts.
— Venez le goûter. Je sais que vous aimeriez en manger un bout.
— C'est faux ! réfuta-t-elle, parce qu'elle en avait marre qu'il ait toujours raison.

ALFREDA ENWY
Aes
SIDHE
1
LA MEUTE MAUDITE
Emma M

Alfreda Enwy
Aes Sidhe
La Meute maudite – 1

Après le succès de sa saga *Infinite Love*, Alfreda Enwy revient à ses premières amours avec *Aes Sidhe*, une série d'urban-fantasy qui mêle loups, légendes, romance et dangers.

Niamh n'est pas une vétérinaire comme les autres. Fille de l'alpha de la meute la plus respectée de la région, sa beauté n'a d'égal que son tempérament de feu. Lorsque sa meute se retrouve en proie à une épidémie meurtrière, Niamh semble être la seule épargnée.
Prête à tout pour les siens, la jeune femme se lance dans une quête aussi dangereuse que désespérée. Mais elle ne sera pas seule. Khael, puissant changeforme au charme redoutable, est bien décidé à accompagner la belle louve, qu'elle le veuille ou non.

« Un frisson dévala mon échine lorsque l'odeur qui emplissait l'air me chatouilla les narines. Il y avait comme un obscur mélange de souffre et d'éther, de chaos sauvage et de putréfaction… Cet endroit me rappelait l'obscurité des rêves, la fraîcheur des matins lugubres.
Un autre frisson assaillit ma peau fragile. Il y avait quelque chose d'étrange, de magique, d'anormalement dangereux et puissant par ici. J'entendais comme des mélopées, des cris, des rumeurs et des murmures… Quelque chose longeait les murs, s'insinuant dans l'obscurité, rampant dans les bas-fonds d'un monde différent. Quelque chose se tramait dans le noir, dans le silence et dans les larmes, dans la misère et dans le lit des rivières asséchées.
— Sidhe, souffla une voix grave et cassée contre ma nuque.
Cette voix était beaucoup plus chaude et agréable que ces sensations négatives. Elle m'attirait. "Sidhe" ce mot résonna encore. Les poils de mes bras se hérissèrent, le contact de cette voix me sembla si réel et si fort qu'il me happa à la seconde… »

« Alfreda Enwy est une valeur sûre autant qu'Anna Todd ou Colleen Hoover. » *Les Livres d'Ali*

CHARLY REINHARDT
L'APPEL DU
RENARD
TOME 1 - TRAQUÉ
Emma M

Charly Reinhardt
Traqué
L'appel du Renard - 1

Pour des métamorphes qui vivent cachés, l'amour est peut-être le plus grand des dangers…

Après avoir vécu l'enfer en Afghanistan, l'ex-lieutenant Sander Jolan est de retour dans sa petite ville natale du Wyoming. Devenu shérif, il y mène une vie tranquille… jusqu'à ce qu'on découvre dans les bois attenants un corps atrocement mutilé. Sander pense à une bête sauvage, et ce n'est pas le ranger Will MacBoyd qui va le contredire. Le shérif n'a pas le choix : grand solitaire dans l'âme, il doit faire équipe avec ce bel homme mystérieux pour retrouver l'animal.
Ce qu'ignore Sander, c'est que Will sait qu'il ne s'agit pas d'une simple bête, mais d'un métamorphe, comme lui-même. Car Will fait partie d'une meute de renards installée non loin, et il est là pour retrouver le coupable avant qu'il ne trahisse leur existence. Mener l'enquête tout en poussant Sander sur une fausse piste ne va pas être facile, sans compter l'irrésistible et inexplicable attraction qui va naître entre les deux hommes, à leur corps défendant…

Sander hésita, partagé. D'autant qu'il aurait été vain de nier que ce rouquin un peu sauvage et taciturne lui plaisait de plus en plus.
Et peut-être même un peu plus que cela. Il repensa à ces élans de terreur qui l'envahissaient chaque fois que Will se mettait en danger. Dans les bois, en poursuivant le grizzli, et encore quelques instants plus tôt. Sander ne comprenait pas d'où lui venait ce besoin presque viscéral de protéger un homme qu'il connaissait à peine. C'était pourtant là, ancré en lui, un nœud de certitudes intenses qu'il n'osait examiner ou questionner.
La nécessité de se rassurer l'emporta, comme après une mission où tout foire, quand la seule chose qui compte est l'affirmation primale de cette vie qui rugit encore dans vos veines. Il effleura une mèche soyeuse du bout de l'index et l'y enroula. À sa grande surprise, le geste arracha un gémissement à Will qui se tendit, non pas pour s'éloigner, mais pour se rapprocher, quémandant une autre caresse.

Imprimé en France
FROC022336210920
25182FR00001B/6

9 782811 220860